D0557159

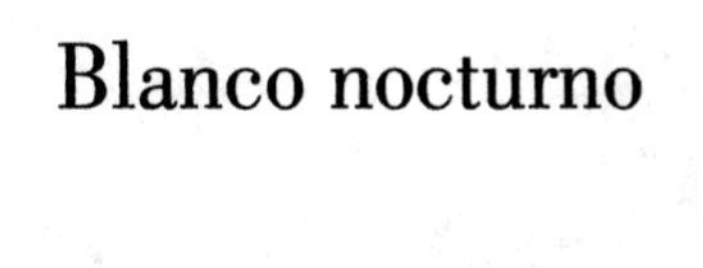

Blanco nocturno

Ricardo Piglia

Blanco nocturno

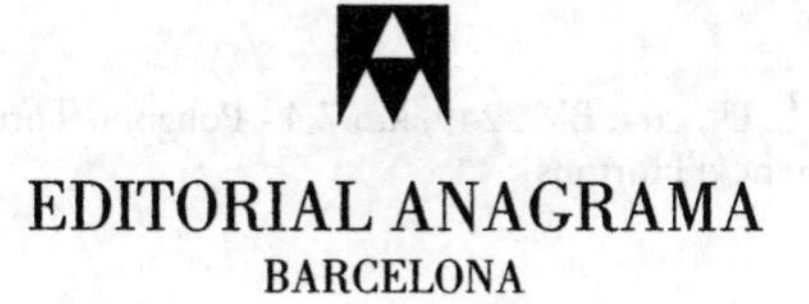

EDITORIAL ANAGRAMA
BARCELONA

Diseño de la colección: Julio Vivas y Estudio A
Ilustración: foto © Marc Atkins / panoptika.net

Primera edición en «Panorama de narrativas»: septiembre 2010
Primera edición en «Compactos»: noviembre 2013

ISBN: 978-84-339-7735-9
Depósito Legal: B. 23914-2013

Printed in Spain

Liberdúplex, S. L. U., ctra. BV 2249, km 7,4 - Polígono Torrentfondo
08791 Sant Llorenç d'Hortons

A Beba Eguía

La experiencia es una lámpara tenue que sólo ilumina a quien la sostiene.

LOUIS-FERDINAND CÉLINE

Primera parte

1

Tony Durán era un aventurero y un jugador profesional y vio la oportunidad de ganar la apuesta máxima cuando tropezó con las hermanas Belladona. Fue un *ménage à trois* que escandalizó al pueblo y ocupó la atención general durante meses. Siempre aparecía con una de ellas en el restaurante del Hotel Plaza pero nadie podía saber cuál era la que estaba con él porque las gemelas eran tan iguales que tenían idéntica hasta la letra. Tony casi nunca se hacía ver con las dos al mismo tiempo, eso lo reservaba para la intimidad, y lo que más impresionaba a todo el mundo era pensar que las mellizas dormían juntas. No tanto que compartieran al hombre sino que se compartieran a sí mismas.

Pronto las murmuraciones se transformaron en versiones y en conjeturas y ya nadie habló de otra cosa; en las casas o en el Club Social o en el almacén de los hermanos Madariaga se hacía circular la información a toda hora como si fueran los datos del tiempo.

En ese pueblo, como en todos los pueblos de la provincia de Buenos Aires, había más novedades en un día que en cualquier gran ciudad en una semana y la diferencia entre las noticias de la región y las informaciones nacionales era tan abismal que los habitantes podían tener la ilusión de vivir una vida interesante. Durán había venido a enriquecer esa mitología y su figura alcanzó una altura legendaria mucho antes del momento de su muerte.

Se podría hacer un diagrama con las idas y venidas de Tony por el pueblo, su deambular somnoliento por las veredas altas, sus caminatas hasta las cercanías de la fábrica abandonada y los campos desiertos. Pronto tuvo una percepción del orden y las jerarquías del lugar. Las viviendas y las casas se alzan claramente divididas en capas sociales, el territorio parece ordenado por un cartógrafo esnob. Los pobladores principales viven en lo alto de las lomas; después, en una franja de unas ocho cuadras está el llamado centro histórico[1] con la plaza, la municipalidad, la iglesia, y también la calle principal con los negocios y las casas

1. El pueblo está en el sur de la provincia de Buenos Aires, a 340 kilómetros de la Capital. Fortín militar y lugar de asentamiento de tropas en la época de la guerra contra el indio, el poblado se fundó realmente en 1905 cuando se construyó la estación de ferrocarril, se delimitaron las parcelas del centro urbano y se distribuyeron las tierras del municipio. En la década del cuarenta la erupción de un volcán cubrió con un manto de ceniza la llanura y las casas. Los hombres y las mujeres se defendían del polvo gris con la cara cubierta con escafandras de apicultores y máscaras para fumigar los campos.

de dos pisos; por fin, al otro lado de las vías del ferrocarril, están los barrios bajos donde muere y vive la mitad más oscura de la población.

La popularidad de Tony y la envidia que suscitó entre los hombres podría haberlo llevado a cualquier lado, pero lo perdió el azar, que fue lo que en verdad lo trajo aquí. Era extraordinario ver a un mulato tan elegante en ese pueblo de vascos y de gauchos piamonteses, un hombre que hablaba con acento del Caribe pero parecía correntino o paraguayo, un forastero misterioso perdido en un lugar perdido de la pampa.

–Siempre estaba contento –dijo Madariaga, y miró por el espejo a un hombre que se paseaba nervioso, con un rebenque en la mano, por el despacho de bebidas del almacén–. Y usted, comisario, ¿se toma una ginebrita?

–Una grapa, en todo caso, pero no tomo cuando estoy de servicio –contestó el comisario Croce.

Alto, de edad indefinida y cara colorada, de bigote gris y pelo gris, Croce masticaba pensativo un cigarro Avanti mientras caminaba de un lado al otro, pegando con el rebenque contra la patas de las sillas, como si estuviera espantando sus propios pensamientos, que gateaban por el piso.

–Cómo puede ser que nadie lo haya visto a Durán ese día –dijo, y los que estaban ahí lo miraron callados y culpables.

Después dijo que él sabía que todos sabían pero nadie hablaba y que andaban pensando macanas por el gusto de buscarle cinco patas al gato.

–De dónde habrá salido ese dicho –dijo, y se

detuvo intrigado a pensar y se extravió en el zigzag de sus ideas, que se prendían y se apagaban como bichos de luz en la noche. Sonrió y empezó a pasearse de nuevo por el salón–. Igual que Tony –dijo, y recordó una vez más su historia–. Un yanqui que no parecía yanqui pero era un yanqui.

Tony Durán había nacido en San Juan de Puerto Rico y sus padres se fueron a vivir a Trenton cuando él tenía cinco años, de modo que se había criado como un norteamericano de Nueva Jersey. De la isla sólo recordaba que su abuelo era un gallero y que lo llevaba a las riñas los domingos y también se acordaba de los hombres que se cubrían los pantalones con hojas de periódico para evitar que la sangre que chorreaba de los gallos les manchara la ropa.

Cuando vino aquí y conoció un picadero clandestino en Pila y vio a los peones en alpargatas y a los gallitos pigmeos haciendo pinta en la arena, empezó a reírse y a decir que no era así como se hacía en su país. Pero al final se entusiasmó con la bravura suicida de un bataraz que usaba los espolones como un boxeador zurdo de peso liviano usa sus manos para salir pegando del cuerpo a cuerpo, veloz, mortífero, despiadado, buscando sólo la muerte del rival, su destrucción, su fin, y al verlo Durán empezó a apostar y a entusiasmarse con la riña, como si ya fuera uno de los nuestros *(one of us*, para decirlo como lo hubiera dicho el mismo Tony).

–Pero no era uno de los nuestros, era distinto, aunque no fue por eso que lo mataron, sino porque se parecía a lo que nosotros imaginábamos que tenía que ser –dijo, enigmático como siempre y como siempre un poco volado, el comisario–. Era simpático –agregó, y miró el campo–. Yo lo quería –dijo el comisario, y se quedó clavado en el suelo, cerca de la ventana, la espalda apoyada contra la reja, hundido en sus pensamientos.

A la tarde, en el bar del Hotel Plaza, Durán solía contar fragmentos de su infancia en Trenton, la gasolinera de su familia al costado de Route One, su padre que tenía que levantarse a la madrugada a despachar nafta porque un coche que se había desviado de la ruta tocaba la bocina y se oían risas y música de jazz en la radio y Tony se asomaba medio dormido a la ventana y veía los veloces autos carísimos, con las rubias alegres en el asiento de atrás, cubiertas con sus tapados de armiño, una aparición luminosa en medio de la noche que se confundía –en la memoria– con fragmentos de un film en blanco y negro. Las imágenes eran secretas y personales y no pertenecían a nadie. Ni siquiera recordaba si esos recuerdos eran suyos, y a Croce a veces le pasaba lo mismo con su vida.

–Soy de aquí –dijo de pronto el comisario como si hubiera despertado– y conozco bien el pelaje de los gatos y no he visto nunca uno que tuviera cinco patas, pero me puedo imaginar perfectamente la vida de este muchacho. Parecía venir de otro lado –dijo sosegado Croce–, pero no hay otro lado. –Miró a su ayudante, el joven inspector Saldías, que lo seguía a todos lados y aprobaba sus conclusiones–. No hay otro lado, todos estamos en la misma bolsa.

Como era elegante y ambicioso y bailaba muy bien la plena en los salones dominicanos del Harlem hispano de Manhattan, Durán entró de animador en el Pelusa Dancing, un café danzante de la calle 122 East a mediados de los años sesenta, cuando recién había cumplido los veinte años. Ascendió rápido porque era rápido, porque era divertido, porque estaba siempre dispuesto y era leal. Al poco tiempo empezó a trabajar en los casinos de Long Island y de Atlantic City.

Todos en el pueblo recordaban el asombro que les provocaban las historias que contaba de su vida en el bar del Hotel Plaza, tomando gin-tonic y comiendo maníes, en voz baja, como si fuera una confidencia privada. Nadie estaba seguro de que esas historias fueran verdaderas, pero a nadie le importaba ese detalle y lo escuchaban agradecidos de que se sincerara con los provincianos que vivían en el mismo lugar donde habían nacido y donde habían nacido sus padres y sus abuelos y sólo conocían el modo de vida de tipos como Durán por lo que veían en la serie policial de Telly Savalas que pasaban los sábados a la noche en la televisión. Él no entendía por qué querían escuchar la historia de su vida, que era igual a la historia de la vida de cualquiera, había dicho. «No son tantas las diferencias, hablando en plata –decía Durán–, lo único que cambia son los enemigos.»

Después de un tiempo en el casino, Durán amplió su horizonte conquistando mujeres. Había desarrollado un sexto sentido para adivinar la riqueza de las damas y diferenciarlas de las aventureras que estaban ahí para cazar algún pajarito con plata. Pequeños detalles atraían su atención, cierta cautela al apostar, la mirada deliberadamente distraída, cierto descuido en el modo de vestir y un uso del lenguaje que asociaba de inmediato con la abundancia. Cuanto más dinero, más lacónicas, era su conclusión. Tenía clase y habilidad para seducirlas. Siempre las contradecía y las toreaba, pero a la vez las trataba con una caballerosidad colonial que había aprendido de sus abuelos de España. Hasta que una noche de principios de diciembre de 1971 en Atlantic City conoció a las mellizas argentinas.

Las hermanas Belladona eran hijas y nietas de los fundadores del pueblo, inmigrantes que habían hecho su fortuna cuando terminó la guerra contra el indio y tenían campos por la zona de Carhué. Su abuelo, el coronel Bruno Belladona, había llegado con el ferrocarril y había comprado tierras que ahora administraba una firma norteamericana, y su padre, el ingeniero Cayetano Belladona, vivía retirado en la casona de la familia, aquejado de una extraña enfermedad que le impedía salir pero no controlar la política del pueblo y del partido. Era un hombre desdichado que sólo sentía devoción por sus dos hijas mujeres (Ada y Sofía) y que había tenido un conflicto grave con sus dos hijos varones (Lucio y Luca), a los que había borrado de su vida como si nunca hubieran existido. La diferencia de los sexos era la clave de todas las tragedias, pensaba el viejo Belladona cuando estaba borracho. Las mujeres y los hombres son especies distintas, como los gatos y los caranchos, ¿a quién se le ocurre hacerlos convivir? Los varones quieren matarte y matarse entre ellos y las mujeres quieren meterse en tu cama o, en su defecto, meterse juntas en cualquier catre a la hora de la siesta, deliraba un poco el viejo Belladona.

Se había casado dos veces y había tenido a las mellizas con su segunda mujer, Matilde Ibarguren, una pituca de Venado Tuerto más loca que una campana, y a los varones con una irlandesa de pelo colorado y ojos verdes que no soportó la vida en el campo y se escapó primero a Rosario y después a Dublín. Lo raro es que los varones habían heredado el carácter desquiciado de su madrastra mientras que las chicas eran iguales a la irlandesa, pelirrojas y alegres que iluminaban el aire en cuanto aparecían. Destinos cruzados, lo llamaba Croce, los hijos heredan las tragedias cruzadas de sus padres. Y el escribiente Saldías anotaba con cuidado las observaciones del comisario, tratando de aprender los usos y costumbres de su nuevo destino. Recién trasladado al pueblo por pedido de la fiscalía, que buscaba controlar al comisario demasiado rebelde, Saldías admiraba a Croce como si fuera el mayor pesquisa[2] de la historia argentina y recibía con seriedad todo lo que le decía el comisario, que a veces, en broma, lo llamaba directamente Watson.

De todos modos, las historias de Ada y Sofía por

2. Pesquisa era el nombre que en esos años señalaba al policía que no usaba uniforme.

un lado y de Lucio y Luca por el otro se mantuvieron alejadas durante años, como si formaran parte de tribus distintas, y sólo se unieron cuando apareció muerto Tony Durán. Había habido una transa de dinero y parece que el viejo Belladona tuvo algo que ver con un traslado de fondos. El viejo iba una vez por mes a Quequén a vigilar los embarques de granos que exportaba y por los que recibía una compensación en dólares que el Estado le pagaba con el pretexto de mantener estables los precios internos. A sus hijas les enseñó su propio código moral y las dejó que hicieran lo que quisieran y las crió como si ellas fueran sus únicos hijos varones.

Desde chicas las hermanas Belladona fueron rebeldes, fueron audaces, competían todo el tiempo una contra la otra, con obstinación y alegría, no para diferenciarse, sino para agudizar la simetría y saber hasta dónde realmente eran iguales. Salían a caballo a vizcachear de noche, en invierno, en el campo escarchado; se metían en los cangrejales de la barranca; se bañaban desnudas en la laguna brava que le daba nombre al pueblo y cazaban patos con la escopeta de dos caños que su padre les había comprado cuando cumplieron trece años. Estaban, como se dice, muy desarrolladas para su edad, así que nadie se asombró cuando –casi de un día para el otro– dejaron de cazar y de andar a caballo y de jugar al fútbol con los peones y se volvieron dos señoritas de sociedad que se mandaban a hacer la ropa idéntica en una tienda inglesa de la Capital. Al tiempo se fueron a estudiar Agronomía a La Plata, por voluntad del padre, que quería verlas pronto a cargo de los campos. Se decía que estaban siempre juntas, que aprobaban con facilidad los exámenes porque conocían el campo mejor que sus maestros, que se intercambiaban los novios y que le escribían cartas a su madre para recomendarle libros y pedirle plata.

En ese entonces el padre sufrió el accidente que lo dejó medio paralítico y ellas abandonaron los estudios y volvieron a vivir al pueblo. Las versiones de lo que le había pasado al viejo eran variadas: que lo había volteado el caballo cuando lo sorprendió una manga de langostas que venía del norte y estuvo toda la noche tirado en medio del campo, con las patas tipo serrucho de los bichos en la cara y en las manos; que le había dado un ataque cuando estaba echándose un polvo con una paraguaya en el prostíbulo de la Bizca y que la chica le salvó la vida porque, casi sin darse cuenta, le siguió haciendo respiración boca a boca; o también –según decían– porque una tarde descubrió que alguien muy cercano –no quiso pensar que fuera uno de sus hijos varones– lo estaba envenenando con pequeñas dosis de un líquido para matar garrapatas mezclado en el whisky que tomaban al caer la tarde en la galería florecida de la casa. Parece que cuando se dieron cuenta el veneno ya había hecho parte del trabajo y al poco tiempo ya no pudo caminar. Lo cierto es que pronto se los dejó de ver por el pueblo (a las hermanas y al padre). A él porque se metió en la casa y casi no salía, y a ellas porque, luego de cuidarlo un par de meses, se aburrieron de estar encerradas y decidieron irse de viaje al extranjero.

A diferencia de todas sus amigas, no se fueron a Europa sino a Norteamérica. Estuvieron un tiempo en California y luego cruzaron en tren el continente en un viaje de varias semanas con paradas largas en ciudades intermedias, hasta que al principio del invierno del Norte llegaron al Este. En el viaje se dedicaron sobre todo a jugar en los casinos de los grandes hoteles y a darse la gran vida, haciendo el numerito de las herederas sudamericanas en busca de aventuras en la tierra de los advenedizos y los nuevos ricos del mundo.

Ésas eran las noticias de las hermanas Belladona que llegaban al pueblo. Las novedades venían con el tren correo de la noche que dejaba la correspondencia en grandes bolsas de lona tiradas en el andén de la estación –y era Sosa, el encargado de la estafeta, quien reconstruía el itinerario de las muchachas según el matasellos que venía en los sobres dirigidos a su padre– y se completaban con el relato detallado de los viajantes y comisionistas que se acercaban a las tertulias del bar del hotel a contar lo que se rumoreaba sobre las mellizas entre sus condiscípulas de La Plata, frente a las que –según parece– ellas alardeaban –desde la lejanía, por teléfono– sobre sus conquistas y sus hallazgos norteamericanos.

Hasta que a fines de 1971 las hermanas llegaron a la zona de Nueva York y poco después en un casino de Atlantic City conocieron al agradable joven cetrino de origen incierto que hablaba un español que parecía salido del doblaje de una serie de televisión. Al principio, Tony Durán frecuentó a las dos pensando que eran una sola. Ése era un sistema de diversión que las hermanas practicaban desde siempre. Era como tener un doble que hiciera las tareas desagradables (y las agradables) y así se turnaron en todas las cosas de la vida, y de hecho –se decía en el pueblo– hicieron la mitad de la escuela, la mitad del catecismo y hasta la mitad de la iniciación sexual. Siempre estaban sorteando quién de las dos iba a hacer lo que tenían que hacer. ¿Sos vos o tu hermana? era la pregunta más repetida en el pueblo cada vez que aparecía una de ellas en un baile o en el comedor del Club Social. Muchas veces su madre, doña Matilde, tenía que atestiguar que una de ellas era Sofía y la otra Ada. O al revés. Porque su madre era la única capaz de identificarlas. Por el modo de respirar, decía.

La pasión de las mellizas por el juego fue lo primero que atrajo a Durán. Las hermanas estaban acostumbradas a apostar una contra la otra y él formó parte de esa partida. A partir de ahí se dedicó a seducirlas –o ellas se dedicaron a seducirlo a él– y andaban siempre juntos –iban a bailar, a cenar, a escuchar música– hasta que una de las dos insistía en quedarse un rato más a tomar copas en el bar del casino mientras la otra se disculpaba y se iba a dormir. Se quedaba con Sofía, con la que le dijo que era Sofía, y las cosas marcharon bien durante varios días.

Pero una noche, cuando estaba en la cama con Sofía, entró Ada y empezó a desnudarse. Y así empezó la semana tormentosa que pasaron en los moteles cercanos a la costa de Long Island, en el invierno helado, durmiendo y viajando juntos los tres y divirtiéndose en los bares y en los pequeños casinos que funcionaban casi sin gente porque estaban fuera de temporada. El juego de tres era duro y brutal y el cinismo es lo más difícil de sobrellevar. La perdición y el mal alegran la vida, pero lentamente llegan los conflictos. Las dos hermanas se complotaban y lo hacían hablar de más, y él a su vez complotaba con las mujeres, una contra otra. La más débil o la más sensible era Sofía y ella fue la primera que abdicó. Una noche abandonó el hotel y se volvió a Buenos Aires. Durán siguió viaje con Ada y anduvieron por los mismos hoteles y los mismos casinos que ya habían frecuentado, hasta que una noche decidieron que iban a volver a la Argentina. Durán la mandó adelante y poco tiempo después él la siguió.

–¿Pero vino por ellas? No creo. Tampoco vino por la plata de la familia –dijo el comisario, y se detuvo a prender el toscanito y se apoyó en el mostrador mientras Madariaga limpiaba las copas–. Vino porque nunca estaba tranquilo, porque no se podía quedar quieto, porque buscaba un lugar donde no lo trataran como a un ciudadano de segunda clase. Vino a eso, y ahora está muerto. En mis tiempos las cosas eran distintas. –Miró a todos y nadie dijo nada–. No hacía falta un falso yanqui, medio latino, medio mulato, para complicarle la vida a un pobre comisario de campo como yo.

Croce había nacido y se había criado en la zona, se había hecho policía en la época del primer peronismo, y desde entonces estaba en el cargo –salvo el interregno después de la revolución del general Valle en el 56–. Los días previos al levantamiento Croce había estado alzando las comisarías de la zona, pero cuando supo que la rebelión había fracasado anduvo como muerto por los campos hablando solo y sin dormir y cuando lo encontraron ya era otro. El comisario había encanecido de la noche a la mañana en 1956, al enterarse de que los militares habían fusilado a los obreros que se habían alzado para pedir el regreso de Perón. El pelo blanco, la cabeza alborotada, se encerró en su casa y no salió en meses. Perdió el cargo esa vez, pero lo reincorporaron cuando la presidencia de Frondizi en 1958 y desde entonces siguió a pesar de todos los cambios políticos. Lo sostenía el viejo Belladona, que, según dicen, siempre lo defendió a pesar de que estaban distanciados.

–Me quieren sorprender en un renuncio –dijo Croce, y sonrió– y me tienen bajo vigilancia. Pero no les va a dar resultado, porque no les voy a dar tiempo.

Era un hombre legendario, muy querido por todos, una especie de consultor general. En el pueblo pensaban que el comisario Croce estaba un poco rayado, andaba a los ponchazos de un lado a otro, vagando en el sulky por los campos y las chacras, deteniendo a los cuatreros, a los crotos, a los niños bien de las estancias que volvían borrachos de los reservados del bajo, y provocando a veces, con su estilo, escándalos y murmuraciones, pero con resultados tan notables que todos terminaron por pensar que ése era el modo en que debía actuar un comisario de pueblo. Tenía una intuición tan extraordinaria que parecía un acto de adivinación.

«Un poco tocado», decían todos. Tocado, tal vez, pero no como el loco Calesita, que andaba dando vueltas por el pueblo, vestido siempre de blanco y hablando solo en una jerga incomprensible; no, tocado en un sentido específico, como quien oye una música y no puede sacarla en el piano; un hombre imprevisible que deliraba un poco y no tenía reglas pero siempre acertaba y era ecuánime.

Acertó muchas veces porque parecía ver cosas que el resto de los mortales no podía ver. Por ejemplo, acusó a un hombre de haber violado a una muchacha porque lo vio salir dos veces del cine donde daban *Dios se lo pague*. Y el hombre realmente la había violado aunque el dato que lo llevó a incriminarlo no parecía tener sentido. Otra vez descubrió a un cuatrero porque lo vio tomar el tren a la madrugada para ir a Bolívar. Y si va a Bolívar es porque quiere vender la hacienda robada, dijo. Dicho y hecho.

A veces lo llamaban de los pueblos vecinos para resolver un caso imposible, como si fuera un manosanta del crimen. Iba en el sulky, escuchaba las versiones y los testimonios y volvía con el caso resuelto. «Fue el cura», dijo una vez en un caso de incendio deliberado de unas chacras en Del Valle. Un franciscano piromaníaco. Fueron a la parroquia y encontraron en un baúl, en el atrio, las mechas y un bidón de querosén.

Había vivido siempre dedicado a su trabajo y después de una extraña historia de amor con una mujer casada se quedó solo aunque todos pensaban que mantenía una relación intermitente con Rosa, la viuda de Estévez, que estaba a cargo del archivo del pueblo. Vivía solo en un gran rancho en el borde del pueblo, del otro lado de la estación, donde funcionaba la comisaría.

Los casos de Croce eran famosos en toda la provincia y su ayudante, el escribiente Saldías, un estudioso de la criminología, había caído también bajo el embrujo del comisario.

–En definitiva nadie entiende muy bien qué fue lo que Tony vino a hacer a este pueblo –dijo Croce, y miró a Saldías.

El ayudante sacó una libretita negra y revisó sus notas.

–Durán llegó aquí, en enero, el 5 de enero –dijo Saldías–. Hace justo tres meses y cuatro días.

2

Ese día, en la claridad quieta del verano, vieron bajar a un forastero del tren expreso que seguía viaje al norte. Muy alto, de piel oscura, vestido como un dandy, con dos valijas grandes que dejó en el andén –y un bolso marrón, de cuero fino, que no quiso soltar de ningún modo cuando se acercaron los changadores–, sonrió, cegado por el sol, y saludó con una inclinación ceremoniosa, como si ése fuera el saludo habitual por aquí, y los chacareros y peones que conversaban bajo la sombra de las casuarinas le contestaron con un murmullo sorprendido y Tony –con su voz dulce y su lenguaje musical– miró al jefe de estación y le preguntó dónde había un buen hotel.

–Me puede caballero usted indicar un buen hotel por aquí.

–Ahí enfrente está el Plaza –le dijo el jefe, y le mostró el edificio blanco del otro lado de la calle.

Se anotó en el hotel como Anthony Durán, mostró el pasaporte norteamericano, los cheques de viajero y pagó un mes adelantado. Dijo que venía por negocios, quería hacer unas inversiones, estaba interesado en los caballos argentinos. Todos en el pueblo trataron de inferir qué tipo de negocio era el que había venido a hacer con caballos y pensaron que quizá iba a invertir en los haras de la zona. Dijo algo un poco evasivo sobre un jugador de polo de Miami que quería comprarle petisos de polo a los Heguy, y también habló de un criador de caballos de carrera en Mississippi que andaba buscando padrillos argentinos. Un tal Moore, que practicaba salto, había estado por aquí, según dijo, y se había convencido de la calidad de los caballos criados en las pampas. Ése fue el motivo que dio al llegar y unos días después empezó a visitar algunos corrales y a ver yeguas y potrillos en los potreros y en los campos.

Pareció nomás que había venido a comprar caballos y todos en el lugar –los rematadores de ganado, los consignatarios, los criadores y los estancieros– se interesaron pensando que podían sacar ventaja y los rumores se movían de un lado a otro como una manga de langostas.

–Tardamos –dijo Madariaga– en confirmar su historia con las hermanas Belladona.

Durán se había instalado en el hotel, en una pieza del tercer piso, la que daba a la plaza, y había pedido que le pusieran una radio (no un televisor, una radio) y preguntó si por la zona podía conseguir ron y frijoles, pero se acostumbró enseguida a la comida criolla que servían en el restaurante y a la ginebra Llave que le subían al cuarto a las cinco de la tarde.

Hablaba un español arcaico, lleno de modismos inesperados *(chévere, cuál es la vaina, estoy en la brega)* y de frases o palabras deslumbrantes en inglés o en español antiguo *(obstinacy, winner, embeleco)*. A veces no se entendían las palabras o la construcción de las frases, pero su lenguaje era cálido y sereno. Y además pagaba copas a quien quisiera escucharlo. Ése fue su momento de mayor prestigio. Y así empezó a circular, a darse a conocer, a frecuentar los ambientes más variados y a hacerse amigo de los muchachos del pueblo fuera cual fuera su condición.

Estaba lleno de historias y de anécdotas sobre aquel raro mundo exterior que los de la zona sólo habían visto en el cine o en la tele. Venía de Nueva York, de una ciudad donde todas las ridículas jerarquías de un pueblo de la provincia de Buenos Aires no existían o no eran tan visibles. Parecía siempre contento y todos los que hablaban con él o se lo cruzaban por la calle se sentían importantes por el modo que tenía de escucharlos y de darles la razón. Así que a la semana de estar en el pueblo ya había establecido una corriente de calidez y simpatía y llegó a ser popular y conocido aun entre los hombres que nunca lo habían visto.[3]

3. El hermano mayor de Tony había caído en Vietnam. Al cruzar un arroyo en los bosques cercanos al delta del Mecong un rayo de sol se reflejó en sus espejuelos y lo hizo visible para un francotirador del Vietcong que lo mató de un tiro –tan lejano– que ni siquiera se oyó. *Murió en combate pero su muerte fue tan inesperada y tan pacífica que pensamos que había muerto de un ataque cardíaco,* decía la carta de condolencia fir-

Porque se dedicó a convencer a los hombres, las mujeres siempre estuvieron de su lado y hablaban de él en los baños de damas de la confitería y en los salones del Club Social y en las interminables conversaciones telefónicas en los atardeceres de verano, y ellas fueron, desde luego, las que empezaron a decir que en realidad había venido por las hermanas Belladona.

Hasta que al fin, una tarde, lo vieron entrar, divertido y charlando, con una de las dos hermanas, con Ada, dicen, en el bar del Plaza. Se sentaron a una mesa en un rincón alejado y se pasaron la tarde hablando y riendo en voz baja. Fue una explosión, un alarde de alegría y de malicia. Esa noche mismo empezaron los comentarios en voz baja y las versiones subidas de tono.

Dijeron también que los habían visto entrar al fin de la noche en la posada de la ruta que iba a Rauch e incluso que lo recibían en una casita que las chicas

---

mada por el coronel Roger White, el delirante jefe de mensajes de pésame del Military Assistance Command Vietnam, a quien la tropa llamaba *the Fucking Poet.* El pelotón se replegó hacia los arrozales luego del disparo por temor a una emboscada. Al hermano de Tony se lo llevó la corriente y lo encontraron una semana después devorado por los perros y los pájaros carroñeros. El coronel White no había dicho nada sobre esa circunstancia en su carta de pésame. Como gracia por la muerte de su hermano, Tony no fue llamado al ejército. No querían dos hijos muertos en una misma familia, aunque fuera una familia puertorriqueña. Los restos de su hermano habían llegado en una caja de plomo que no se podía abrir. La madre nunca estuvo segura de que ese cadáver –enterrado en el cementerio militar de Jersey City– fuera el de su hijo.

tenían lejos del pueblo, en las inmediaciones de la fábrica cerrada que se alzaba como un monumento abandonado a unos diez kilómetros del pueblo.

Pero fueron habladurías, decires provincianos, versiones que sólo lograron hacer crecer su prestigio (y también el de las chicas).

Desde luego, como siempre, las hermanas Belladona habían sido las adelantadas, las precursoras de todo lo interesante que pasaba en el pueblo: habían sido las primeras en usar minifaldas, las primeras en no ponerse *soutien,* las primeras en fumar marihuana y tomar píldoras anticonceptivas. Como si las hermanas hubieran pensado que Durán era el hombre indicado para completar su educación. Una historia de iniciación, entonces, como en las novelas donde jóvenes arribistas conquistan a las duquesas frígidas. Ellas no eran frígidas ni eran duquesas pero él sí era un joven arribista, un Julien Sorel del Caribe, como dijo, erudito, Nelson Bravo, el redactor de Sociales del diario local.

Lo cierto es que fue en esa época cuando los hombres pasaron de observarlo con simpatía distante a tratarlo con ciega admiración y envidia bien intencionada.

–Venía con una de las hermanas muy tranquilo a tomarse una copita aquí porque al principio no lo dejaron (dicen) entrar en el Club Social. Los copetudos son de lo peor, quieren todo a escondidas. La gente sencilla, en cambio, es más liberal –dijo Madariaga, usando la palabra en su viejo sentido–. Si hacen algo, lo hacen a la luz del día. ¿O no convivió don Cosme con su hermana Margarita más de un año? ¿O no vivieron los dos hermanos Jáuregui con una mujer que habían sacado de un prostíbulo de Lobos? ¿O el viejo Andrade no se enredó con una criatura de quince años que estaba pupila en un convento de las monjas carmelitas?

–Seguro –dijo un paisano.

–Claro que si Durán hubiera sido un yanqui rubio, todo habría sido distinto –dijo Madariaga.

–Seguro –dijo el paisano.

–A Seguro lo llevaron preso –dijo Bravo, sentado al fondo, cerca de la ventana, mientras disolvía una cucharada de bicarbonato en un vaso de soda porque sufría acidez y estaba siempre amargado.

A Durán le gustaba la vida de hotel y se acostumbró a vivir de noche. Se paseaba por los pasillos vacíos mientras todos dormían; a veces conversaba con el conserje del turno de noche, que andaba a toda hora tanteando puertas y dormitaba en los sillones de cuero de la sala grande. Conversar es un decir, porque el conserje era un japonés que sonreía y decía que sí a todo, como si no entendiera el idioma. Era chiquito y pálido, engominado, vestido de traje y pajarita, muy servicial. Venía del campo, donde sus parientes tenían un vivero, y se llamaba Yoshio Dazai,[4]

4. Hijo de un oficial del ejército imperial que había muerto en combate horas antes de la firma del armisticio, Dazai había nacido en Buenos Aires en 1946 y había sido criado por su madre y por sus tías y de chico sólo entendía el japonés de las mujeres *(onnarashii)*.

pero todos en el hotel le decían el Japo. Parece que Yoshio fue para Durán la fuente principal de información. Fue él quien le contó la historia del pueblo y la verdadera historia de la fábrica abandonada de los Belladona. Muchos se preguntaban cómo había terminado el japonés viviendo de noche como un gato, alumbrando el tablero de las llaves con una linternita, mientras la familia cultivaba flores en una quinta de las afueras. Era amable y delicado, muy formal y muy amanerado. Silencioso, de mansos ojos rasgados, todos pensaban que el japonés se empolvaba el cutis y que tenía la debilidad de ponerse un poco de colorete, apenas un velo, en las mejillas, y que se sentía muy orgulloso de su pelo renegrido y lacio, que él mismo llamaba *Ala de cuervo*. Yoshio se aficionó o quedó tan deslumbrado por Durán que lo seguía a todos lados y parecía su mucamo personal.

A veces a la madrugada los dos bajaban a la calle, cruzaban entre los árboles y atravesaban el pueblo caminando por el medio de la calle hasta la estación; se sentaban en un banco, en el andén desierto, y miraban pasar el rápido de la madrugada. El tren no paraba nunca, pasaba como una luz por el pueblo y seguía para el sur hacia la Patagonia. Yoshio y Durán veían la cara de los pasajeros, recostados contra el vidrio iluminado de las ventanillas, como muertos en el cristal de la morgue.

Y fue Yoshio quien, un mediodía de principios de febrero, le entregó el sobre de las hermanas Belladona con la invitación a visitar la casa familiar. Le habían dibujado un plano en una hoja de cuaderno y con un círculo rojo le marcaron la ubicación de la mansión en la loma. Parece que lo invitaban a conocer al padre.

La casona de la familia estaba sobre la barranca, en la parte vieja del pueblo, en lo alto de las lomas desde las que se ven los montes, la laguna y la llanura gris e interminable. Durán se vistió con un traje blanco de lino y zapatos combinados, y a media tarde cruzó el pueblo y subió por el camino del alto hacia la casa.

Y lo hicieron entrar por la puerta de servicio.

Fue un error de la mucama, lo vio mulato y pensó que era un peón disfrazado...

Pasó por la cocina y luego de cruzar el cuarto de planchar y las piezas de los sirvientes llegó al salón que daba al parque donde lo esperaba el viejo Belladona, flaco y oscuro como un mono embalsamado, las piernas chuecas, los ojos achinados. Muy bien educado, Durán hizo las inclinaciones de rigor y se acercó a saludar al Viejo, con las formas de respeto que se usan habitualmente en el Caribe español. Pero eso no funciona en la provincia de Buenos Aires, porque aquí son los sirvientes quienes tratan de ese modo a los señores, ellos (decía Croce) son los únicos que mantienen las maneras aristocráticas de la colonia española que ya se han perdido en todos lados. Y eran los señores quienes le enseñaban a los criados los modales que ellos habían abandonado, como si hubieran depositado en esos hombres oscuros las maneras que ya no necesitaban.

Así que Durán actuó, sin darse cuenta, como un capataz de estancia, como un arrendatario o un puestero que se acerca, solemne y lento, a saludar al patrón.

Tony no entendía las relaciones y las jerarquías del pueblo. No entendía que había zonas –los senderos embaldosados en medio de la plaza, la vereda de la sombra en el bulevar, los bancos de adelante en la iglesia– a las que sólo iban los miembros de las viejas familias, que había lugares –el Club Social, los palcos del teatro, el restaurante del Jockey Club– a los que no se podía acceder aunque se tuviera plata.

¿Pero no tenía razón de desconfiar el viejo Belladona?, se preguntaban todos retóricamente. De desconfiar y de hacerle ver de entrada a ese forastero arrogante cuáles eran las reglas de su clase y de su casa. Seguramente el Viejo se había preguntado –y todos se hacían esa pregunta– cómo era posible que un mulato que decía venir de Nueva York apareciera en un lugar donde los últimos negros habían desaparecido cincuenta años antes o se habían disuelto hasta borrarse y formar parte del paisaje, y no explicara nunca claramente para qué había venido e insinuara que venía a cumplir una suerte de misión secreta. Algo se dijeron esa tarde, el Viejo y Tony, se supo después; parece que venía con un mensaje o un encargo, pero todo bajo cuerda.

El Viejo vivía en un amplio salón que parecía una cancha de paleta. Habían volteado las paredes para hacerle lugar, así que el Ingeniero podía moverse de un lado a otro, entre sus mesas y sus escritorios, hablando solo y espiando por la ventana el movimiento muerto de la calle del otro lado del parque.

–Lo van a llamar el Zambo a usted por aquí –le dijo el Viejo, y sonrió cáustico–. Había muchos negros en el Río de la Plata en la época de la colonia, formaron un batallón de pardos y morenos, muy decididos, pero los mataron a todos en las guerras de la independencia. Hubo incluso algunos gauchos negros, sirviendo en la frontera, pero al final todos se fueron a vivir con los indios. Hace unos años quedaban todavía negros en los montes, pero se fueron muriendo y ya no hay más. Me han dicho que hay muchos modos de diferenciar el color de la piel en el Caribe, pero aquí a los mulatos los llamamos zambos.[5] Me entiende, joven.

El viejo Belladona tenía setenta años, pero parecía tan remoto que podía decirle joven a todos los hombres del pueblo: había sobrevivido a las catástrofes, reinaba sobre los muertos, disolvía lo que tocaba, alejó de su lado a los varones de la familia y se quedó con sus hijas mientras los hijos se exiliaron diez kilómetros al sur, en la fábrica que levantaron en el camino a Rauch. Inmediatamente el Viejo le habló de la herencia, había dividido sus posesiones y había cedido la propiedad antes de morir y ése había sido un error y desde entonces sólo había habido guerras.

–Me quedé sin nada –dijo– y ellos empezaron a pelearse y casi se matan.

Las hijas, dijo, estaban aparte de ese conflicto pero sus hijos lo habían enfrentado como si se disputaran un reino. *(No vuelvo más –había jurado Luca–. No piso más esta casa.)*

5. Los zambos, mestizos de indios y negros, eran el punto más bajo de la escala social en el Río de la Plata.

–Algo cambió en esa época después de la visita y la charla –dijo Madariaga, sin dirigirse a nadie en particular y sin aclarar cuál había sido ese cambio.

Fue en esos días cuando empezaron a decir que era un *valijero*[6] que había traído plata –que no era de él– para comprar bajo cuerda la cosecha y no pagar los impuestos. Se decía que ése era el negocio que tenía con el viejo Belladona y que las hermanas habían sido sólo un pretexto.

Muy posible, era habitual, aunque los que traían y llevaban la plata en negro solían ser invisibles. Tipos con cara de bancarios que viajaban con una fortuna ajena en dólares para evitar la DGI. Se contaban muchas historias sobre las evasiones y el tráfico de divisas. Dónde las escondían, cómo las llevaban, a quiénes tenían que adornar, pero no es ésa la cuestión, no importa dónde llevan la plata, porque no se los puede descubrir si alguien no los denuncia. Y quién va a denunciarlos si todos están en el negocio: los chacareros, los estancieros, los rematadores, los que negocian la cosecha gruesa, los que aguantan el precio en los silos.

Madariaga volvió a mirar por el espejo al comisario, que se paseaba nervioso, con el rebenque en la mano, de un lado a otro del salón, hasta que se sentó

6. «La evasión impositiva se debe, principalmente, a las actividades que desarrollan los denominados *valijeros*. Se los llama así porque llevan dinero en efectivo en un portafolio. Ofrecen mejores precios a acopiadores, invernadores y productores agrarios en general, negociando en negro, con facturas pertenecientes a empresas inexistentes» *(La Prensa*, 10 de febrero de 1972).

ante una de las mesas y Saldías, su ayudante, pidió una jarra de vino y algo para comer mientras Croce seguía monologando como era su costumbre cuando buscaba resolver un crimen.

–Venía con plata –dijo Croce– y por eso lo mataron. Lo entusiasmaron con las cuadreras y el caballo de Luján.

–No hizo falta entusiasmarlo, ya venía entusiasmado de antes –se reía Madariaga.

Algunos dicen que le prepararon especialmente una cuadrera y quedó obsesionado. Mejor sería decir que esa carrera, que se venía preparando desde hacía meses, se aceleró para que Tony pudiera verla y hubo quienes vieron en eso la mano del destino.

Rápidamente Tony comprobó que había varias clases de caballos muy buenos en la provincia, básicamente eran de tres categorías: los petisos de polo, muy extraordinarios, que se crían sobre todo por la zona de Venado Tuerto; los purasangre criollos en los haras de la costa, y los parejeros de las cuadreras, que son muy rápidos, con gran pique, de aliento corto, muy nerviosos, acostumbrados a correr a dúo. No hay caballos iguales ni carreras como ésas en ningún otro lado del mundo.

Durán empezó entonces a conocer la historia de las cuadreras de la zona.[7] Enseguida se dio cuenta

7. El parejero más conocido en la historia argentina fue el *Pangaré azul*, propiedad del coronel Benito Machado. Este caballo fue ganador de todas las cuadreras disputadas y murió ahorcado en su box por descuido del cuidador.

de que ahí se jugaba más plata que en el Derby de Kentucky. Los estancieros apuestan fuerte, los peones se juegan el sueldo. Las carreras se preparan con tiempo, la gente junta su plata para la ocasión. Hay caballos que tienen mucho prestigio, se sabe que han ganado tantas carreras en tales lugares y entonces se hace el desafío.

El caballo del pueblo era un tordillo del Payo Ledesma, muy buen caballo, que estaba retirado, como un boxeador que deja los guantes sin haber perdido. Hacía tiempo que lo venía desafiando un estanciero de Luján, que tenía un alazán invicto. Parece que al principio Ledesma no quería entrar pero al final se entusiasmó, copó la parada, como quien dice, y aceptó el desafío. Y ahí fue cuando alguno metió la mano para enganchar a Tony. El otro caballo, el de Luján, se llamaba *Tácito* y tenía una historia bastante rara. En realidad era un purasangre que se había lesionado y no podía correr más de trescientos metros. Había empezado en el hipódromo de La Plata y luego ganó la Polla de Potrillos y un sábado lluvioso, en la quinta carrera de San Isidro, tuvo un accidente. En una rodada se rompió la mano izquierda y quedó sentido. Era hijo de un hijo de *Embrujo* y lo pusieron en venta para cría, pero el jockey del caballo –y el cuidador– se hicieron cargo y lo cuidaron hasta que de a poco volvió a correr, sentido y todo. Parece que convencieron al estanciero de Luján para que lo comprara y en las cuadreras ganaba siempre. Ésa era la historia que se contaba y la verdad que el caballo era imponente, un colorado patas blancas, arisco y malo, que sólo se entendía con el jockey, que le hablaba como si fuera una persona.

Lo habían traído en un camión abierto y cuando lo soltaron en el potrero los paisanos lo miraban desde una distancia respetuosa. Un caballo de gran alzada, con la manta en el lomo y una sola pata vendada, brioso, arisco, que movía los ojos agrandados por el espanto o la rabia como un verdadero purasangre.

–Sí –dijo Madariaga–. El tordillo de Ledesma contra el invicto de Luján. Ahí pasó algo.

3

La tarde del domingo era fresca y se veía a los paisanos que iban llegando de las chacras y las estancias de todo el partido y se instalaban en los bordes, contra el alambrado que dividía la pista de las casas. Habían tendido unas tablas sobre unos caballetes y vendían empanadas y servían ginebra y vino de uva chinche que se sube a la cabeza sólo con verlo. Ya habían prendido el fuego para el asado y se veía la fila de costillares clavados en la cruz y las achuras extendidas sobre una lona en el pasto. Había clima de fiesta y un rumor nervioso, electrizado, clásico en los preparativos de una carrera muy esperada. No se veían mujeres por ningún lado, sólo varones de todas las edades, chicos y viejos y hombres maduros y jóvenes, vestidos de domingo; con camisa bordada y chaleco de fantasía los peones; con campera de gamuza y pañuelo al cuello los estancieros; con jeans y pulóveres atados a la cintura los jóvenes del pueblo. Era una pequeña multitud que se movía en oleadas e iba de un lado al otro y enseguida empezaron a levantar las apuestas, los billetes en la mano, doblados entre los dedos o guardados en la vincha del sombrero.

Muchos forasteros habían llegado para ver la carrera y se juntaron al fondo de la pista, en la raya de llegada, cerca de la barranca. Se notaba que no eran de la zona por el modo de moverse, sigilosos, con el aire inquieto del que corre en cancha ajena. Por los altavoces de la empresa de anuncios del pueblo –*Avisos, remates y ferias. La voz de todos*– se pasaban música y noticias y se pidió un aplauso para el comisario Croce, que iba a ser el juez de raya de la carrera.

El comisario apareció vestido de traje y corbata, con sombrero de ala fina, acompañado por el escribiente Saldías, que lo seguía como una sombra. Sonaron unos aplausos dispersos.

–¡Viva el caballo del comisario! –gritó un borracho.

–No te hagas el vivo, Cholo, o te meto en el calabozo por desacato –le contestó el comisario, y el borracho tiró el sombrero al aire y volvió a gritar:

–¡Que viva la policía!

Y todos se largaron a reír y el clima se distendió. Muy formales, Croce y el escribiente midieron la distancia de la cancha a grandes pasos y luego colocaron dos cancheros al costado con un trapo rojo en la mano para que hicieran señas cuando todo estuviera listo.

Entonces, en una pausa de la música, se oyó un auto que venía a toda máquina por atrás del monte y se vio llegar a Durán, manejando el cupé descapotado del viejo Belladona, con las hermanas sentadas con él en el estrecho asiento de adelante, pelirrojas y bellas y con cara de haber dormido poco. Mientras Durán estacionaba el auto y ayudaba a bajar a las muchachas, el comisario se detuvo y se dio vuelta para verlos y después le comentó algo en voz baja a Saldías, que movió la cabeza con resignación. Era raro ver juntas a las hermanas, salvo en situaciones extraordinarias, y era extraordinario verlas porque eran las únicas mujeres en el lugar (salvo las doñas que vendían las empanadas).

Durán y las mellizas se ubicaron cerca de la largada, sentadas las chicas cada una en una sillita plegable de lona con él atrás, de pie, saludando a los conocidos y haciendo bromas sobre los forasteros que se habían arrinconado en la otra punta de la pista. Tony llevaba una camisa sport a cuadros gris, pantalones blancos de raya impecable, zapatos de gamuza de dos tonos. El pelo negro y tupido, peinado hacia atrás, brillaba con alguna crema o aceite especial que le daba forma. Las hermanas estaban muy sonrientes, las dos vestidas igual, con solera floreada y una cinta blanca en el pelo. Claro que si no hubieran sido las descendientes del dueño del pueblo, no habrían podido moverse con tanta calma entre los varones que daban vueltas y las miraban de soslayo, con una mezcla de respeto y de codicia. Durán los saludaba sonriendo y los paisanos se daban vuelta y se alejaban con aire distraído. Para mejor, enseguida las dos hermanas empezaron a apostar, sacando el dinero de una carterita de cuero, diminuta, que las dos llevaban colgada en el pecho. Sofía jugó mucha plata a las patas del caballo del pueblo y Ada hizo una parva con billetes de quinientos y de mil y la jugó toda al lujanero. Siempre era así, una contra la otra, como dos gatos metidos en una bolsa que luchan para quedar libres y escapar.

–Bueno, está bien –dijo Sofía, y subió la parada–. La que gana invita a cenar en el Náutico y la que pierda paga.

Durán se empezó a reír y les hizo una broma y se vio que se inclinaba entre las dos y le acomodaba el pelo a una de ellas, con un gesto cariñoso, un mechón rebelde atrás de la oreja.

Entonces todo se detuvo durante un instante interminable, el comisario inmóvil en medio de la cancha, los forasteros como dormidos, los peones mirando con atención exagerada la pista de arena, los estancieros con cara de disgusto o de sorpresa, quietos, rodeados por los capataces y los puesteros, los altoparlantes callados, el asador con una cuchilla en la mano mirando el fuego que ardía sobre las chapas, el loco Calesita dando vueltas cada vez más despacio hasta que se quedó quieto él también, moviéndose apenas en un balanceo circular que quería figurar la agitación de los toldos del tiovivo sacudidos por la brisa. (Y *tiovivo* era una palabra que Tony le había enseñado cuando se detenía a conversar con el loco del pueblo cada vez que lo encontraba dando vueltas por la plaza.) Fue un momento muy extraordinario, las dos hermanas y Tony Durán eran los únicos que parecían seguir con vida, hablaban en voz baja y se reían y él siguió acariciando el pelo a una de ellas, mientras la otra le tiraba de la manga del saco para que se inclinara a escuchar lo que tenía que decirle al oído. Pero si todo se había detenido era porque habían aparecido, del otro lado de la arboleda, el estanciero de Luján, el inglés Cooke, alto y pesado como un roble, y a su lado, bamboleándose al andar, con petulancia estudiada, la fusta bajo la axila, el jockey, chiquito, medio amarillo verdoso de tanto tomar mate, que miraba a todos los paisanos con desprecio porque había corrido en el hipódromo de La Plata y en San Isidro y era un profesional del turf. Había llegado la noticia de que le habían quitado la licencia porque pechó a un rival al salir de una curva en plena carrera y el caballo del otro rodó, matando feo al jinete, que quedó aplastado bajo el cuerpo del animal. Parece que estuvo preso, pero lo soltaron porque dijo que el caballo se había asustado al escuchar el silbato de un tren que en ese momento entraba en la estación de La Plata que está atrás del hipódromo. Dicen que era cruel y pendenciero, que estaba lleno de tretas y mañas, que debía dos muertes, que era un tipo altivo, chiquito y malo como un ají. Lo llamaban el Chino, porque había nacido en el departamento de Maldonado y era oriental, pero no parecía uruguayo, tan gallito y arrogante.

Al tordillo del tuerto Ledesma lo montaba el Monito Aguirre, un aprendiz que no tendría más de quince años y que parecía haber nacido arriba de un caballo. Boina negra, pañuelo al cuello, alpargatas, bombacha bataraza, rebenque de cabo grueso, el Monito, y enfrente, diminuto, el jockey vestido con chaquetilla de colores y breeches, la mano izquierda enguantada, los ojos despreciativos, dos rendijas malvadas en una máscara amarilla de yeso. Se miraron sin saludarse, el Chino con la fusta bajo la axila y la mano con el guante negro, parecida a una garra, y el Monito pateando piedras, como si quisiera limpiar el suelo, maniático, empecinado, porque ése era su modo de concentrarse antes de una carrera.

Cuando todo estuvo listo, se dispusieron a montar y el Monito se sacó las alpargatas y estribó descalzo, con el dedo gordo metido en la soga de la horquilla, a lo indio, mientras el Chino usaba estribo corto, bien arriba, a la inglesa, medio parado en el caballo, las dos riendas en la mano enguantada y la derecha acariciando la cabeza del animal mientras le hablaba al oído en una lengua lejana y gutural. Después los subieron, uno por vez, en una balanza de pesar maíz que estaba a ras del piso, y al Monito tuvieron que agregarle peso adicional porque, flaco como era, le sacaba como dos kilos al oriental.

Decidieron que la tenida iba a ser con partida en marcha, distancia de tres cuadras, trescientos metros escasos, desde la sombra que tiraban las casuarinas hasta el terraplén que daba sobre la barranca, cerca de la laguna. En la raya uno de los cancheros había tendido un hilo sisal pintado de amarillo que brillaba al sol como si fuera de oro. El comisario se instaló en la largada y les hizo un gesto con el sombrero para que se alistaran. Paró la música, se hizo otra vez el silencio, sólo se oía el murmullo de los que todavía tomaban las apuestas en voz baja.

Los parejeros largaron juntos al trote atrás de la

arboleda y hubo una partida falsa y dos aprontes hechos para poner en línea otra vez a los caballos, que al final se vinieron desde el fondo en un galope liviano, sin sacarse ventaja, tomando cada vez más velocidad, prodigiosamente montados, hocico con hocico, y cuando estaban corriendo en la misma línea, el comisario golpeó las manos con fuerza y les gritó que la partida era buena y el tordillo pareció que saltaba hacia delante y enseguida le sacó una cabeza de ventaja al Chino, que cabalgaba tirado sobre las orejas del animal, sin tocarlo, con la fusta siempre en la axila, mientras el Monito venía a rebencazo limpio, meta y meta, los dos como una luz de ligeros.

Los gritos de aliento y los insultos hacían un coro que envolvía la pista y el Monito siguió siempre adelante hasta los doscientos metros, donde el Chino empezó a castigar al alazán y a acortar distancia y se vinieron cabeza a cabeza, y al cortar la cinta había un hocico de ventaja para el tordillo del Payo.

El Chino saltó del caballo, enfurecido, diciendo que lo habían perjudicado en la largada.

–La partida fue buena –dijo el comisario con voz tranquila–. Ganó el Mono, en la raya.

Se armó una revuelta y en medio de la confusión el Chino empezó a discutir con el Payo Ledesma. Primero lo insultó y después quiso pegarle, pero Ledesma, que era flaco y alto, le puso la mano en la cabeza y lo mantuvo a distancia mientras el Chino, furioso, largaba patadas y golpes sin poder tocarlo. Por fin el comisario intervino y pegó un grito y el

Chino se calmó. Después se sacudió la ropa y miró a Croce.

–¿Cierto que el caballo es suyo? –dijo–. Nadie le gana aquí al caballo del comisario.

–Qué caballo del comisario ni qué niño muerto –dijo Croce–. Ustedes cuando pierden dicen que estaba arreglado y cuando ganan se olvidan de todo.

Todo el mundo estaba exaltado y discutiendo y las apuestas todavía no se habían pagado. Las hermanas se habían parado en las sillitas de lona para ver lo que pasaba y se sostenían del hombro de Durán, que estaba entre las dos y sonreía. El estanciero de Luján parecía muy tranquilo y tenía al caballo de la brida.

–Calma, Chino –le dijo al jockey, y luego se volvió hacia Ledesma–. La largada no fue clara. Mi caballo tenía el paso cambiado y usted –miró a Croce, que había prendido el toscano y fumaba furioso– vio eso, pero la dio por buena igual.

–¿Y por qué no avisó antes y dijo mala? –preguntó Ledesma.

–Porque soy un caballero. Si me la dan por perdida, allá ustedes, voy a pagar las apuestas, pero mi caballo sigue invicto.

–Yo no estoy de acuerdo –dijo el jockey–. Un caballo tiene honor y no acepta nunca una derrota injusta.

–Pero este muñequito está loco –dijo Ada con asombro y con admiración–. Es un empecinado.

Como si las hubiera escuchado a pesar de estar al fondo del campo, el Chino miró a las mellizas con descaro, primero a una y después a la otra, de arriba abajo, y se movió para quedar de frente a ellas, insolente y pretencioso. Ada levantó el pulgar y el índice, y formando la letra *c* le mostró una pequeña diferencia y le sonrió.

–A este gallito le falta cantar –dijo.

–Nunca estuve con un jockey –dijo Sofía.

El jockey las miró a las dos y les hizo una inclinación y después se alejó, con un bamboleo suave, como si tuviera una pierna más corta que la otra, la fusta en la axila, el cuerpito armonioso y envarado, y se acercó a la bomba que estaba al lado de la casa y se mojó la cabeza. Mientras bombeaba el agua miró al Monito, que se había sentado bajo un árbol.

–Me madrugaste –le dijo.

–Hablás de más –dijo el Monito, y los dos se encararon pero sin pasar a mayores, porque el Chino empezó a caminar de espaldas y se acercó al alazán y empezó a hablarle y a acariciarlo, como si buscara calmarlo cuando en realidad era él quien estaba nervioso.

–Voy a darla por buena entonces –dijo el estanciero de Luján–, pero yo no perdí. Que se paguen las apuestas, nomás. –Miró a Ledesma–. La corremos de nuevo cuando usted quiera, busque una cancha neutral. Hay carreras en Cañuelas, el mes que viene, si gusta.

–Se agradece –dijo Ledesma.

Pero no aceptó el desafío y nunca la volvieron a correr; dicen que las hermanas quisieron convencer al viejo Belladona de que comprara el caballo de Luján con el jockey incluido, porque querían hacer de nuevo la carrera, y que el viejo se negó, pero ésas son simples versiones y conjeturas.

Y entonces llegó marzo y las hermanas dejaron de ir a nadar a la pileta del Náutico y ahora Durán las esperaba en el bar del hotel o las dejaba en la salida del pueblo y después bordeaba la laguna y hacía una parada en el almacén de Madariaga para tomarse una ginebra. En ese tiempo ya se había desentendido de los caballos, como si hubiera sufrido una decepción o ya no necesitara el pretexto. Se hacía ver casi todas las noches en el bar del hotel, mantenía ese tono de confianza inmediata, de simpatía natural, pero, de a poco, se fue aislando. Ahí empezaron a cambiar las versiones sobre los motivos de su llegada al pueblo, dijeron que había visto o lo habían visto, que él había dicho o que alguien había dicho y bajaban la voz. Se lo veía errático, distraído y parecía sentirse más cómodo cuando estaba en compañía de Yoshio, que era a la vez su ayudante personal, su cicerone y su guía. El japonés lo conducía en una dirección inesperada que a nadie le gustaba del todo. Se bañaban desnudos en la laguna a la hora de la siesta. Y varias veces vieron a Yoshio que lo esperaba en la orilla con una toalla y le frotaba el cuerpo con energía antes de servirle la merienda en un mantel tendido bajo los sauces.

A veces salían a la madrugada y se iban a pescar a la laguna. Alquilaban un bote y veían salir el sol mientras tiraban la línea. Tony había nacido en una isla del Caribe y las lagunas que se encadenaban en el sur de la provincia, con sus cauces tranquilos y sus islotes donde pastaban las vacas, le daban risa. Pero le gustaba el paisaje vacío de la llanura que se veía desde el bote, más allá de la corriente mansa del agua que se desplazaba entre los juncos. Campos tendidos, pastos quemados por el sol y a veces algún ojo de agua entre las arboledas y los caminos.

Para ese entonces la leyenda hacía rato que había cambiado, él ya no era un donjuán, ya no era un cazador de fortunas que había venido atrás de unas herederas sudamericanas, era un viajante de nuevo tipo, un aventurero que traficaba plata sucia, un contrabandista neutro que pasaba dólares por las aduanas ayudado por su pasaporte norteamericano y su elegancia. Tenía doble personalidad, dos caras, doble fondo. Y no parecía posible estabilizar las versiones porque su posible vida secreta era siempre nueva y sorprendente. Un forastero seductor, extrovertido, que decía todo, y también un hombre misterioso, con su lado oscuro, que había sido capturado por los Belladona y en ese torbellino se había perdido.

Todo el pueblo colaboraba en ajustar y mejorar las versiones. Habían cambiado los motivos y el punto de vista, pero no el personaje; tampoco habían cambiado los acontecimientos, sólo el modo de mirarlos. No había hechos nuevos, sólo otras interpretaciones.

–Pero no fue por eso que lo mataron –dijo Madariaga, y volvió a observar por el espejo al comisario, que seguía paseando nervioso, con el rebenque en la mano, de un lado a otro del salón.

La última luz de la tarde de marzo entraba cortada por las rejas de la ventana y afuera el campo tendido se disolvía, como si fuera de agua, en el atardecer.

Desde el fin de la tarde hasta la medianoche estuvieron conversando, sentados en los sillones de mimbre de la galería que daba al jardín del fondo, y cada tanto Sofía Belladona se levantaba y entraba en la casa para renovar el hielo o traer otra botella de vino blanco, sin dejar de hablar desde la cocina, o al cruzar la puerta de vidrio, o cuando se apoyaba en el enrejado de la galería antes de volver a sentarse mostrando sus muslos tostados por el sol, sus pies calzados con sandalias blancas que dejaban ver las uñas pintadas de rojo –las piernas largas, los tobillos finos, los rodillas perfectas– a las que Emilio Renzi miraba encandilado, mientras seguía la voz grave e irónica de la muchacha que iba y venía en la tarde –igual que una música– hasta que él la interrumpía con sus comentarios o la detenía para anotar algunas palabras o alguna frase en su libreta negra, como alguien que en medio de la noche se despierta y prende la luz para registrar en cualquier papel un detalle del sueño que acaba de tener con la esperanza de recordarlo entero al día siguiente.

Muchas veces Sofía había comprobado que la historia de su familia era un patrimonio de todos en la zona –un cuento de misterio que el pueblo entero conocía y volvía a contar pero nunca lograba descifrar completamente– y no se preocupaba por las versiones y las alteraciones porque esas versiones formaban parte del mito que ella y su hermana, las Antígonas –¿o las Ifigenias?– de esa leyenda, no necesitaban aclarar –«rebajarse a aclarar», como decía–, pero ahora, en medio de la confusión, luego del crimen, era preciso, tal vez, intentar reconstruir –«o entender»– lo que había sucedido. Las historias familiares son parecidas, había dicho ella, los personajes se reproducen y se superponen –siempre hay un tío que es un tarambana, una enamorada que se queda soltera, hay siempre un loco, un ex alcohólico, un primo al que le gusta vestirse de mujer en las fiestas, un fracasado, un ganador, un suicida–, pero en este caso lo que complicaba las cosas era que la historia de la familia se superponía con la historia del pueblo.

–Lo fundó mi abuelo –dijo con desprecio–. No había nada aquí cuando él llegó, sólo la tierra pelada, los ingleses levantaron la estación de ferrocarril y lo pusieron a cargo.

Su abuelo había nacido en Italia y había estudiado ingeniería y era técnico en ferrocarriles, y cuando llegó a la Argentina lo trajeron al desierto y lo dejaron al frente de un ramal, una parada –un cruce de vías en realidad– en medio del campo.

–Y ahora a veces pienso –dijo después– que si mi abuelo se hubiera quedado en Turín, Tony no habría muerto. Incluso si nosotros no lo hubiéramos cruzado en Atlantic City o si él hubiera seguido viviendo con sus abuelos en Río Piedras, no lo habrían matado. ¿Cómo se llama eso?

–Se llama la vida –dijo Renzi.

—¡Plash![8] –dijo ella–. No seas cursi... ¿qué te pasa? Lo eligieron a él, lo mataron a él, el día justo, a la hora justa, no tenían muchas chances, ¿te das cuenta? No hay tantas oportunidades de matar a un hombre como ése.

8. Sofía se había pasado la niñez leyendo historietas y le gustaba repetir las onomatopeyas

4

Encontraron a Durán muerto en el piso de su cuarto en el hotel, con una cuchillada en el pecho. Lo descubrió la chica de la limpieza porque se oía sonar el teléfono del otro lado de la puerta cerrada, sin que nadie lo atendiera, y ella pensó que la pieza estaba vacía. Eran las dos de la tarde.

Croce estaba tomando un vermut con Saldías en el bar del hotel, así que no tuvo que moverse para empezar a investigar.

–Nadie debe salir de aquí –dijo Croce–. Vamos a tomarles declaración y después se pueden ir.

Los huéspedes ocasionales, los pasajeros y los pensionistas hablaban en voz baja, sentados en los sillones de cuero del salón o parados en grupos de tres o cuatro contra la pared. Saldías se había instalado ante una mesa en la oficina del gerente y los iba llamando por turno. Hizo una lista, anotó los datos personales, las direcciones, les preguntó en qué sitio preciso del hotel habían estado a las dos de la tarde; luego les informó que quedaban a disposición de la policía y podían ser convocados como testigos. Al final separó a los que habían estado cerca del lugar del hecho o tenían información directa y les pidió que esperaran en el comedor. El resto podía seguir con sus actividades hasta que pudieran necesitarlos.

–Hay cuatro que estaban en el momento del crimen cerca del cuarto de Durán y dicen haber visto a un sospechoso. Habrá que interrogarlos.

–Empezamos con ellos...

Saldías se dio cuenta de que Croce no quería subir a ver el cadáver. No le gustaba el aspecto de los muertos, esa extraña expresión de sorpresa y de horror. Había visto muchos, demasiados, en todas las posiciones y con las formas más raras de morir pero siempre con cara de espanto. Su ilusión era resolver el crimen sin tener que revisar el cuerpo del delito. Cadáveres sobran, hay muertos por todos lados, decía.

–Hay que subir –dijo Saldías, y repitió un argumento que Croce siempre usaba en esos casos–: Mejor ver todo antes de escuchar a los testigos.

–Cierto –dijo Croce.

La pieza era la mejor del hotel porque daba a la esquina y estaba aislada al fondo del pasillo. El cuerpo de Durán, vestido con un pantalón negro y camiseta blanca, estaba tendido en el piso sobre un charco de sangre. Parecía a punto de sonreír y tenía los ojos abiertos con una mirada a la vez helada y aterradora.

Croce y Saldías se pararon frente al cadáver con esa extraña complicidad que se establece entre dos hombres que miran juntos a un muerto.

–No hay que tocarlo –dijo Croce–. Pobre Cristo...

Le dio la espalda al cadáver y se puso a observar con cuidado el piso y los muebles. En la pieza, todo estaba en orden, *a primera vista*. El comisario se acercó a la ventana que daba a la plaza para ver qué se veía desde la calle y también qué se veía desde ahí si uno miraba hacia afuera. El asesino seguramente se había detenido al menos un instante para mirar por la ventana y ver si alguien podía observar lo que pasaba en el cuarto. O quizá había un cómplice abajo que le hizo una seña.

–Lo mataron cuando abrió la puerta.

–Lo empujaron –dijo Croce–, y ahí nomás lo madrugaron. Primero reconoció al que entraba y luego se sorprendió. –Se acercó al cadáver–. La puñalada fue muy profunda, muy exacta, como quien mata un ternero. Cuchillada criolla. De abajo hacia arriba, con el filo hacia adentro, entre las dos costillas. Cayó seco –dijo como si estuviera contando una película que hubiera visto esa tarde–. No hubo ruido. Sólo un quejido. Estoy seguro de que el asesino lo sostuvo para que no cayera de golpe. Poca sangre. Lo levantás al otro, como un saco de huesos, y cuando lo dejás en el suelo ya está muerto. Retacón el asesino –concluyó Croce. Por la herida, se veía que era un facón cualquiera, de los que usan los paisanos para comer asado. Un cuchillo arbolito como había miles en la provincia.

–Seguro tiraron el arma en la laguna. –El comisario hablaba, medio extraviado–. Hay muchos cuchillos en el fondo del río. De chico me zambullía y siempre encontraba alguno...

–¿Cuchillos?

–Cuchillos y muertos. Un cementerio. Suicidas, borrachos, indios, mujeres. Cadáveres y cadáveres bajo la laguna. Vi un viejo, un día, el pelo largo y blanco, le había seguido creciendo y parecía un tul en el agua transparente. –Se detuvo–. En el agua el cuerpo no se corrompe, la ropa sí, por eso los muertos flotan desnudos entre los yuyos. He visto muertos pálidos, de pie, con los ojos abiertos, como grandes peces blancos en un acuario.

¿Lo había visto o lo había soñado? Tenía de golpe esas visiones, Croce, y Saldías se daba cuenta de que el comisario ya estaba en otro lugar, durante un instante nomás, hablando con alguien que no estaba ahí, escuchando voces, masticando con furia el toscanito apagado.

–No muy lejos, allá, en la pesadilla del futuro, salen del agua –dijo enigmático, y sonrió, como si despertara.

Se miraron. Saldías lo estimaba y entendía que de pronto se perdiera en sus pensamientos. Era un momento, pero siempre volvía, como si tuviera narcolepsia psíquica. El cadáver de Durán, cada vez más blanco y más rígido, era como una estatua de yeso.

–Tape al finado –dijo Croce.

Saldías lo tapó con una sábana.

–Podían haberlo tirado en el campo para que se lo coman los caranchos, pero querían que yo lo viera. Lo dejaron a propósito. ¿Y por qué? –Miró otra vez el cuarto, como si lo viera por primera vez.

No había ningún otro signo de violencia salvo un

cajón mal cerrado, del que sobresalía una corbata. Tal vez lo habían cerrado de golpe y al darse vuelta el asesino no vio la corbata. El comisario hizo el gesto de cerrar el cajón abierto con el cuerpo. Después se sentó en la cama y se dejó ir con la mirada perdida en la claraboya que daba al cielo.

Saldías hizo el inventario de lo que encontraron. Cinco mil dólares en una cartera, varios miles de pesos argentinos amontonados sobre la cómoda, junto a un reloj y un llavero, un atado de cigarrillos Kent, un encendedor Ronson, un paquete de Velo Rosado, un pasaporte norteamericano a nombre de Anthony Durán, nacido el 5 de febrero de 1940, en San Juan. Había un recorte de un periódico de Nueva York con los resultados de las grandes ligas, una carta en español escrita por una mujer,[9] una foto con la imagen del líder nacionalista Albizu Campos hablando en un acto, con la bandera de Puerto Rico flameando atrás; la foto de un soldado con gafas redondas vestido con

9. «Tony, sabes tú que yo no quiero ya ninguna clase de amor. Yo tengo ya veinticinco abriles, ay Dios santo, y con amor yo ya no voy a vivir, ni con cariño. Yo lo he buscado, el amor, sí, y cuando lo he conseguido, me ha salido mal. Tú sabes que una al principio cree todo lo que le dice la gente, los hombres [*ilegible*] como una está tan ignorante y tan comprensiva. Un hombre viene "te adoro", me promete villas y castillos, me chicha dos o tres veces y después, al carajo. Cuando dejé al Lalo, era yo la más coqueta, de vacilón en vacilón y a hacer candela, era peor que las otras. Cuando venía un americano me volvía loca, *Honey, Honey*, él me clavaba y al otro día ni me conocía [*falta la página siguiente*].»

el uniforme de los Marines; había un libro de versos de Pales Matos, un long-play de salsa de Ismael Rivera dedicado a *Mi amigo Tony D.*, había muchas camisas, muchos pares de zapatos, varios trajes, ninguna agenda, le iba diciendo Saldías al comisario.

–Lo que deja un muerto no es nada –dijo Croce. Ése es el misterio de los crímenes, la sorpresa del que muere sin estar preparado. ¿Qué ha dejado sin hacer? ¿A quién ha visto por última vez? Siempre había que empezar la investigación por la víctima, era el primer rastro, la luz oscura.

En el baño no había nada especial, un frasco de Actemin, un frasco de Valium, una caja de Tylenol. En el canasto de mimbre de la ropa sucia encontraron una novela de Ben Benson, *The Ninth Hour*, un mapa del Automóvil Club con las rutas de la provincia de Buenos Aires, un corpiño de mujer, una bolsita de nylon con monedas norteamericanas.

Volvieron a la pieza; antes de que el cadáver fuera fotografiado y llevado a la morgue para la autopsia tenían que preparar un informe escrito. Tarea bastante ingrata que el comisario delegaba en su asistente.

Croce se paseaba de un lado a otro, observando a saltos, sin detenerse en ningún lugar, murmurando, como si pensara en voz alta, en una especie de susurro continuo. Está raro el aire, dijo. *Coloreado, una especie de arco iris contra la luz del sol, un aire azul. ¿Qué era?*

–¿Ves eso? –dijo con los ojos quietos en la claridad de la pieza.

Le mostró los rastros de un polvillo casi invisible

que parecía flotar en el aire. Saldías tenía la impresión de que Croce veía las cosas a una velocidad inusual, como si estuviera medio segundo (media milésima de segundo) adelantado a los demás. Siguió la pista del polvito celeste –una bruma tenue movida por el sol, que Croce observaba como si fuera un rastro en la tierra– hasta llegar al fondo del cuarto. En la pared había un cuadrado de tela negra con arabescos amarillos, una especie de batik o tapiz pampa, todo muy pobre, no era un adorno, claro, tapaba algo. El viento de la ventana movía los bordes del tapiz.

Croce despegó el tejido con un cortapluma que tenía en el llavero y vio que ocultaba una ventana guillotina. La abrió fácilmente. Daba a una especie de pozo. Había una soga. Una roldana.

–El montacargas de servicio.

Saldías lo miró sin entender.

–Antes te servían de comer en la pieza, si querías. Llamabas y te la hacían subir por aquí.

Se asomaron por el hueco; entre las sogas, llegaba el rumor de las voces y el ruido del viento.

–¿Adónde da?

–A la cocina, y al sótano.

Movieron la soga por la roldana y levantaron la caja del pequeño montacargas hasta el borde.

–Muy chico –dijo Saldías–. Nadie va a entrar.

–No creas –dijo Croce–. A ver. –Y se volvió a asomar. Abajo se veía una luz tenue entre las telarañas y un piso de baldosas ajedrezadas al fondo.

–Vamos –dijo Croce–. Vení.

Bajaron por el ascensor hasta el subsuelo y luego

por una escalera hasta un pasillo azul que llevaba a los sótanos. Ahí estaban las viejas cocinas ya clausuradas y la caldera. En un costado se abría una puerta que daba a una especie de desván con paredes de azulejos y una vieja heladera vacía. Al final del pasillo, en un recodo, atrás de una reja, estaba la centralita del teléfono. Del otro lado, una puerta de hierro medio abierta conectaba con el depósito de objetos perdidos y muebles viejos. El cuarto era amplio y alto, con un piso de baldosas negras y blancas; en la pared de atrás, una ventana, cerrada con una persiana de dos hojas, daba al montacargas que subía entre cables a los pisos superiores.

En el depósito, amontonados sin orden, estaban los restos del pasado de la vida en el hotel. Baúles, canastas de mimbre, valijas, recados, lienzos enrollados, marcos vacíos, relojes de pared, un almanaque de 1962 de la fábrica de los Belladona, un pizarrón, un jaulón para pájaros, máscaras de esgrima, una bicicleta sin la rueda delantera, lámparas, faroles, urnas electorales, una estatua de la Virgen María sin cabeza, un Cristo que seguía con la mirada, colchones arrollados, una máquina de cardar lana.

No había nada que llamara la atención. Salvo un billete de cincuenta dólares tirado en el piso en un costado.

Raro. Un billete nuevo. Croce lo guardó en un sobre transparente con las otras evidencias. Miró la fecha de emisión. Billete. Serie 1970.

–¿Y de quién es?

–De cualquiera –dijo Croce. Miró el billete de

un lado y del otro como si buscara identificar al que se le había caído. ¿Sin querer? Pagaron algo y se les cayó. Quizá. Vio en el billete la cara del general Grant: *the butcher*, el borracho, un héroe, un criminal, inventó la táctica de la tierra arrasada, iba con el ejército del Norte y quemaba las ciudades, los sembrados, sólo entraba en batalla cuando tenía una superioridad de cinco a uno, después fusilaba a todos los prisioneros–. Ulysses Grant, el carnicero: mirá dónde terminó, en un billete tirado en el piso de un hotelito de morondanga. –Se quedó pensando con el sobre transparente en la mano. Se lo mostró a Saldías como si fuera un mapa–. ¿Ves? Ahora entiendo, m'hijo... Mejor dicho, me parece que ya sé lo que pasa. Vinieron a robarlo, bajaron por el montacargas, se dividieron la plata. ¿O la guardaron? Se les cayó el billete en el apuro.

–¿Bajaron? –dijo Saldías.

–O subieron –dijo Croce.

Croce volvió a asomarse al hueco del montacargas.

–A lo mejor sólo mandaron la plata y alguien la esperaba abajo.

Salieron por el pasillo azul; al costado, detrás de una mampara de vidrio y una reja, en el entrepiso, en una especie de celda, estaba la centralita telefónica.

Entrevistaron a la telefonista del hotel, la señorita Coca. Flaquita, pecosa, sabía todo de todos Coca Castro, era la persona mejor enterada de la región, la invitaban todo el tiempo a las casas para que contara lo que sabía. Se hacía rogar. Pero al final siempre iba con sus noticias y sus novedades. ¡Por eso se había quedado soltera! Sabía tanto que ningún hombre se le animaba. Una mujer que sabe asusta a los hombres, según decía Croce. Salía con los comisionistas y los viajantes y era muy amiga de las chicas jóvenes del pueblo.

Le preguntaron si había visto algo, si había visto entrar o salir a alguien. Pero no había visto a nadie ese día. Después buscaron datos sobre Durán.

–La treinta y tres es una de las tres piezas del hotel que tiene teléfono –aclaró la telefonista–. La pidió especialmente el señor Durán.

–¿Con quién hablaba?

–Pocas llamadas. Varias en inglés. Siempre desde Trenton, en Nueva Jersey, Estados Unidos. Pero yo no escucho las conversaciones de los huéspedes.

–Pero hoy cuando no contestaba, ¿quién llamó?, hacia las dos de la tarde. ¿Quién era?

–Una llamada local. De la fábrica.

–¿Era Luca Belladona?

–No sé, no aclaró. Pero era un hombre. Pidió con Durán, pero no sabía el número de habitación. Cuando no contestaron, me pidió que insistiera. Se quedó esperando, pero nadie lo atendió.

–¿Había llamado alguna vez antes?

–Durán lo había llamado un par de veces.

–¿Un par?

–Tengo el registro. Puede verlo.

La telefonista estaba nerviosa, todos en un caso de asesinato creen que les van a complicar la vida. Durán era un encanto, dos veces la había invitado a salir. Croce de inmediato pensó que Durán quería datos, por eso la invitó; la chica podía darle información. Ella se había negado por respeto a la familia Belladona.

–¿Te preguntó algo específico?

La chica pareció enroscarse, enrollarse, como un espíritu en la lámpara de Aladino del que sólo se veía una boca roja.

–Quería saber con quién hablaba Luca. Eso me preguntó. Pero yo no sabía nada.

–¿Llamó a la casa de las hermanas Belladona?

–Varias veces –dijo Coca–. Hablaba sobre todo con Ada.

–Vamos a llamarlas, quiero que vengan a reconocer el cadáver.

La telefonista marcó el número de la casa de los Belladona. Tenía la expresión satisfecha de alguien que es protagonista de una situación excepcional.

–Hola, sí, aquí Hotel Plaza –dijo–. Una comunicación para las señoritas Belladona.

Las hermanas llegaron al fin de la tarde, furtivas, como si en esa circunstancia hubieran decidido romper el tabú o la superstición que había impedido durante años que se las pudiera ver juntas en el pueblo. Las hermanas parecían una réplica, tan iguales que la simetría resultaba siniestra. Y Croce tenía con ellas una familiaridad que no dependía del simple trato en el pueblo.

–¿Quién les avisó?

–El fiscal Cueto me llamó por teléfono –dijo Ada.

Subieron a reconocer el cadáver. Tapado con la

sábana blanca, en el piso, parecía un mueble. Saldías levantó la sábana, su cara tenía ahora una rictus irónico y estaba ya muy pálido y rígido. Ninguna de las dos dijo nada. No hacía falta decir nada: tenían que hacer el reconocimiento. Era él. Todo el mundo sabía que era él. Sofía le cerró los ojos y se alejó hacia la ventana. Ada parecía haber llorado o quizá era el polvo del pueblo sobre los ojos ardidos; miró distraída los objetos de la pieza, los cajones abiertos. Movía la pierna, nerviosa, en un gesto que no quería decir nada, como un resorte que se moviera en el aire. El comisario miró ese gesto, y sin querer pensó en Regina Belladona, la madre de Luca, el mismo movimiento de la pierna, como si el cuerpo –un punto del cuerpo– fuera el que acumula toda la desesperación. *La grieta en una copa de cristal.* Le llegaban de golpe esas frases extrañas, como si alguien se las dictara. Incluso la sensación de que le estaban dictando era –para él– una evidencia absoluta. Se distrajo y cuando volvió a la realidad escuchó hablar a Ada que parecía estar contestando una pregunta del escribiente. Algo referido a la llamada a la fábrica. No sabía que hubiera hablado con su hermano. Ninguna de las dos tenía noticias. Croce no les creyó, pero no insistió porque prefería dejar que sus intuiciones se revelaran cuando no hiciera falta comprobarlas. Sólo quiso saber algunos detalles sobre la visita de Tony a la casa.

–Fue a hablar con tu padre.

–Vino a casa porque mi padre quiso conocerlo.

–Se dijo algo sobre la herencia.

–Pueblo de mierda –dijo Ada con una sonrisa delicada–. Si todos saben que podemos repartir la herencia cuando queramos porque mi madre está impedida.

–Legalmente –dijo Sofía.

–En los últimos tiempos se lo veía mucho con Yoshio, saben los rumores que corren.

–No nos ocupamos de lo que hacen las personas cuando no están con nosotros.

–Y no nos importan los rumores –dijo Ada.

–Ni los chismes.

Como en un flash, Croce recordó una siesta de verano: las dos hermanas jugando con unos gatos recién nacidos. Tendrían cinco o seis años, las nenas. Los habían puesto en fila, los gatos se arrastraban por las baldosas entibiadas por el sol de la siesta, las nenas los acariciaban primero y después se los pasaban una a la otra, colgados de la cola. Un juego rápido, que se iba acelerando, a pesar del maullido lastimero de los gatos. Desde luego, desde el principio había descartado a las hermanas. Lo hubieran matado ellas directamente, no hubieran delegado en otro una cuestión tan personal. Los crímenes cometidos por mujeres, pensó Croce, son siempre personales, no le confían a nadie el trabajo. Saldías continuaba preguntando y tomando notas. Un llamado telefónico desde la fábrica. Para confirmar que estaba ahí. A la misma hora. Demasiada coincidencia.

–Ya conoce a mi hermano, comisario, es imposible que haya sido él quien llamó –dijo Sofía.

Ada dijo que no tenía noticias de su hermano, hacía tiempo que no veía a Luca. Estaban distanciados.

Todo el mundo había dejado de verlo, había agregado después, vivía encerrado en la fábrica con sus inventos y sus sueños.

–¿Qué va a pasar? –pregunto Sofía.

–Nada –dijo Croce–. Lo vamos a mandar a la morgue.

Era extraño estar hablando en ese cuarto, con el muerto en el piso, con Saldías tomando notas y el comisario con aire cansado mirándolas con benevolencia.

–¿Podemos irnos? –preguntó Sofía.

–¿O somos sospechosas? –dijo Ada.

–Todos somos sospechosos –dijo Croce–. Mejor salgan por atrás y hagan el favor de no comentar lo que han visto aquí ni lo que hemos hablado.

–Desde luego –dijo Ada.

Cuando el comisario se ofreció a acompañarlas, se negaron, se iban solas, podía llamarlas a cualquier hora, si las necesitaba.

Croce se había sentado en la cama, parecía agobiado o distraído. Quiso ver las notas que había tomado Saldías y las estudió con calma.

–Bueno –dijo después–. Veamos qué dicen estos pajarracos.

Un estanciero de Sauce Viejo declaró que había escuchado un ruido de cadenas que venían del otro lado de la pared que daba a la pieza de Durán. Luego escuchó nítida una voz que decía en un susurro nervioso:

–Te lo compro y me pagás como puedas.

Las palabras se le quedaron grabadas porque le pareció que eran una amenaza o una burla. No podía identificar al que había hablado pero tenía una voz chillona, como fingida o de mujer.

–¿Fingida o de mujer?

–Como de mujer.

Uno de los viajantes, un tal Méndez, dijo que había visto a Yoshio rondar por el pasillo del hotel y agacharse a mirar por la cerradura de la puerta del cuarto de Durán.

–Raro –dijo Croce–. ¿Agachado?

–Contra la puerta.

–¿A mirar o a escuchar?

–Parecía espiar.

Un comisionista dijo que había visto a Yoshio entrar en el baño del pasillo a lavarse las manos. Iba vestido de negro con un pañuelo amarillo en el cuello y llevaba las mangas de la mano derecha levantadas hasta cerca del codo.

–¿Y usted qué hacía?

–Mis necesidades –dijo el comisionista–. Estaba de espaldas pero lo vi por el espejo.

Otro de los huéspedes, un rematador de Pergamino que paraba habitualmente en el hotel, dijo que hacia las dos de la tarde había visto a Yoshio salir del baño del piso tres y bajar agitado por la escalera sin esperar el ascensor. Una de las mucamas de limpieza dijo que a esa hora lo había visto salir del cuarto y cruzar el pasillo. Prono, el encargado de seguridad del hotel, un tipo alto y gordo que había sido boxeador profesional y que ahora se había refugiado en el pueblo buscando paz, acusó enseguida a Dazai.

–Fue el Japo –dijo con la voz nasal de un actor

de película argentina de pistoleros–. Una pelea de maricas.

Los demás parecían coincidir con él y todos se habían apurado a testimoniar; al comisario le pareció rara tanta unanimidad. Algunos testigos incluso se habían creado problemas con su testimonio. Podían ser investigados, sus palabras debían ser corroboradas. El estanciero de Sauce Viejo, por ejemplo, un hombre de cara congestionada, tenía una amante en el pueblo, la viuda del viejo Corona, y su mujer –la del estanciero– estaba enferma en el hospital de Tapalqué. La mucama que dijo haber visto a Yoshio salir apurado de la pieza de Durán no pudo explicar qué hacía en el pasillo a esa hora cuando ya debía estar de franco.

Yoshio se había encerrado con llave en su cuarto, aterrado, según decían, y desesperado por la muerte de su amigo, y no respondía a los llamados.

–Déjenlo en paz hasta que lo necesite –dijo Croce–. No se va a escapar.

Sofía parecía furiosa y miró a Renzi con una sonrisa rara. Dijo que Tony estaba loco por Ada, quizá no enamorado, sólo caliente con ella, pero había venido al pueblo también por otros motivos. Las historias que se habían contado sobre el trío, sobre los juegos que habían hecho o habían imaginado, no tenían nada que ver con el crimen, eran fantasmas, fantasías de las que ella podía hablar con Emilio en otro lugar, si se daba el caso, porque no tenía nada que esconder, no iba a dejar que una gavilla de viejas resentidas le dijeran cómo tenía que vivir o con quién –«o con quiénes», dijo después– tenían que irse al catre ella y su hermana. Tampoco se iban a dejar atropellar por los chupacirios de un pueblo de provincia que salen de la iglesia para ir al prostíbulo de la Bizca –o viceversa.

La gente de campo vivía en dos realidades, con dos morales, en dos mundos, por un lado se vestían con ropa inglesa y andaban por el campo en la pick-up saludando a la peonada como si fueran señores feudales, y por otro lado se mezclaban en todos los chanchullos sucios y hacían negociados con los rematadores de ganado y con los exportadores de la Capital. Por eso cuando llegó Tony supieron que había otra partida en juego además de una historia sentimental. ¿Para qué iba a venir hasta aquí un norteamericano si no era para traer plata y hacer negocios?

–Y tenían razón –dijo Sofía, prendiendo un cigarrillo y fumando en silencio durante un rato, la brasa del cigarrillo brillando en la penumbra del atardecer–. Tony tenía un encargo y por eso nos fue a buscar y después anduvimos con él por los casinos de la costa, parando en hoteles de lujo o en piojosos moteles de la ruta, divirtiéndonos y viviendo la vida mientras se terminaba de arreglar el asunto que le habían encomendado.

–¿Un encargo? –dijo Renzi–. ¿Qué asunto? ¿Ya lo sabía cuando las buscó?

–Sí, sí –dijo ella–. En diciembre.

–En diciembre, no puede ser... ¿Cómo en diciembre? Si tu hermano...

–Habrá sido en enero, no importa eso, no importa, qué importa. Era un caballero, no hablaba de más y nunca nos mintió... sólo se negaba a comentar ciertos

detalles... –dijo Sofía, y retomó su letanía, como si estuviera cantando, de chica, en el coro de la iglesia... Y Renzi tuvo un flash con esa imagen, la nenita pelirroja, en la iglesia, cantando en el coro, vestida de blanco...–. Para colmo, Tony era mulato, y eso que nos calentaba a mi hermana y a mí asustaba a los chacareros de la zona, ¿o no lo empezaron a llamar el Zambo, como mi padre le había vaticinado?

La muerte de Tony no se puede entender sin el costado oscuro de la historia familiar, sobre todo la historia de Luca, el hijo de otra madre, su medio hermano, estaba diciendo ella, y Renzi la detenía, «esperá, esperá...» y Sofía se irritaba y seguía adelante o volvía atrás para empezar la historia por otro lado.

–Cuando la fábrica se vino abajo, mi hermano no quiso transar. Ni siquiera habría que decir «no quiso», más bien no pudo, ni siquiera imaginó la posibilidad de abandonar o rendirse. ¿Te das cuenta? Imaginate un matemático que descubre que dos más dos son cinco y para que no crean que se ha vuelto loco tiene que adaptar, a su fórmula, todo el sistema matemático donde, por supuesto, dos más dos no son cinco, ni tres, y lo consigue. –Se sirvió otro vaso de vino y le puso hielo y se quedó quieta un momento, y después miró a Renzi, que parecía un gato, en el sillón–. Parecés un gato –dijo ella–, tirado en ese sillón, y te digo más –dijo después–, no fue así, no es tan abstracto, imaginate un campeón de natación que se ahoga. O mejor, pensá en un gran maratonista que va primero y que cuando está a quinientos metros de la meta le da un ataque, un calambre que lo paraliza, pero avanza igual porque no piensa, de ningún modo,

abandonar, hasta que al fin, cuando pisa la raya, ya es de noche y no queda nadie en el estadio.

–Pero ¿qué estadio? –dice Renzi–. ¿Qué gato? No hagas más comparaciones, contá directo.

–No te apures, esperá, hay tiempo ¿no? –dijo, y se quedó un momento inmóvil, mirando la luz en la ventana del fondo, del otro lado del patio, entre los árboles–. Se dio cuenta –dijo después, como si volviera a escuchar en el aire una melodía– de que todos en el pueblo se habían confabulado para sacarlo del medio. Dos más dos, cinco, pensaba, pero nadie lo sabe. Y tenía razón.

–¿En qué tenía razón?

–Sí –dijo ella–. La herencia de su madre, ¿te das cuenta? –dijo, y lo miró–. Todo lo que tenemos lo heredamos, ésa es la maldición.

Está delirada, pensó Renzi, ella es la que está borracha, de qué habla.

–Nos pasamos la vida peleando por la herencia, primero mi abuelo, después mi padre y ahora nosotras. Recuerdo siempre los velorios, los parientes disputando en la funeraria del pueblo, las voces ahogadas, furiosas, que vienen del fondo, mientras se llora al muerto. Pasó con mi abuelo y con mi hermano Lucio, y va a pasar con mi padre y también con nosotras. El único que se mantuvo ajeno y no aceptó ningún legado y se hizo solo fue mi hermano Luca... Porque no hay nada que heredar, salvo la muerte y la tierra. Porque la tierra no debe cambiar de mano, la tierra es lo único que vale, dice siempre mi padre, y cuando mi hermano se negó a aceptar lo que era de él, empezaron los conflictos que llevaron a la muerte de Tony.

5

Yoshio estaba en el cubículo donde vivía, una suerte de desván que daba al patio interior del hotel, cerca del hueco de los ascensores. Pálido, los ojos llorosos, con un pañuelito bordado, de mujer, entre los dedos, menudo y flaco, parecido a un muñeco de porcelana. Cuando Croce y Saldías entraron se mantuvo en calma, como si la pena por la muerte de Durán fuera mayor que su desgracia personal. En una de las paredes de su cuarto había una foto de Tony medio desnudo en el balneario sobre la laguna. La había enmarcado y le había escrito una frase en japonés. Decía, le dijo a Croce, *Somos como nuestros amigos nos ven*. En otra pared había una foto del emperador Hirohito a caballo pasando revista a las tropas imperiales.

La idea de no caerle bien a alguien, de ser criticado o mal mirado, le resultaba insoportable. Ahí residía la cualidad de su trabajo. Los sirvientes sólo tienen, para sobrevivir, la aceptación de los demás. Yoshio estaba abrumado: iba a tener que irse del pueblo, no podía imaginar las consecuencias de lo que había pasado. ¿Qué quiere decir ser acusado de un crimen? ¿Cómo soportar que todos aseguren que uno es un criminal? Los testigos condenaban a Yoshio. Muchos de ellos eran sus amigos y actuaban de buena fe: lo habían visto, decían, a la hora del crimen, en el lugar del hecho. No había modo de justificarse, y justificarse era reconocerse culpable. Su dignidad había consistido en la discreción. Conocía el secreto de todos los pasajeros del hotel. Era el sereno nocturno. Pero esa discreción no servía para nada, porque no hay nada que salve a un sirviente de la sospecha cuando cae en desgracia. Debe ser invisible y la visibilidad es la mayor condena.

Yoshio hablaba castellano con lentitud y muchos giros populares porque su mundo era la radio. Exhibía con orgullo una radio portátil Spika, del tamaño de una mano, con una cubierta de cuero enrejado y un auricular que se podía colocar en la oreja para escuchar sin molestar a nadie. Era un nikkei: un argentino de origen japonés. Se sentía muy orgulloso, porque no quería que se pensara que sus compatriotas eran sólo floristas o tintoreros o dueños de bar con billares. La producción industrial japonesa estaba ganando terreno y sus máquinas pequeñas y perfectas (la cámara Yashica, el grabador Hitachi, las minimotos Yamaha estaban en la revista de la embajada que le enviaban al hotel y que mostraba con orgullo). Escuchaba siempre X8 Radio Sarandí, una emisora uruguaya donde pasaban todo el tiempo tangos de Gardel. Le gustaban los tangos como a todos los japoneses y a veces se lo escuchaba cantar *Amores de estudiante* mientras cruzaba los corredores vacíos del hotel imitando a Gardel pero con la *l* duplicada al cantar *flores de un día son*.

En el fondo del ropero encontraron dos bolitas de opio.

–No soy inocente –dijo– porque nadie es inocente. Tengo mis tropelías pero no las que se me atribuyen.

–Nadie te acusa... todavía –lo tuteó Croce, y Yoshio se dio cuenta de que desconfiaba, como todos, de él–. No te defiendas antes de tiempo. Decime qué hiciste hoy.

Se había levantado a las dos de la tarde, como siempre, había tomado el desayuno en su cuarto, como siempre, había hecho gimnasia, como siempre, había rezado.

–Como siempre –dijo Croce–. ¿Alguien te vio? ¿Alguien puede testificar por vos?

Nadie lo había visto, todos sabían que a esa hora él descansaba de su trabajo nocturno, pero nadie podía atestiguarlo; entonces Croce le preguntó cuándo había visto a Durán por última vez.

–Hoy no lo vide –se agauchó Yoshio al contestar–. En todo el santo día no lo había visto –rectificó–. Soy el sereno nocturno, soy sereno y vivo de noche y conozco los secretos de la vida de hotel y los que saben que sé me temen. Todos aquí saben que a la hora en la que mataron a Tony yo siempre duermo.

–¿Y qué temen, los que temen? –preguntó Croce.

–Los hijos pagan la culpa de los padres y la mía es tener ojos rasgados y piel amarilla –contestó–.

Usted me va a condenar por eso, por ser el más extranjero de todos los extranjeros en este pueblo de extranjeros.

Croce le pegó un revés, imprevisto y muy violento, con la mano derecha, en la cara. Yoshio cerró los ojos y empezó a sangrar por la nariz, agraviado, sin quejarse.

–No te retobés. No me engañes –dijo Croce–. Anote que el sospechoso se golpeó con el batiente de la ventana.

Saldías, impresionado y nervioso, escribió unas líneas en su libreta. Yoshio, a punto de llorar, se secó la sangre con el pañuelito bordado.

–No he sido yo, comisario. No he sido ni nunca lo sería... –Yoshio estaba rígido, livido–. Yo... lo quería a él.

–No va a ser la primera vez que se mata por eso –dijo Croce.

–No, comisario. Muy amigo. Me distinguió con su confianza. Él era un caballero...

–Y por qué lo mataron entonces...

Croce se movía inquieto por el cuarto. Le dolía la mano. Había hecho lo que tenía que hacer, no estaba para tener lástima sino para interrogar a un criminal. A veces le daban accesos de furia que no podía controlar. La humildad de ese mucamo japonés lo exasperaba; después del cachetazo había reaccionado y ahora empezaba a dar su versión de los hechos.

Contó que Durán no estaba contento, el día antes había insinuado que pensaba irse, pero antes tenía asuntos que resolver. Estaba esperando algo. Yoshio no sabía qué era. Eso fue todo lo que declaró el japonés, que a su manera explicó lo que sabía, sin decir nada.

–Vas a necesitar un abogado, che –le dijo el comisario. Se quedó pensativo–. Mostrame las manos. –Yoshio lo miró sorprendido–. Ponelas así –dijo, y le puso las palmas hacia arriba–. Apretame el brazo. Fuerte. ¿Eso es fuerte para vos? –Yoshio lo miró confundido. El comisario le soltó las manos, que quedaron en el aire como flores muertas–. Vamos a trasladarlo a la comisaría –dijo Croce–. Va a haber lío, seguro, al sacarlo.

Y así fue, los vecinos se amontonaban en la entrada del hotel y en cuanto vieron a Yoshio empezaron a insultarlo y a gritarle «asesino» y a querer golpearlo.

El viejo Unzué le tiró una piedra que hirió a Yoshio en la frente y el loco Calesita empezó a dar vueltas y a gritar porquerías y la hermana de Souto se le vino encima y, apoyada en los brazos de Saldías, que intentaba cubrirlo, estiró la cara gris de odio y escupió al criminal en la cara.

–¡Asesino! –gritó la mujer con expresión impasible, como si recitara o estuviera dormida.

Croce y Saldías retrocedieron, resguardando a Yoshio, y entraron otra vez en el hotel y se refugiaron en la oficina del gerente.

En medio del lío apareció el fiscal Cueto, que calmó a los vecinos y dijo que iba a ocuparse de que se hiciera justicia. Era un hombre de unos cuarenta años, flaco y alto, aunque de lejos daba la sensación de ser contrahecho. Hubo un instante de calma y el fiscal entró en el hotel y fue a parlamentar con el comisario Croce.

–Qué dice la policía –dijo al entrar, y se acercó a Yoshio, que se puso de cara a la pared al verlo venir.

Tenía un modo sigiloso de moverse, a la vez violento y solapado, y denigraba por principio a todo el mundo. Sonrió con una mirada helada y juntó los dedos de la mano izquierda como si estuviera por preguntar algo.

–Y qué cuenta el manflorón del Ponja.

–No hay nada resuelto por ahora. Yoshio está detenido, vamos a trasladarlo a la comisaría con carácter de principal sospechoso. Eso no quiere decir que sea el culpable –explicó Croce.

Cueto lo miró con una falsa expresión de sorpresa y volvió a sonreír.

–Primero le da un poco de máquina y después hablamos... Una simple sugerencia procesal...

–Nuestra opinión está formada –dijo el comisario.

–La mía también, Croce. Y no le entiendo el plural.

–Estamos escribiendo el informe, mañana vamos a presentar los cargos y usted podrá proceder.

–¿Puede decirme –dijo Cueto hablándole a Saldías– por qué no investigaron a ese mulato no bien llegó, quién era, qué vino a hacer...? Ahora tenemos que aguantar este escándalo.

–No investigamos a la gente porque sí –contestó Croce.

–No hizo nada ilegal –se superpuso la voz de Saldías.

–Esto tenemos que averiguarlo. O sea que un tipo llega como un aparecido, se hospeda aquí y ustedes no saben nada. Muy raro.

Me está presionando, pensó Croce, porque sabe algo y quiere saber si también yo sé lo que él sabe y, mientras, quiere cerrar el caso con la conclusión de que fue un crimen sexual.

–Cualquier cosa que pase, Croce, quiero decirle, será responsabilidad suya –dijo Cueto, y salió a la calle a arengar a los que se amontonaban en la vereda.

Nunca lo llamaba comisario, como si no le reconociera el cargo. En realidad Cueto esperaba desde hacía meses la oportunidad de pasarlo a retiro pero no encontraba la forma. Quizá ahora las cosas cambiaran. Desde la calle llegaban gritos y voces airadas.

–Vamos a salir –dijo Croce–. Mirá si le voy a tener miedo a estos idiotas.

Salieron los tres y se detuvieron en la entrada del hotel.

–¡Asesino! ¡Japonés degenerado! ¡Justicia! –gritaban los paisanos amontonados en la puerta.

–Abran cancha y no hagan lío –dijo Croce, y bajó a la calle–. Al que se retobe, lo meto preso.

Los vecinos empezaron a retroceder a medida que ellos avanzaban. Yoshio se negó a taparse la cara. Caminaba, altivo y diminuto, muy pálido, mientras recibía los gritos y los insultos de los vecinos, que le habían abierto una especie de pasillo desde la puerta del hotel hasta el auto.

–Vecinos, estamos a punto de resolver el caso, pido paciencia –dijo el fiscal, que copó enseguida la parada.

–Nosotros nos ocupamos, jefe –dijo uno.

–¡Asesino! ¡Puto! –volvieron gritar.

Se empezaron a arrimar.

–Basta, che –dijo Croce, y sacó su arma–. Lo voy a llevar a la comisaría y se va a quedar ahí hasta que tenga un proceso.

–¡Todos corruptos! –gritó un borracho.

El director de *El Pregón*, el diario local, miope y siempre nervioso, se les acercó.

–Tenemos al culpable, comisario.

–No escriba lo que no sabe –dijo Croce.

–¿Usted me va a dictar lo que yo sé?

–Te voy a meter preso por violar el secreto del sumario.

–Violar ¿qué? No lo entiendo, comisario –dijo el miope–. Ésta es la tradicional tensión entre el periodismo y el poder –dijo hacia la multitud, para hacerse oír.

–La tradicional tradición de los periodistas pelotudos –dijo el comisario.

El director de *El Pregón* sonrió como si el insulto fuera un triunfo personal. La prensa no se iba a dejar intimidar.

Comisario fuera de las casillas, ése iba a ser el titular, seguro. ¿Qué querría decir «fuera de las casillas»? Croce se entretuvo un rato buscando una salida al asunto mientras Saldías aprovechó la confusión y subió al auto, y le hizo lugar atrás a Yoshio.

–Vamos, comisario –dijo.

Había un destacamento con un gendarme y a eso lo llamaban la comisaría, pero no era más que un rancho con una pieza al fondo para encerrar a los crotos que ponían en peligro los sembrados cuando prendían fuego para hacer mate al costado de los campos o carneaban ajeno en las estancias de la zona para hacerse un asadito.

Croce vivía en las piezas del fondo y esa noche –después de dejar a Yoshio encerrado en la celda de la comisaría con un gendarme en la puerta– salió al patio a tomar mate con Saldías, bajo la parra. La luz del candil iluminaba el patio de tierra y un costado de la casa.

La hipótesis de que un japonés silencioso y amable como una dama antigua hubiere matado a un puertorriqueño cazador de fortunas no entraba en la cabeza del comisario.

–Salvo que sea un crimen pasional.

–Pero en ese caso se hubiera quedado abrazado al cadáver.

Coincidieron en que si se hubiera dejado llevar por la furia o los celos no habría actuado como actuó. Habría salido del cuarto con el cuchillo en la mano o lo habrían encontrado sentado en el piso mirando al muerto con cara de espanto. Había visto muchos casos así. Emoción violenta no parecía.

–Demasiado sigiloso –dijo Croce–. Y demasiado visible.

–Faltó que se hiciera sacar una foto cuando lo mataba –acordó Saldías.

–Como si estuviera dormido o estuviera *actuando*.

La idea parecía golpear contra los tejidos exteriores del cerebro de Croce. Igual que un pájaro que intenta meterse en una jaula desde afuera. Se le escapaban a veces, aleteando, los pensamientos, y tenía que repetirlos en voz alta.

–Como si fuera un sonámbulo, un zombi –dijo.

Por una especie de instinto Croce comprendió que Yoshio había sido capturado en una trampa que no terminaba de entender. Habían caído sobre él una masa de hechos de los que no iba a poder liberarse jamás. No encontraron el arma, pero varios testigos directos lo habían visto entrar y salir de la pieza, caso cerrado.

La mente del comisario se había convertido en una gavilla de pensamientos locos que volaban demasiado rápido para que pudiera atraparlos. Como las alas de una paloma, aletearon fugaces por la jaula las incertidumbres de la culpa del japonés pero no el convencimiento de su inocencia.

–Por ejemplo ese billete. ¿Por qué estaba abajo?

–Se le cayó –le seguía el tren, Saldías.

–No creo. Lo dejaron a propósito.

Saldías lo miró sin entender pero, confiado en la capacidad de deducción de Croce, se quedó quieto, esperando.

Había más de cinco mil dólares en la pieza, pero nadie se los llevó. No fue un robo. *Para que pensáramos que no había sido un robo.* Croce empezó a pasearse *mentalmente* por el campo para poder aclararse las ideas. Los japoneses habían sido los monstruos en la Segunda Guerra pero luego habían sido un modelo de sirvientes serviciales y lacónicos. Había un prejuicio a su favor: los japoneses jamás cometen delitos; era entonces una excepción, un desvío. Se trataba de eso.

–Apenas el 0,1 % de los crímenes en la Argentina son cometidos por japoneses –dijo al boleo Croce, y se quedó dormido. Soñó que andaba otra vez a caballo en pelo, como cuando era chico. Vio una liebre. ¿O era un pato en la laguna? En el aire, como un friso, vio una figura. Y luego en el horizonte vio un pato que se volvía un conejo. La imagen apareció clarísima en el sueño. Se despertó y siguió hablando como si retomara la conversación suspendida–. ¿Cuántos japoneses habrá en la provincia?

–En la provincia no sé, pero en la Argentina[10] –improvisó Saldías– sobre una población de 23 millones de habitantes hay unos 32.000 japoneses.

–Digamos que en la provincia hay 8.500, que en el partido hay 850. Pueden ser tintoreros, floristas, boxeadores de peso gallo, equilibristas. Habrá algún carterista de manos finitas, pero asesinos no hay...

–Son diminutos.

–Lo raro es que no escapó por la ventana guillotina. Lo vieron entrar y salir por la puerta del cuarto.

–Cierto –precisó, burocrático, Saldías–, no usó sus particularidades físicas para cometer el crimen.

Yoshio era bello, frágil, parecía hecho de porcelana. Y al lado de Durán, alto, mulato, eran una pareja realmente rara. ¿La belleza es un rasgo moral? Quizá, la gente bella tiene mejor carácter, es más sincera, todos

10. En 1886 llega a la Argentina el primer inmigrante japonés, el profesor Seizo Itoh de la Escuela de Agricultura de Sapporo, quien se radica en la provincia de Buenos Aires. En 1911 nace Seicho Arakaki, el primer argentino de origen japonés *(nikkei)*. El último censo (1969) registra la presencia de 23.185 japoneses y sus descendientes.

confían en ellos, quieren tocarlos, verlos, incluso sienten el temblor de la perfección. Y además los dos eran demasiado distintos. Durán, con su acento del Caribe, que parecía estar siempre de fiesta. Y Yoshio lacónico, sigiloso, muy servicial. El mucamo perfecto.

–Viste las manitas de ese hombre. ¿Qué pulso ni qué corazón va a tener para clavar esa puñalada? Como si lo hubiera matado un robot.

–Un muñeco –dice Saldías.

–Un gaucho, hábil con el cuchillo.

Inmediatamente dedujo que el crimen había tenido un instigador. Es decir, descartada la hipótesis pasional, que hubiera resuelto el caso, tenía que haber otros implicados. Todos los crímenes son pasionales, dijo Croce, salvo los que se hacen por encargo. Hubo un llamado de la fábrica. Qué raro. Luca no habla nunca con nadie. Y menos por teléfono. No sale a la calle. Odia el campo, la quietud de la llanura, los gauchos dormidos, los patrones que viven sin hacer nada, mirando el horizonte bajo el alero de las casas, en la sombra de las galerías, tirándose a las chinitas en los galpones, entre las bolsas de maíz, jugando toda la noche al pase inglés. Los odia. Croce vio el alto edificio abandonado de la fábrica con su luz intermitente como si fuera una fortaleza vacía. *La fortaleza vacía.* No es que oyera voces, esas frases le llegaban como recuerdos. *Lo conozco como si fuera mi hijo*. Parecían frases escritas en la noche. Sabía bien qué querían decir pero no cómo entraban en su cabeza. La certidumbre no es un conocimiento, pensó, es la condición del conocimiento. La cara del general Grant parece un mapa. Un rastro en la tierra. Un trabajo verdaderamente científico. Grant, el carnicero, con el guante de cabritilla.

–Voy a dar una vuelta –dijo de pronto Croce, y Saldías lo miró un poco asustado–. Vos quedate y vigilá, no vaya a ser que esos mandrias hagan una barbaridad.

Luca había comprado un terreno que estaba afuera de los límites del pueblo, en el borde, en el desierto, un potrero, como decía su padre, y ahí empezó a levantar la fábrica, como si fuera una construcción soñada, es decir, imaginada en un sueño. La habían proyectado y discutido mientras trabajaban en el taller del fondo de la casa, que era del abuelo Bruno, y él los orientó, influido por sus lecturas europeas[11] *y sus investigaciones en el diseño de la fábrica. Luca y Lucio usaban el taller como si fuera un laboratorio de entrenamiento técnico, ahí preparaban autos de carrera y ese hobby de los chicos ricos del pueblo fue su academia. Sofía parecía exaltada por su propia voz y por la cualidad de la leyenda.*

11. Bruno Belladona había sido muy influenciado por el tratado *Campos, fábricas y talleres* (1899), del príncipe Piotr Kropotkin, el gran geógrafo ruso, anarquista y librepensador. Kropotkin planteaba que el desarrollo de las comunicaciones y la flexibilidad de la energía eléctrica sentaban las bases de una producción fabril descentralizada en pequeñas unidades autosuficientes, instaladas en áreas rurales aisladas, fuera del conglomerado de las grandes ciudades. Defendía el modelo de producción del pequeño taller con su gran potencia de innovación creativa, porque cuanto más delicada es la tecnología, mayor la necesidad de la iniciativa humana y de la destreza individual.

–Mi padre tardó en darse cuenta... porque antes, cuando salían al campo con las máquinas agrícolas, estaba satisfecho, seguían la cosecha, pasaban largas temporadas en el campo, volvían renegridos, como indios, decía mi madre, felices de haber estado al aire libre durante meses, con las cosechadoras y las máquinas de enfardar, viviendo el choque de dos mundos antagónicos.[12]

Su padre no se daba cuenta de que había llegado la peste, el fin de la arcadia, la pampa estaba cambiando para siempre, las maquinarias eran cada vez más complejas, los extranjeros compraban tierras, los estancieros mandaban sus ganancias a la isla de Manhattan («y a los paraísos financieros de la isla de Formosa»). El viejo quería que todo siguiera igual, el campo argentino, los gauchos de a caballo, aunque él también por supuesto había empezado a girar sus dividendos al exterior y a especular con sus inversiones, ninguno de los terratenientes era un caído del catre, tenían sus asesores, sus brokers, sus agentes de bolsa, iban a donde los llevaba el capital pero nunca dejaron

12. «Una vez –contó Sofía– habían desarmado el motor de una de las primeras trilladoras mecánicas y dejaron los bulones y las tuercas para que se orearan en el pasto mientras empezaban a revisar las aspas, y de pronto apareció un ñandú que salió de la nada y se comió las tuercas que brillaban al sol. Glup, glup, hacía el cogote del ñandú mientras se tragaba las tuercas, los bulones. Empezó a retroceder de costado, con sus ojos enormes, y trataron de enlazarlo, pero fue imposible, corría como una luz y después se paraba y los miraba con una expresión tan loca que parecía que estuviera ofendido. Al final terminaron persiguiendo al avestruz en auto por el campo para recuperar las piezas de la máquina.»

de añorar la calma patricia, las tranquilas costumbres pastoriles, las relaciones paternales con la peonada.

–Mi padre siempre buscó que lo quisieran –dijo Sofía–, era despótico y arbitrario pero estaba orgulloso de sus hijos varones, ellos iban a perpetuar el apellido, como si el apellido tuviera algún sentido en sí mismo, pero así pensaba mi abuelo y después mi padre, querían que el apellido de la familia continuara, como si pertenecieran a la familia real inglesa, porque son así acá, se la creen, son todos gringos pata sucia, descendientes de los irlandeses y los vascos que vinieron a cavar zanjas, porque los paisanos ni en broma, sólo los extranjeros se arremangaban.[13] Había un inglés zanjiador *–recitó ella como si cantara un bolero–* que decía que era de Inca-la-perra. *Ése debía ser un Harriot o un Heguy que andaba haciendo zanjas por el campo y ahora se hacen los aristócratas, juegan al polo en las estancias, con esos apellidos de campesinos irlandeses, de vascos rústicos. Aquí todos somos descendientes de gringos y más que nada en mi familia, pero piensan igual y quieren lo mismo. Mi abuelo el coronel, para empezar, alardeaba porque era del norte, de Piamonte, es de no creer, miraba con desprecio a los italianos del sur, que a su vez miraban con desprecio a los polacos y a los rusos.*

13. En los viejos tiempos las estancias se separaban por zanjas para impedir que se mezclara el ganado. Fueron inmigrantes vascos e irlandeses quienes trabajaron haciendo pozos en la pampa; los gauchos se negaban a hacer cualquier tarea que significara bajarse del caballo y consideraban despreciables los trabajos que hubiera que hacer «de a pie» (cfr. John Lynch, *Massacre in the Pampas).*

El coronel había nacido en Pinerolo, cerca de Turín, en 1875, pero no sabía nada de sus padres ni de los padres de sus padres e incluso una versión decía que sus papeles eran falsos y que su verdadero nombre era Expósito y que Belladona era la palabra que había pronunciado el médico cuando su madre murió en un hospital de Turín teniéndolo en brazos. «¡Belladona, belladona!», había dicho el hombre como si fuera un réquiem. Y con ese nombre lo anotaron. El pequeño Belladona. Era hijo de sí mismo; el primer hombre sin padre, en la familia. Bruno lo llamaron porque era morocho, parecía africano. Nadie sabe cómo llegó, a los diez años, solo, con una valija, fue a parar a un internado para huérfanos de la Compañía de Jesús en Bernasconi, provincia de Buenos Aires. Inteligente, apasionado, se hizo seminarista y empezó a vivir como un asceta, dedicado al estudio y a la oración. Era capaz de ayunar y de permanecer en silencio días enteros, y a veces el sacristán lo sorprendía en la capilla rezando solo en la noche y se arrodillaba junto a él como si estuviera con un santo. Siempre fue un fanático, un poseído, un obstinado. Su descubrimiento de las ciencias naturales en las clases de física y de botánica y sus lecturas en la biblioteca del convento de las remotas obras prohibidas de la tradición darwiniana lo distrajeron de la teología y lo alejaron –provisoriamente– de Dios, según contaba él mismo.

Una tarde se presentó ante su confesor y expresó su deseo de abandonar el seminario para ingresar a la Facultad de Ciencias Exactas y Naturales. ¿Podía un sacerdote ser ingeniero? Sólo de almas, le contestaron, y le negaron el permiso. Rechazó la prohibición y apeló a todas las instancias, pero luego de que el Jefe de la Compañía se negara a responder sus peticiones y a recibirlo, escribió cartas anónimas que dejaba en el reclinatorio frente al altar, hasta que al fin una tarde lluviosa de verano se fugó del convento donde había pasado la mitad de su vida. Tenía veinte años y con el poco dinero que había ahorrado alquiló una pieza en una pensión de la calle Medrano en Almagro. Su conocimiento del latín y de las lenguas europeas le permitió al principio sobrevivir como profesor secundario de idiomas en un colegio de varones de la calle Rivadavia.

Fue un alumno brillante de la carrera de Ingeniería, como si su verdadera formación hubiera sido la mecánica y las matemáticas y no el tomismo y la teología. Publicó una serie de notas sobre la influencia de las comunicaciones mecánicas en la civilización moderna y un estudio sobre el tendido de vías en la provincia de Buenos Aires, y antes de terminar la carrera fue contratado –en 1904– por los ingleses para dirigir las obras en los Ferrocarriles del Sur. Le encargaron la jefatura del ramal Rauch-Olavarría y la fundación del pueblo en el cruce de la vieja trocha angosta que venía del norte y la trocha inglesa que seguía hasta Zapala en el Patagonia.

–Mi hermano se crió con mi abuelo y aprendió todo de mi abuelo. Él también era huérfano o medio huérfano, porque su madre había abandonado, embarazada ya de Luca, a mi padre y también a su hijo mayor y se escapó con su amante. Las mujeres abandonan a sus hijos porque no soportan que se parezcan a sus padres –se reía Sofía–. ¿Quién quiere ser una madre cuando está caliente? –Fumaba y la brasa que ardía en la penumbra se parecía a su voz–. Mi padre vive aquí arriba y nos tiene con

él y nosotros lo cuidamos porque sabemos que ha sido derrotado en toda la línea. Nunca se repuso de la decisión psicótica, según él, de esa mujer que lo abandonó cuando estaba embarazada y se fue con el director de una compañía de teatro que estaba desde hacía meses en el pueblo representando Hamlet *(¿o sería* Casa de muñecas?). *A vivir con otro y a tener el hijo con otro. ¿De quién era ese hijo? Estaba obsesionado, mi padre, y se dedicó a hacerle la vida imposible a esa mujer. Una tarde salió a buscarla, ella se encerró en su auto y él empezó a golpear los vidrios y a insultarla a los gritos, en la plaza, con los vecinos regocijados y murmurando y haciendo gestos de aprobación. Entonces la irlandesa se fue del pueblo, abandonó a los dos hijos y borró sus huellas. Aquí las mujeres huyen, si pueden.*

Luca fue criado como hijo legítimo y tratado igual que su hermano, pero nunca le perdonó, al que decía que era su padre, esa indulgencia.

–Mi hermano Luca siempre pensó que no era hijo de mi padre y se crió amparado por mi abuelo Bruno, lo seguía a todos lados, como un cachorro guacho... Pero no fue por eso que al final se enfrentó con mi padre, no fue por eso, y tampoco fue por eso que mataron a Tony.

6

El comisario condujo el auto por el camino de afuera, paralelo a las vías del tren, y bordeó el pueblo hasta dejar atrás las calles y las casas y salir a la ruta. La noche era fresca, tranquila. Le gustaba manejar, podía dejarse ir, ver el campo al costado, las vacas pastando quietas, oír el rumor parejo del motor. Por el espejo veía la noche que se cerraba tras él, algunas luces en los ranchos lejanos. En el trayecto por la carretera vacía no había visto a nadie salvo un camión de hacienda que volvía de Venado Tuerto y que lo cruzó tocando bocina. Croce le hizo un guiño con las luces altas y pensó que seguramente el camionero lo había reconocido; por eso salió del asfalto y entró en un camino de tierra que desembocaba en la laguna. Cruzó despacio entre los sauces y estacionó cerca de la orilla; apagó el motor y dejó que las sombras y el rumor del agua lo tranquilizaran.

A lo lejos, en la línea del horizonte, como una sombra en la llanura, estaba el alto edificio de la fábrica con su faro intermitente que barría la noche; desde los techos una ráfaga de luz giraba alumbrando la pampa. Los cuatreros se guiaban por ese resplandor blanco cuando alzaban una tropilla antes del alba. Había habido quejas y demandas de los ganaderos de la zona. «No será por nosotros que los paisanos les roban los animales a estos mandrias», contestaba Luca Belladona, y el asunto no prosperaba.

Tal vez habían matado a Tony para cobrarse una deuda de juego. Pero nadie mataba por eso en esta región, de lo contrario la población del campo se habría extinguido hace años. A lo más que se había llegado era a incendiar los trigales, como hicieron los Dollans con el alemán Schultz, que había comprometido una cosecha al pase inglés y se negó a pagar y al final terminaron todos presos. Y no está bien visto que uno mate a alguien porque le debe plata. Esto no es Sicilia. ¿No era Sicilia? Se parecía a Sicilia porque todo se arreglaba en silencio, pueblos callados, caminos de tierra, capataces armados, gente peligrosa. Todo muy primitivo. La peonada por un lado, los patrones por el otro. ¿O no le había escuchado decir al presidente de la Sociedad Rural, anoche mismo, en el bar del hotel, que si venían otra vez las elecciones no habría problema? *Subimos a los peones de las estancias a la camioneta y les decimos a quién tienen que votar*. Siempre había sido así. ¿Y qué podía hacer un policía de pueblo? Croce se estaba quedando solo. Al comisario Laurenzi, su viejo amigo, lo habían pasado a retiro y vivía en el sur. Croce se acordaba de la última vez que habían estado juntos, en un bar, en La Plata.

El país es grande, le había dicho Laurenzi. *Usted ve campos cultivados, desiertos, ciudades, fábricas, pero el corazón secreto de la gente no lo comprende nunca. Y eso es asombroso porque somos policías. Nadie está en mejor posición para ver los extremos de la miseria y la locura.* Se acordaba bien, la cara flaca, el pucho que le colgaba al costado de la boca, el bigote lacio. Al loco del comisario Treviranus lo habían trasladado de la Capital a Las Flores y al poco tiempo lo habían cesanteado como si él hubiera sido el culpable de la muerte de ese imbécil pesquisa amateur que se dedicó a buscar solo al asesino de Yarmolinski. Después estaba el comisario Leoni, tan amargado como todos, en la comisaría de Talpaqué. Croce lo había llamado por teléfono antes de salir porque le pareció que podía andar por ahí el asunto. Una corazonada nada más. Gente de la vieja época, todos peronistas que habían andado metidos en toda clase de líos, al pobre Leoni le habían fusilado un hijo. Somos pocos, se quedó pensando Croce, fumando frente a la laguna. El fiscal Cueto quiere meter a Yoshio en la cárcel y parar la investigación. Caso cerrado, todos quieren eso. Soy un dinosaurio, un sobreviviente, pensaba. Treviranus, Leoni, Laurenzi, Croce, a veces se juntaban en La Plata y se ponían a recordar los viejos tiempos. ¿Pero existían los viejos tiempos? De todos modos Croce no había perdido sus reflejos, ahora estaba seguro de que andaba en el buen camino. Iba a resolver otro caso al viejo estilo.

Fumaba a oscuras en el auto detenido, miraba la claridad que iluminaba a ratos el agua. La luz del faro parecía titilar, pero en realidad se movía en círculos; Croce vio de pronto una lechuza salir de su letargo y volar con un aleteo suave siguiendo esa blancura como si fuera el anuncio de la aurora. *El búho de Minerva también se confunde y se pierde.* No es que oyera voces, esas frases le llegaban como recuerdos. *El ojo blanco de la noche. Una mente criminal superior.* Sabía bien qué significaban pero no cómo le entraban en la cabeza. La cara marcada del general Grant era un mapa. *Un trabajo verdaderamente científico. Grant, el carnicero, con el guante de cabritilla.* Croce veía las olitas de la laguna disolverse entre los juncos de la orilla. En la quietud escuchó el croar de las ranas, el sonido metálico de los grillos; luego, en la cercanía, ladró un perro y luego otro y después otro; los ladridos se alejaron y se perdieron en los límites de la noche.[14]

Estaba cansado pero su cansancio se le había convertido en una especie de lucidez insomne. Tenía que reconstruir una secuencia; pasar del orden cronológico de los hechos al orden lógico de los acontecimientos. Su memoria era un archivo y los recuerdos ardían como destellos en la noche cerrada. No podía olvidar nada que tuviera que ver con un caso hasta que lo resolvía. Luego todo se borraba pero, mientras, vivía obsesionado con los detalles que entraban y salían de su conciencia. *Traía dos valijas. Llevaba un*

14. En los pueblos se apaga temprano la luz de las casas. Entonces todo se ve gris, porque el paisaje es gris, por la luna. El único modo de ubicar los ranchos es cuando se oye ladrar a los perros, uno y después otro y otro, a lo lejos, en las sombras.

bolsón de cuero marrón en la mano. No había querido que nadie lo ayudara. Le mostraron el hotel enfrente. ¿Por qué estaba ese billete en el piso? ¿Por qué bajaron al sótano? Era lo que tenía. Y el hecho de que un hombre del tamaño de un gato hubiera entrado en el montacargas. Pensaba implacablemente, exasperándose, postergando siempre la deducción final. *No hay que tratar de explicar lo que pasó, sólo hay que hacerlo comprensible. Primero tengo que entenderlo yo mismo.*

El instinto –o, mejor, cierta percepción íntima que no llegaba a aflorar a la conciencia– le decía que estaba a punto de encontrar una salida. En todo caso decidió moverse; prendió el motor del auto y encendió los faros; unos sapos saltaron al agua y un bicho –¿un peludo, un cuis embarrado?– se quedó quieto en un claro, cerca de los sauces. Croce hizo retroceder el auto unos metros y luego tomó por una huella y salió a campo abierto. Bordeó la estancia de los Reynal y anduvo varias leguas al costado del alambrado, con los chimangos quietos sobre los postes y los animales pastando en la noche, hasta llegar al asfalto.

Se guiaba por la luz de la fábrica, ráfagas blancas en el cielo, y por la mole oscura del edificio en lo alto del cerro; el camino llevaba a la entrada de camiones y a los depósitos; los hermanos Belladona lo habían hecho asfaltar para agilizar el movimiento de los transportes que iban y venían desde la empresa a la ruta que llevaba a Córdoba y a la central de IKA-Renault. Pero la empresa se había venido abajo de la noche a la mañana, los hermanos habían arreglado la indemnización de los obreros de la planta después de turbulentas negociaciones con el sindicato de SMATA, y habían disminuido la producción casi a cero, acosados por las deudas, los pedidos de quiebra y las hipotecas. Hacía un año, después de la disolución de la sociedad y de la muerte de su hermano, que Luca se había encerrado en la fábrica, decidido a salir adelante, trabajando en sus inventos y en sus máquinas.

Croce desembocó en el parque industrial, una hilera de galpones y galerías sobre la playa de estacionamiento. La cerca de alambre tejido estaba caída en varios lugares y Croce cruzó con el auto por uno de los portones vencidos. El playón de cemento parecía abandonado; dos o tres faroles aislados iluminaban pobremente el lugar. Croce dejó el auto estacionado frente a unas vías, entre dos grúas; una pluma altísima se perfilaba en la penumbra como un animal prehistórico. Prefería entrar por los fondos, sabía que era difícil que le abrieran si iba por la puerta principal. Había luz en las ventanas de los pisos altos de la fábrica. Se acercó a una de las cortinas metálicas medio abiertas y la cruzó; salió a un pasillo que daba al taller central. Las grandes máquinas estaban quietas, varios autos a medio hacer seguían sobre los fosos en la línea de montaje; una alta pirámide de acero estriado, pintada de un rojo ladrillo, se alzaba en medio del galpón; al costado había un engranaje y una gran rueda dentada, con cadenas y poleas que llevaban pequeños vagones de carga al interior de la construcción de metal.

–Ave María Purísima –gritó Croce hacia los techos.

–Qué dice, comisario, ¿trae orden de allanamiento?

La voz alegre y tranquila venía desde lo alto. En la galería superior se asomó un hombre pesado, de casi dos metros, con la cara enrojecida y los ojos celestes; vestido con un delantal de cuero, una máscara de hierro con visera de cristal sobre el pecho y un soldador de acetileno en la mano. Parecía jovial y estaba contento de ver al comisario.

–Cómo andás, Gringo, pasaba... –dijo Croce–. Hace mucho que no venís a verme.

Luca bajó por un ascensor iluminado desde la planta alta y se acercó, limpiándose las manos y las muñecas con un trapo que olía a querosén. A Croce siempre lo emocionaba verlo porque lo recordaba antes de la tragedia que lo había transformado en un ermitaño.

–Nos acomodamos aquí –dijo Luca, y le mostró unos bancos y una mesa, al costado del taller, cerca de una hornalla de gas sobre una garrafa. Puso la pava a calentar y empezó a preparar unos mates...

–Como decía René Queneau, el amigo francés de la Peugeot, *Ici, en la pampá, lorsqu'on boit de maté l'on devient... argentin.*

–Me hace mal el mate –dijo Croce–, me jode el estómago...

–Que no se diga eso de un gaucho –se divertía Luca–. Tómese un cimarrón, comisario...

Croce sostuvo el mate y chupó tranquilo de la bombilla de lata. El agua amarga y caliente era una bendición.

–Los gauchos no comían asado... –dijo de pronto

Croce–. Si no tenían dientes... Te los imaginás, siempre de a caballo, fumando tabaco negro, comiendo galleta, se quedaban enseguida sin dientes y ya no podían masticar la carne... Sólo comían lengua de vaca... y a veces ni eso.

–Vivían a mazamorra y a huevo de avestruz, los pobres paisanos...

–Muchos gauchos vegetarianos...

Daban vueltas, haciendo chistes, como siempre que se encontraban, hasta que de a poco la conversación se encauzó y Luca se fue poniendo serio. Tenía la absoluta convicción de que iba a tener éxito y empezó a hablar de sus proyectos, de las negociaciones con los inversionistas, de la resistencia de los rivales, que querían obligarlo a vender la planta. No explicaba quiénes eran los enemigos. Croce debía imaginarlos, le dijo, porque los conocía mejor que él mismo, eran los mismos malandras de siempre. Croce lo dejaba hablar porque lo conocía bien. *Lo conozco como si fuera mi hijo*. Sabía que estaba muy acorralado y que Luca peleaba solo y sin fuerza, necesitaba fondos, tenía contactos con el Brasil y con Chile, empresarios interesados en sus ideas quizá le adelantaran el dinero que necesitaba con urgencia extrema. Estaba acollarado por las deudas, sobre todo por el próximo vencimiento de la hipoteca. «Los bancos te sacan el paraguas cuando llueve», decía Luca. Nadie le había tirado una soga, no le habían dado una mano, ni en el pueblo, ni en el partido, ni en toda la provincia; querían ejecutar la hipoteca y rematarle la planta, ocupar el edificio, especular con la tierra. Eso querían.

¡Ah, viles! Tenía que pagar sus deudas con el dólar comprado en el mercado negro y vender lo que hacía con el dólar a precio oficial. Estaba solo en esta patriada y se le habían puesto enfrente los vecinos, los milicos y la runfla de canallas que lo rodeaban. Especuladores. Ellos le habían ganado la voluntad al finado, su hermano, eso era lo más triste, la espina que tenía clavada. Lucio era un ingenuo y había muerto por eso. De noche, a veces, en sueños, veía la destrucción llegar hasta los techos de las casas como en la inundación grande del 62. Él andaba a caballo, en pelo, en la creciente, enlazando lo que podía rescatar: muebles, animales, féretros, santos de las iglesias. Eso había visto, y luego había visto venir un auto por los campos y tuvo la certeza de que era su hermano que venía otra vez a estar con él y a ayudarlo. Lo había visto clarito, manejando a lo loco, igual que siempre, meta y ponga y a los tumbos por la tierra arada. Se quedó quieto un momento con una sonrisa tranquila en la cara franca y luego en voz baja dijo que estaba seguro de que los mismos que lo perseguían a él eran los que habían liquidado a Durán.

–Me gustaría aclarar un asunto –dijo Croce–. Ustedes lo llamaron al hotel. –No parecía una pregunta y el Gringo se puso serio.

–Le pedimos a Rocha que le hablara.

–Ahá.

–Nos estaba buscando, decían...

–Pero no hablaron con él...

Como una sombra, apareció Rocha en la puerta de la galería. Menudo y muy flaco, tímido, con las gafas negras de soldador sobre la frente, fumaba mirando el piso. Era el gran técnico, el ayudante principal y el hombre de confianza de Luca y el único que parecía entender sus proyectos.

–Nadie atendió el teléfono –dijo Rocha–. Hablé primero con la telefonista, me pasó con el interno pero en la pieza no me contestaron.

–¿Y a qué hora fue?

Rocha se quedó pensativo, con el cigarrillo en los labios.

–No sé decirle... la una y media, las dos.

–¿Más cerca de las dos o de la una y media?

–De la una y media, creo, ya habíamos comido y yo todavía no me había ido a dormir la siesta.

–Bien –dijo Croce, y miró a Luca–. ¿Y vos nunca lo viste?

–No.

–Tu hermana dice...

–¿Cuál de las dos? –Lo miró, sonreía. Le hizo un gesto con la mano como quien espanta un bicho y se levantó para calentar el agua del mate.

Luca parecía inquieto, como si empezara a sentir que el comisario le era hostil y sospechaba de él.

–Dicen que Durán estaba en tratos con tu padre.

–No sé nada –lo cortó Luca–. Mejor se lo preguntan al Viejo...

Siguieron la conversación un rato más, pero Luca se había cerrado y ya casi no hablaba. Después se disculpó porque tenía que seguir trabajando y le pidió a Rocha que acompañara al comisario. Se acomodó la máscara de hierro en la cara y se alejó caminando a grandes pasos por el pasillo encristalado hacia los sótanos y los talleres.

Croce sabía que ésos eran los costos de su profesión. No podía dejar de formular todas las preguntas que podían ayudarlo a resolver el caso pero nadie podía hablar con él sin sentir que estaba siendo acusado. ¿Y lo estaba acusando? Siguió a Rocha hasta el estacionamiento y subió al auto con la certeza de que Luca sabía algo que no le había dicho. Manejó despacio por el playón hacia los portones de salida, pero entonces, inesperadamente, los reflectores de la fábrica se movieron, blancos y brillantes, capturando a Croce y reteniéndolo en su fulgor. El comisario se detuvo y la luz se detuvo también, encandilándolo. Estuvo quieto en medio de la claridad un momento interminable hasta que los faros se apagaron y el auto de Croce se alejó despacio hacia el camino. En la oscuridad de la noche, con las luces altas alumbrando el campo, Croce se daba cuenta de la aterradora intensidad de la obsesión de Luca. Volvió a ver el gesto de la mano en el aire, como quien se saca un bicho de la cara, una alimaña que no se podía ver. Necesitaba plata, ¿cuánta plata? *Llevaba un bolsón de cuero marrón en la mano.*

Decidió entrar en el pueblo por la calle principal, pero, antes de llegar a la estación, se desvió hacia los corrales y estacionó el auto en el callejón que desembocaba en los fondos del hotel. Prendió un cigarro y fumó tratando de calmarse. La noche estaba tranquila, sólo se veían encendidos los faroles de la plaza e iluminadas algunas ventanas en la parte alta del hotel.

¿Estaría abierta la entrada de servicio? Veía la

puerta estrecha, la reja y la escalera que daba al sótano por donde bajaban la mercadería. Eran casi las doce. Cuando bajó del auto lo reanimó el aire fresco de la noche. El callejón estaba oscuro. Prendió la linterna y fue siguiendo el rastro de la luz hasta llegar a la puerta. Usó la ganzúa que llevaba encima desde siempre y la cerradura se abrió con un chasquido.

Bajó por una escalera de hierro hasta el pasillo embaldosado y entró en la galería; cruzó frente a la centralita telefónica en sombras y encontró la puerta del depósito. Estaba abierta. Se detuvo ante la mole desordenada de bultos y de objetos abandonados. ¿Dónde habrían escondido el bolso? Habrían entrado por la ventana guillotina y habrían mirado alrededor buscando dónde esconderlo. Croce imaginó que el asesino no conocía el lugar, que se movía rápido, que buscaba dónde dejar lo que llevaba. *¿Por qué?*

El depósito era un subsuelo amplio de casi cincuenta metros de largo, con techos abovedados y piso de baldosas. Había sillas en un costado, cajas en otro, había camas, colchones, retratos. ¿Había un orden? Un orden secreto, casual. No debía ver sólo el contenido, sino la forma en que se organizaban los objetos. Había sillones, había lámparas, había valijas al fondo. ¿Dónde podía esconder el bolso alguien que acababa de subir en un montacargas apolillado? Al salir del pozo estaría medio encandilado, urgido por volver a subir –tirando de la roldana y de las sogas– al cuarto donde estaba el cadáver para salir por la puerta, como habían dicho los testigos. ¿Fue así? Seguía las imágenes que se le presentaban como un jugador que apuesta contra la banca y nunca sabe qué baraja viene pero apuesta *como si lo supiera.* Croce se sintió de pronto cansado y sin fuerzas. *Una aguja en un pajar.* Quizá la aguja ni siquiera estaba en el pajar. Y sin embargo tenía la extraña convicción de que iba a encontrar la huella. Tenía que pensar, seguir un orden, rastrear lo que buscaba en medio de la confusión de los objetos abandonados.

7

El comisario Croce manipula evidencias. Ése era el título catástrofe de *El Pregón*, al día siguiente. Y transcribía una información que no tendría que haberse hecho pública, referida a cuestiones de la investigación protegidas por el secreto del sumario. *Fuentes acreditadas aseguran que el comisario Croce volvió al Hotel Plaza en horas de la noche, bajó al depósito de objetos perdidos, y salió de allí con unos bultos que pueden formar parte de la pesquisa.* Cómo se había filtrado la noticia, por qué habían presentado los hechos de ese modo, eran cuestiones que ya no preocupaban a Croce. *Declaraciones exclusivas del fiscal general Doctor Cueto*, decía el diario. Una entrevista, fotos. El fiscal Cueto le estaba armando campañas de prensa desde el momento en que se hizo cargo de la fiscalía. Croce –según había escrito el escriba principal del diario, un tal Daniel Otamendi– era la *bête noire* de Cueto. Recién me entero de que tengo un rival tan interesado en mi persona, había comentado Croce.

No estaba interesado, sólo quería sacarlo del medio y sabía que la clave era recurrir al periodismo para desacreditarlo. Según el fiscal, Croce era un anacronismo. Cueto quería modernizar a la policía y trataba a Croce como si fuera un policía rural, un sargento a cargo de la partida. Tenía razón. El problema era que Croce resolvía todos los casos.

El comisario no se dejó intimidar por los titulares catastróficos del diario, pero estaba preocupado. La noticia del asesinato de un norteamericano en la provincia de Buenos Aires había tomado carácter nacional. Los periodistas se contagiaban y entonces, como una filtración de agua en el techo del rancho, empezaban a llover las novedades.

Esa misma mañana había llegado al pueblo, según decían, un periodista de Buenos Aires. Era el enviado especial del diario *El Mundo*, y bajó del ómnibus que venía de Mar del Plata con cara de dormido y fumando, vestido con una campera de cuero. Dio algunas vueltas y al final entró en el almacén de los Madariaga y pidió un café con leche con medialunas. Le impresionó el tazón blanco y redondo y la leche espumosa y las medialunas finitas, de grasa. Cuando alguien que no era de la zona llegaba al pueblo, se le hacía una suerte de vacío a su alrededor, como si todos lo estuvieran estudiando, así que desayunaba solo en un costado, cerca de la ventana enrejada que daba al patio. El joven parecía sorprendido y alarmado. Al menos daba esa sensación, porque se cambió dos veces de lugar y se lo vio conversar con uno de los parroquianos, que se inclinó y le hizo señas y le mostró el Hotel Plaza. Luego, desde la ventana del almacén se vio llegar el coche de la policía.

Croce y Saldías estacionaron el auto y bajaron a la calle, bordearon la plaza seguidos también ellos respetuosamente hasta la puerta de *El Pregón* por la misma pequeña corte de curiosos y de chicos que había llevado al forastero hasta el bar.

Todos esperaban un escándalo en el diario, pero el comisario entró tranquilo en la redacción, se sacó el sombrero, saludó a los empleados y se detuvo frente al escritorio de Thomas Alva Gregorius, el director miope que usaba una gorra tejida –las famosas gorras de lana Tomasito– porque se estaba quedando pelado y eso lo deprimía. Había nacido en Bulgaria, así que su castellano era muy imaginativo y escribía tan mal que sólo permanecía en el diario porque era el brazo derecho de Cueto, que lo manejaba como si fuera un muñeco.

El diario estaba en el primer piso del antiguo edificio de la Aduana Seca, una sala amplia, ocupada por la telefonista, la secretaria y dos redactores. Croce se acercó al escritorio de Gregorius.

–¿Quién le cuenta esos cuentos, a usted, che?

–Información confidencial, comisario. Lo vieron bajar al sótano y salir con unos bultos, es un hecho, y yo lo escribo –concluyó Gregorius.

–Necesito unas fotos del archivo del diario –dijo Croce.

Quería consultar los diarios de unas semanas atrás y Gregorius fue derecho a la mesa de la secretaria y lo autorizó. La secretaria miró al miope y éste la miró a ella desde sus anteojos de ocho dioptrías y le hizo un gesto de complicidad.

Croce se retiró hasta un mostrador en el fondo de la redacción y abrió los diarios hasta encontrar el que buscaba y observó con una lupa el detalle de una de las páginas. Era una foto de las cuadreras de Bolívar. Tal vez buscaba datos y confiaba en que una instantánea le permitiera ver lo que no había visto mientras estaba ahí. Nunca vemos lo que vemos, pensó. Después de un rato, se levantó y habló con Saldías.

–Fijate si conseguís el negativo de esta foto en el laboratorio. Hablá con Marquitos, él archiva todas las fotos que saca. Quiero el negativo para esta tarde. Hay que ampliarla. –Hizo un círculo con el dedo en una cara–. Doce por veinte.

En ese momento entró en el diario el periodista de Buenos Aires. Parecía medio dormido, pelo crespo, anteojos redondos. Desde las inundaciones grandes del 62 no había venido al pueblo ningún periodista de un diario de Buenos Aires. Se acercó al escritorio, habló con la secretaria y ésta lo mandó a la oficina del director. Gregorius lo esperaba en la puerta, con una sonrisa de simpatía.

–Ah, usted es el enviado de *El Mundo* –le dijo Gregorius, servicial–. Entonces usted es Renzi. Venga, pase. Siempre leo sus notas. Un honor...

Otro clásico chupamedias de pueblo, pensó Renzi.

–Sí, claro... qué tal, qué dice... Quería pedirle una máquina de escribir y la teletipo para mandar las notas, si se da el caso.

–Así que vino por la noticia.

–Estaba en Mar del Plata y me mandaron porque estaba cerca. Y en esta época del año está todo tan planchado. ¿Qué es lo que pasa?

–Mataron a un norteamericano. Fue un empleado del hotel. Está todo resuelto pero el comisario Croce es un empecinado y un loco y no se convence. Tenemos todo: el sospechoso, el móvil, los testigos, el muerto. Falta la confesión. El comisario ese de ahí –dijo Gregorius, y le hizo un gesto hacia la mesa donde Croce y Saldías miraban la foto del diario–. El comisario, digo, el otro es su ayudante, el principal Saldías.

Croce levantó la cara con la lupa en la mano y miró a Renzi. Una extraña llamarada de simpatía ardía en la cara flaca del comisario. Se miraron sin hablar y el comisario pareció atravesar a Renzi con la mirada, como si estuviera hecho de vidrio, para posarse, despectiva, en Gregorius.

–Che, Gregorio, necesito una ampliación de esta foto –dijo en voz alta–, se la dejo a Margarita.

A Renzi no le gustaba la policía, en eso era como todo el mundo, pero le gustó la cara y la forma de hablar, con la boca torcida, del comisario. Va derecho al grano, pensó, sin ir él mismo derecho al grano porque había usado una metáfora para decir que el comisario le había hablado al director del diario como si fuera un vecino un poco estúpido y la secretaria una amiga. Y es lo que eran, imaginó Renzi. Lo que son, sería mejor decir. Todos se conocen en estos pueblos... Cuando volvió a mirar, el comisario ya no estaba y la secretaria llevaba el diario abierto acompañada por Saldías.

–Entonces se puede instalar aquí, en mi escritorio,

si va a escribir. Y la teletipo la tenemos al fondo, Dorita lo puede ayudar. Puede también usar el teléfono, si quiere, va a ser un gusto... –Hizo una pausa–. Si es posible, sólo le pido que nombre a nuestro pequeño periódico independiente *El Pregón*, estamos acá desde la época de la lucha contra el indio, lo fundó mi abuelo el diario, para mantener unidos a los productores agropecuarios. Le doy mi tarjeta.

–Sí, claro, gracias. Voy a mandar una nota esta noche para que llegue antes del cierre. Le uso el teléfono.

–Claro, claro –dijo Gregorius–. Metale tranquilo, nomás –dijo, y salió de la oficina.

Después de lidiar con la telefonista de larga distancia, Renzi se pudo comunicar al fin con la redacción en Buenos Aires.

–Qué hacés, Junior, soy Emilio, dame con Luna. Estoy aquí, un pueblo de mierda, ¿qué tal por ahí? ¿Alguna mina preguntó por mí? ¿Algún suicidio nuevo en la redacción?

–¿Recién llegaste?

–Te iba a llamar al bar, pero no sabés lo que es hablar por teléfono desde las provincias... Pero dame con Luna.

Después de una pausa y de una serie de crujidos y ruidos del viento contra el tejido de un gallinero, apareció la voz pesada del viejo Luna, el director del diario.

–Dale, pibe, mirá que estamos adelantados al resto. Salió algo en el Canal 7, pero podemos ganarle de mano a todo el mundo. La noticia no es el pueblo, la noticia es que mataron a un norteamericano.

–Puertorriqueño.

–Es la misma mierda. –Hizo una pausa y Renzi adivinó que estaba prendiendo un cigarrillo–. Parece que la embajada va a actuar, o el cónsul. Mirá si lo mató la guerrilla...

–No joda, don Luna.

–Fijate si podés inventar algo que sirva, está todo bajo el agua por aquí. Mandá una foto del muerto.

–Nadie sabe muy bien qué vino a hacer a este pueblo.

–Seguí esa pista –dijo Luna, pero como era su costumbre ya estaba en otra cosa, atendía diez asuntos al mismo tiempo y a todos les decía más o menos lo mismo–. Apurate, pibe, que se nos viene el cierre –gritó, y enseguida hubo un silencio raro, como un hueco, y Renzi se dio cuenta de que Luna había tapado la bocina del teléfono con el cuerpo y hablaba con alguien en la redacción. Por si lo estaba escuchando, se atajó.

–¿Y de dónde quiere que saque una foto? –Pero Luna ya le había colgado el teléfono.

En *El Pregón* todos estaban mirando un televisor instalado en una mesa rodante en un costado de la sala. El Canal 7 de la Capital había pedido conexión coaxial con el canal del pueblo y la información local iba a ser trasmitida a todo el país. En la pantalla cruzada de franjas grises que bajaban y subían circularmente se veía el frente del Hotel Plaza y al fiscal Cueto que entraba y salía, muy activo y sonriente. Explicaba y daba sus versiones. La cámara lo seguía hasta la esquina y desde ahí, luego de mirar a la pantalla de frente con una sonrisita de suficiencia, el fiscal había dado por cerrado el caso.

–Todo ha sido aclarado –dijo–. Pero hay una diferencia con la vieja policía encargada de la investigación. Se trata de una diferencia procesal que será resuelta en los tribunales. He pedido al juez de Olavarría que dicte la prisión preventiva del acusado y lo traslade al penal de Dolores.

El canal local retomó su programación y pasó a informar sobre los preparativos del partido de pato entre Civiles y Militares en la remonta de Pringles. Gregorius apagó el televisor y acompañó a Renzi hasta la puerta del diario.

El cronista del *El Mundo* se instaló en el Hotel Plaza, descansó un rato, y después se dedicó a recorrer el pueblo y a entrevistar a los vecinos. Nadie le contaba lo que todos sabían o lo que para todos era tan conocido que no necesitaba explicaciones. Lo miraban con sorna, como si fuera el único que no entendía lo que estaba pasando. Era una historia verdaderamente extraña, con aristas variadas y versiones múltiples. Igual que todas, pensó Renzi.

Al final de la tarde había recogido toda la información disponible y se preparó para escribir la crónica. Se instaló en su pieza del hotel y consultó sus notas, hizo una serie de diagramas y subrayó varias frases en su libreta negra. Después bajó al comedor y pidió una cerveza y un plato de papas fritas.

Eran más de las doce de la noche cuando volvió al local del diario del pueblo, golpeó con la mano abierta la persiana de hierro y se hizo abrir por don

Moya, el sereno, que andaba siempre rengueando con un bamboleo medio ridículo porque lo tiró un caballo en el 52 y quedó chueco. Moya le fue prendiendo las luces de la redacción vacía y Renzi se sentó ante el escritorio de Gregorius y redactó la nota en una Remington que se saltaba la *a*.

La escribió de un saque, mirando los apuntes, tratando de que fuera lo que Luna llamaba una nota de color con gancho. Empezó con la descripción del pueblo porque se dio cuenta de que ése era el tema que iba a interesar en Buenos Aires, donde casi todos los lectores eran como él y pensaban que el campo era un lugar pacífico y aburrido, con paisanos con gorra de vasco, que sonríen como tarados y le dicen a todos que sí. Un mundo de gente campechana que se dedicaba a trabajar la tierra y eran leales a las tradiciones gauchas y a la amistad argentina. Ya se había dado cuenta de que todo eso era una farsa, en una tarde había escuchado mezquindades y violencias peores a las que podía imaginar. Circulaba la versión de que Durán era lo que llamaban un valijero, alguien que trae plata bajo cuerda para negociar las cosechas con empresas ficticias[15] y no pagar los impuestos. Todos le habían hablado del bolso con dólares que Croce

15. «Hay sociedades fantasma que están trabajando 30.000 toneladas de grano en negro por mes. Eso son 3.000 camiones. Los que manejan esto no son más que diez o doce personas. "Hay estudios jurídicos que cobran 30.000 dólares por armar esas sociedades", declararon varias fuentes a este cronista» (nota de Renzi).

había encontrado en el depósito de objetos perdidos del hotel y que seguramente era la pista para descifrar el crimen. Lo más interesante, desde luego, como pasa siempre en estos casos, era el muerto. Investigar a la víctima es la clave de toda investigación criminal, había escrito Renzi, y para eso tenían que interrogar a todos los que tenían trato o negocios con el finado. Renzi mantuvo el suspenso y centró el asunto en el extranjero que había llegado a ese lugar sin que nadie supiera del todo por qué. Aludió vagamente al romance con una de las hermanas de una de las familias principales del pueblo.

Las pesquisas empezaban por quienes podían tener motivo para matarlo. Y al rato se había dado cuenta de que todos en el pueblo tenían motivos y razones para matarlo. Las hermanas antes que nada, aunque según Renzi era raro pensar que ellas quisieran matarlo. Lo hubieran matado ellas mismas, según le declararon a este cronista varios vecinos del lugar. Y tienen razón porque acá, la verdad, dijo uno de los gerentes del hotel, las mujeres no encargan a nadie que les haga el trabajo, van y lo limpian. Al menos eso era lo que ha pasado siempre por aquí con los crímenes pasionales, le dijeron orgullosos, como quien defiende una gran tradición local.

Escribió que, según trascendidos, el principal sospechoso, un empleado del hotel de origen japonés, estaba detenido y que el comisario Croce había descubierto, en los sótanos del hotel, un bolso de cuero, color marrón, con casi cien mil dólares en billetes de cincuenta y de cien. Según parece, agregó Renzi, el sospechoso había bajado el bolsón con la plata desde la pieza en un montacargas usado en el pasado para subir la comida en los *room service*. Nada de esto había trascendido oficialmente, pero varias fuentes en el pueblo comentaban esos hechos. Hay que consignar, concluyó, que las versiones oficiales no aceptan ni rechazan esos dichos. El director del diario local (y aprovechó para citar a *El Pregón)* ha criticado el modo en que la investigación está siendo llevada adelante por las autoridades. Para quién era la plata y por qué no se la habían llevado del hotel y la habían dejado en un depósito de objetos perdidos eran las preguntas con las que se cerraba la nota.

Después corrigió las páginas con una birome roja que encontró en el escritorio y le dictó la nota por teléfono a la mecanógrafa del diario, repitiendo como un lorito todos los signos de puntuación, coma, punto, punto y seguido, dos puntos, punto y coma. La descripción del pueblo visto desde lo alto al llegar por la ruta abría la crónica, como si fuera la versión de un viajero que entraba en un territorio misterioso, y eso gustó porque le daba al pueblo una existencia concreta y por una vez el poblado dejaba de ser un apéndice de Rauch.

Al cruzar la sierra alta se ve abajo el pueblo en toda su extensión, desde la laguna que le da nombre hasta las residencias situadas sobre las lomas y las barrancas.

Fue una crónica breve, con el título de un *spaghetti-western* (que no era el que Renzi le había puesto a la nota), *Asesinan a un yanqui en un pueblo del oeste*, y que leyeron en el lugar al día siguiente, con los principales acontecimientos sintetizados en un orden ridículo (el hotel, el cadáver, la valija con la plata), como si después de una tarde de dar vueltas y hacer preguntas el periodista de Buenos Aires se hubiera dejado engañar por todos sus informantes.

Parecía nervioso o medio boleado, dijo Moya, y contó que después de escucharlo dictar la nota lo había acompañado hasta la puerta y vio que se iba al Club Social a tomar una copa, acompañado por Bravo, el cronista de Sociales, que apareció de golpe como si hubiera despertado al escuchar el ruido de la cortina metálica.

Sofía estuvo un rato silenciosa, mirando la luz de la tarde que decrecía en el jardín, y después retomó el ritmo un poco enloquecido de esa historia que había escuchado y repetido o imaginado muchas veces.

–Mi padre se hacía el aristócrata y por eso la buscó a mi madre, que es una Ibarguren... –dijo Sofía–. Mi padre se casó por amor con su primera mujer, Regina O'Connor, pero ella ya te dije que lo dejó y se fue con otro y mi padre nunca se recuperó, porque no podía concebir que lo abandonaran o que lo trataran con desprecio, y en el fondo siempre dudó que mi hermano fuera hijo suyo y lo trató como con la extrema deferencia con la que se trata a un bastardo, y, a diferencia de mi hermano Lucio, mi hermano Luca siempre fue hostil y esa hostilidad se convirtió en una especie de orgullo demoníaco, de convicción absoluta, porque cuando su madre lo abandonó y se fue del pueblo mi padre lo rescató y lo trajo de vuelta y desde entonces vivió con nosotros.

Renzi se levantó.

–Pero ¿de dónde lo rescató?

–Lo trajo a casa y lo crió sin que le importara de dónde venía.

–¿Y el director de teatro? ¿Era el padre, el posible padre? –dijo Renzi.

–No importa, porque su madre siempre dijo que Luca era hijo de mi padre, que se notaba a la legua. Por desgracia, decía Regina, es hijo de su padre, se ve enseguida que es un demente y un desesperado y si no fuera su hijo, decía su madre, no hubiera llegado a donde ha llegado, casi a matarse, a arruinarse la vida por una obsesión.

–Pero qué es, ¿un melodrama?

–Claro... ¿qué esperabas? Lo trajeron a casa y lo educaron como a todos nosotros pero nunca más vio a su madre... Ella al final se volvió a Dublín y vive ahí ahora y ya no quiere saber nada con nosotros, ni con este lugar, ni con sus hijos. La irlandesa. Mi padre tiene todavía su foto en el escritorio. Estaba fuera de lugar acá, esa mujer, como te imaginás, era demasiado arisca para convertirse en una madre argentina, andaba a caballo mejor que los gauchos pero odiaba el campo nuestro. «¿Qué shit *se creen estos mierda», decía... La culpa de todo es del campo, del tedio infinito del campo, todos dan vueltas como muertos-vivos por las calles vacías. La naturaleza sólo produce destrucción y caos, aísla a la gente, cada gaucho es un Robinson que cabalga por el campo como una sombra. Sólo pensamientos aislados, solitarios, livianos como alambre de enfardar, pesados como bolsas de maíz, nadie puede salir, todos atados al*

desierto, se largan a caballo a recorrer su propiedad, a ver si los postes del alambrado están sanos, si los animales siguen cerca de la aguada, si se viene la tormenta; al atardecer, cuando vuelven a las casas, están embrutecidos por el aburrimiento y el vacío. Mi hermano dice que todavía la escucha insultar en la noche y que a veces habla con ella y que siempre la está viendo. No podía seguir en este pueblo esa mujer. Cuando se fue embarazada, mi padre le hizo la vida imposible, no la dejaba ver a su otro hijo, decisión judicial, todos de acuerdo en castigarla. No la dejaba ver a Lucio, ella mandaba mensajes, ruegos, regalos, venía a la casa y mi padre la hacía echar por los peones y a veces le decía que lo esperara en la plaza y pasaba despacio en el auto y ella podía ver a su hijo que desde la ventanilla la miraba sin saludarla con ojos sorprendidos. –Hizo una pausa y fumó pensativa–. Ella embarazada de Luca (dos corazones en un mismo cuerpo, tuc tuc) y Lucio que la miraba por la ventanilla de atrás del auto, ¿podés creer? Al fin le dejó a los críos y se volvió a su país.

Me está haciendo el cuento, pensó Renzi, me está contando una fábula para engancharme.

–Cuando al fin ella se escapó para siempre de este damned country, *como decía, se fue a vivir a Dublín, donde trabaja de maestra y de vez en cuando recibimos una carta siempre dirigida a sus hijos, escrita en un español cada vez más extraño sin que nunca nadie le haya contestado. Porque los dos hijos no le perdonaron que los hubiera abandonado y eso los unió a los dos hermanos en el mismo dolor. Ningún hijo puede perdonar a su madre que lo abandone. Los padres abandonan a los hijos*

sin problema, los dejan por ahí y no los vuelven a ver, pero las mujeres no pueden, está prohibido, por eso mi hermana y yo, si tenemos hijos, los vamos a abandonar. Nos van a saludar, paraditos en una plaza, los nenes, mientras nosotras pasamos en auto cada una con un amante distinto. ¿Qué tal?

Se detuvo, miró a Renzi con una sonrisa que le brillaba en los ojos y se sirvió más vino. Después volvió a la sala y tardó un rato largo y salió exaltada, los ojos brillosos, frotándose las encías con la lengua y haciendo equilibrio con dos platos con queso y aceitunas.

–En mi familia los hombres se vuelven locos cuando son padres. Mirá lo que le pasó a mi viejo: no pudo salir nunca de la duda. Sólo estaba seguro de la paternidad de mi hermano mayor y Lucio fue el único que cumplió con sus deseos salvo en su casamiento.

Recién en ese momento Renzi se dio cuenta de que ella iba adentro cada vez más seguido; entró en la sala y la vio inclinada sobre una mesa de vidrio.

–¿Qué tenés ahí? –dijo Renzi.

–Sal gruesa –le dijo ella, y le sonrió mientras se inclinaba con un billete de cien pesos enrollado en la nariz.

–Ah, mirá las chicas de pueblo. Dame una línea.

8

Bravo y Renzi salieron del diario y caminaron un rato por las calles vacías. La noche estaba tormentosa y un viento tibio venía de la llanura. Con repugnancia, Renzi se dio cuenta de que había pisado un cascarudo que hizo un ruido seco al quebrarse bajo sus zapatos. Nubes de mosquitos y de polillas revoloteaban en los faroles de la esquina. Al rato un perro vagabundo, medio torcido, cruzó frente a ellos con la cola entre las patas, y empezó a seguirlos.

–Éste es el perro del comisario, lo deja suelto y el cuzco anda como un fantasma por el pueblo toda lo noche.

El perro los siguió un rato, pero al final se tiró a dormir en un umbral y ellos siguieron hasta el final de la calle. El viento agitaba las ramas de los árboles y levantaba el polvo de la calle.

–Aquí estamos, Emilio –dijo Bravo–. Éste es el Club.

Habían llegado frente a una casa de altos, de estilo

francés, muy sobria, con una placa de bronce que anunciaba, a quien se acercara a mirar las letras con una lupa, que ése era el Club Social fundado en 1910.

–Acá no cualquiera puede entrar –dijo Bravo–, pero vos venís conmigo y sos mi invitado.

En toda sociedad cerrada hay un exterior y un interior, explicaba Bravo mientras subían las altas escaleras de mármol que copiaban otras altas escaleras de mármol de algunos otros edificios iguales en ciudades olvidadas.

–Mi trabajo como cronista social consiste en poner la marca alta y mantener separados a los que están de un lado y a los que están del otro. Mis lectores no pueden entrar y por eso leen el diario. Cómo se pasa de un lado, o, mejor, cómo se salta de un lado a otro, es lo que todos quieren aprender. El finado Durán, un mulato, un negro en realidad, porque acá en la provincia no hay mulatos, o sos negro o sos blanco. Bueno, él, negro y todo, al final pudo entrar.

Para ese entonces ellos también habían entrado en el salón. Bravo había ido saludando a los conocidos mientras cruzaban la barra del bar y se instalaban en una mesa a un costado, cerca de los ventanales que daban al jardín.

–Todos dicen ahora que Tony traía un montón de plata. Pero nadie pudo explicar para qué la había traído ni qué estaba esperando. Los norteamericanos pueden entrar la plata que quieran en este país sin declararla ni nada. Lo arreglaron los militares en la época del general Onganía –le dijo como si fuera una confesión personal–. Capital líquido, inversiones extranjeras, lo consideran legal. ¿En *El Mundo*, quién hace Economía?

–Ameztoy –dijo Renzi–. Según él, Perón está vendido a las empresas europeas.

Bravo lo miró asombrado.

–¿Europeas? –comentó–, pero eso es del tiempo de ñaupa. –Como todos en la provincia, se dio cuenta Renzi luego de sus conversaciones y entrevistas de ese día, usaba deliberadamente palabras arcaicas y fuera de uso para ser más auténticamente gente de campo–. Esa libertad de tráfico de divisas la pusieron los norteamericanos como condición de las inversiones y ahora sirve para traficar en negro con las cosechas.

–Y eso era lo que hacía Durán –dijo Renzi–. Traficar con plata.

–No sé, eso dicen. No me vayas a citar a mí como fuente, Emilio, yo soy la conciencia social del pueblo. Lo que yo digo es lo que todos piensan pero nadie declara. –Hizo una pausa–. Sólo el esnobismo permite sobrevivir en estos lugares. –Y explicó las razones por las que había sido aceptado en ese ambiente selecto.

Bravo parecía un viejo de treinta años; no es que hubiera envejecido, la vejez era parte de su vida, tenía la cara cruzada de cicatrices porque se había cortado el rostro en un accidente de auto. Había sido un excelente jugador juvenil de tenis, pero su carrera se había interrumpido luego de ganar un torneo juniors en el Law Tenis de Viña del Mar y no se había repuesto nunca de las expectativas frustradas. Tenía tanto talento natural para jugar al tenis que lo llamaban el

Manco –como a Gardel lo llaman el Mudo– y, como todo hombre de talento natural, cuando perdió ese don –o ya no pudo emplearlo– quedó convertido en una especie de filósofo espontáneo que miraba el mundo con el escepticismo y la lucidez de Diógenes en el tacho de basura. No había hecho nada con el don que había recibido, salvo ganarle la final de ese torneo juvenil en Chile a Alexis Olmedo, el tenista peruano que años después iba a ganar en Wimbledon. Bravo tuvo que retirarse del circuito antes de entrar en él, por una extraña lesión en la mano derecha que le impidió jugar; así empezó su decadencia y su vejez. Volvió al pueblo y su padre, rematador de hacienda, le consiguió un puesto en el diario como cronista de Sociales porque todavía tenía el aura de haber jugado al tenis en los *courts* en una época en la que el deporte blanco era sólo practicado por las clases altas.

–Nadie puede imaginar –le dijo luego a Renzi cuando ya habían tomado varias copas y estaban en la etapa de las confesiones sinceras– lo que es tener talento para hacer algo y no poder hacerlo. O al menos imaginar que uno tiene talento para hacer algo y sin embargo no puede hacerlo.

–Ya sé –dijo Renzi–. Si se trata de eso, la mitad de mis amigos (y yo mismo) padecemos ese mal.

–No puedo jugar al tenis –se quejó Bravo.

–En general mis amigos tienen tanto talento que ni siquiera les hace falta hacer nada.

–Entiendo –dijo Bravo–. Mirá cómo serán de esnobs acá que a mí me consideran uno de ellos porque entrené con Rod Laver. –Se quedó quieto esperando la sonrisa de Renzi. Deliraba un poco, gracias al whisky gratis que le servían en el Club–. A veces, cuando preciso plata –dijo de pronto–, me voy a jugar a la paleta contra los paisanos que no me conocen y siempre les gano. No hay nada más diferente a una cancha de tenis que un frontón de paleta vasca, pero la clave sigue siendo ver la pelota y la vista no la he perdido y puedo jugar de zurda, con la mano atada. En Cañuelas le gané a Utge –dijo como si le hubiera ganado un concurso de poesía a William Shakespeare.

Después de una pausa le fue contando a Renzi, como si necesitara seguir con las confidencias, que a veces le parecía que sentía el sonido limpio de la pelota al rozar el fleje, pero hacía tanto tiempo de su experiencia en las canchas que tardaba en identificar el sonido que todavía lo emocionaba.

Renzi volvió a pensar que el tipo desvariaba un poco, pero estaba acostumbrado, porque era habitual el desvío hacia el delirio en los periodistas cuando hablaban para no decir nada. Confidencias personales y noticias falsas, ése era el género.

–No sabés los negocios que están haciendo los militares antes de irse... –dijo de pronto Bravo–, van a vender hasta los tanques de guerra. Acá están seguros de que Perón vuelve y que los soldados se van a los cuarteles. Y están haciendo todos los arreglos que pueden antes de que se dé vuelta la tortilla. Hablando de eso, ¿qué querés comer? Aquí hacen una tortilla a la española que no la vas a encontrar en Buenos Aires.

Bravo pidió más whisky, pero como Renzi tenía hambre aceptó la propuesta y pidió una tortilla de papas y una botella de vino.

–¿Qué vino prefiere el señor? –le dijo un mozo con cara de pájaro que lo miraba con una rara mezcla de distancia y desprecio.

–Tráigame una botella de Sauvignon Blanc –dijo Renzi–. Y un balde de hielo.

–Por supuesto, señor –dijo el mozo con los modales de un idiota que se creía hijo del conde Orloff.

Bravo prendió un cigarrillo y Renzi vio que le temblaba la mano derecha. La tenía un poco deformada, con una fea protuberancia en la muñeca. Le pareció que usaba la mano derecha como si se obligara a hacerlo, como si todavía estuviera en terapia de recuperación. Renzi imaginó las máquinas eléctricas con tientos y grampas metálicas donde se pone la mano para que se estiren los nervios y las articulaciones.

–¿Te imaginás lo que es hacer Sociales en un pueblo como éste? Te pasan las noticias por teléfono antes de que las cosas sucedan, si no les prometés que las vas a escribir, no hacen nada. Primero se aseguran la noticia y después vienen los hechos –le dijo Bravo–. En este club se arregla todo. Aquella del fondo, en la mesa redonda, es una de las hermanas Belladona.

Renzi vio a una muchacha pelirroja, alta y arrogante, que se inclinaba con gesto distraído a hablar con uno de esos hombres de cabeza muy chica, que tienen siempre algo siniestro, como si el cuerpo terminara en una cara de víbora. Era el fiscal. Renzi lo había visto en la televisión. La muchacha hablaba recostada contra el respaldo de la silla y tenía la palma de la mano izquierda apoyada entre los pechos como si quisiera abrigarse. Está sin corpiño, pensó Renzi, las mejores tetitas del campo argentino. La vio negar sin sonreír y anotar algo en un papel y después despedirse con un beso rápido y alejarse hacia las escaleras que llevaban a la planta baja con un paso seguro y seductor.

–Pasó hace tiempo –dijo Bravo, y empezó a contar–. Cueto tuvo una de las primeras Harley Davidson que entraron en la Argentina y cuando llegó con esa máquina al pueblo, Ada Belladona sólo quería que la llevara a pasear en moto. Salió con ella a dar una vuelta por la plaza y enseguida tuvieron un accidente. Ada se quebró una pierna y Cueto salió ileso. Siempre decía que para manejar una moto lo fundamental era saber caer. Tenía esa teoría. Los atletas, decía, deben primero aprender a caer. Le preguntó antes de subir y ella le dijo que sabía caer, pero la moto rozó uno de los canteros de la plaza y se arrastró como cincuenta metros sobre la pierna de la chica. Por casualidad no quedó inválida, la enyesaron desde la cadera hasta la punta de los dedos. Un trabajo de artistas, creo que encontraron a un escultor, Aldo Bianchi o uno de ésos, decía ella, y mostraba el yeso que terminaba en una especie de aleta. Tenía la forma estilizada de la cola de una sirena y se apoyaba ahí. Era increíble, tan delirante como Cueto, la chica, la enloquecía bailar, y una noche de verano fueron a Mar del Plata, a Gambrinus.

¿Qué te ha pasado, estás bien?, le preguntaban. Ella decía que se había aplastado la pierna andando a caballo. Se levantaba una y otra vez para bailar. Clavaba en el suelo la pierna blanca y nítida, con esa forma de cola de pescado, y el resto del cuerpo giraba alrededor del yeso, como si fuera el capitán Ahab.[16]

Le gustó cómo contaba esa historia, era evidente que la había contado tantas veces que la había ido puliendo hasta dejarla lisa como un canto rodado. Claro que siempre se podía mejorar una historia, pensó Renzi distraído, mientras Bravo había pasado a otra cosa y retomaba las conjeturas sobre Durán. Pensaba que Tony se había acercado a las hermanas Belladona sólo para tener acceso al Club Social. Con ellas podía entrar, solo no lo hubieran dejado.

–Hubiese querido advertirle a Tony de que no viniera por acá –dijo Bravo. *Usa el pluscuamperfecto del subjuntivo,* pensó Renzi, tan cansado que se le aparecían ese tipo de ideas típicas de la época en que estaba en la Facultad y se ponía a analizar las formas gramaticales y la conjugación de los verbos. A veces no entendía lo que le estaban diciendo porque se distraía analizando la estructura sintáctica como si fuera un filólogo enardecido por los usos

16. Un tiempo después Ada se compró una Triumph 220 y desde entonces anda en moto por el pueblo, espantando paisanos y aves de corral, con los perros que la corren atrás ladrando como endemoniados.

tergiversados del lenguaje. Ahora le sucedía cada vez menos, pero cuando estaba con una mujer, y le gustaba el modo que tenía de hablar, se la llevaba a la cama por el entusiasmo que le provocaba verla usar el pretérito perfecto del indicativo, como si la presencia del pasado en el presente justificara cualquier pasión. En este caso, se trataba sólo del cansancio y de la extrañeza que le producía estar en ese pueblo perdido, y cuando volvió a escuchar el ruido del bar se dio cuenta de que Bravo le estaba contando la historia de la familia Belladona, una historia que se parecía a cualquier historia de una familia argentina del campo, pero más intensa y más cruel.

–Estoy harto de esta basura –dijo de pronto Bravo, ya totalmente borracho–. Me quiero ir a la Capital... ¿Habrá laburo en *El Mundo?*

–No te lo recomiendo.

–Me voy a ir, seguro, no aguanto más acá. Y no tengo mucho tiempo.

–¿Por?

–Quiero estar en Buenos Aires cuando vuelva Perón...

–¿No me digas? –dijo Renzi, despierto de pronto.

–Claro... Va a ser un día histórico.

–No te hagas tantas ilusiones... –dijo Renzi, y pensó que Bravo quería ser como Fabrizio en *La cartuja de Parma,* que al enterarse del regreso de Napoleón se fue a París para ser protagonista de un hecho histórico y recibir al general. Y anduvo todo el día rodeado de jóvenes de una *dulzura seductora*, muy entusiastas, que a los pocos días, contaba Stendhal, le robaron toda la plata.

En ese momento vieron a Cueto que se les acercaba por el pasillo, con una sonrisita sobradora.

–¿Qué dicen las conciencias alquiladas de la patria...?

–Siéntese, doctor.

Cueto tenía el físico seco y fibroso, vagamente repulsivo, de los hombres mayores que hacen mucho deporte y se mantienen en una especie de patética juventud perpetua.

–Un minuto nomás –dijo Cueto.

–¿Conocés a Renzi?

–¿Escribís en *La Opinión*, vos?

–No... –dijo Renzi.

–Ah, entonces sos un fracasado... –Sonrió con aire cómplice y levantó la botella de vino del balde y se sirvió en una copa de agua que vació en el hielo. Después le ofreció a Renzi.

–No, mejor no sigo tomando.

–Nunca dejés de tomar cuando todavía seas capaz de pensar que es mejor que no bebas, como decía mi tía Amanda. –Paladeó el vino–. De primerísima –dijo–. El alcohol es uno de los pocos placeres simples que quedan en nuestra vida moderna. –Miraba todo el tiempo alrededor como buscando a algún conocido. Tenía algo extraño en el ojo izquierdo, una mirada azul y fija, que inquietó a Renzi–. Ayer salió una noticia increíble, claro que ustedes los periodistas nunca leen los diarios.

Dos guerrilleras habían matado a un conscripto[17] en una base aérea de Morón. Bajaron de un Peugeot, se acercaron sonriendo a la garita de guardia, llevaban una pistola calibre 45 escondida en la revista *Siete Días*, y cuando el colimba se resistió a entregarle su arma, lo mataron a tiros.

–Se resistió, mirá si se va a resistir, les habrá dicho: Chicas, ¿qué les pasa?, no me saquen el fusil que me mandan en cana... Se llamaba Luis Ángel Medina. Por ahí era correntino, andá a saber, un negrito, peleaban por él, ellas, por los negros del mundo, pero van y lo matan. –Volvió a servirse vino–. Están cocinadas, las dos, van a andar siempre juntas, a partir de ahora, ¿no? –dijo Cueto–. Escondidas, metidas en un embute, tomando mate, las troskas, en una quinta de Temperley...

–Bueno –dijo Renzi, tan furioso que empezó a hablar en un tono demasiado alto–, la desigualdad entre los hombres y las mujeres se termina cuando una mujer empuña un arma. –Y siguió, tratando de ser lo más pedante posible en medio de las brumas del alcohol–. El término *nobilis* o *nobilitas* en las sociedades tradicionales definía a la persona libre, ¿no? Y esa definición significa la capacidad de llevar

17. «Hoy recibieron sepultura en el cementerio de San Justo los restos del soldado Luis Ángel Medina, que ayer fuera ultimado a balazos por dos mujeres pertenecientes a un comando extremista. Ésa sería la última guardia de Medina dado que, al haber cumplido su servicio militar, saldría licenciado el próximo viernes. Sin embargo, por razones de servicio, fue destinado precisamente el día fatal para cubrir el puesto en el que encontró la muerte» *(La Razón*, 14 de marzo de 1972).

armas. ¿Qué pasa si son las mujeres las que llevan las armas?

–Todos soldados –dijo Bravo–. Mirá qué bien. Soldados de Perón...

–No, ¡del Ejército Revolucionario del Pueblo! –dijo Cueto–. Ésos son los peores, primero matan al voleo y después se mandan un comunicado hablando de los pobres del mundo.

–La ética es como el amor –dijo Renzi–. Se vive en presente, las consecuencias no importan. Si uno piensa en el pasado es porque ya perdió la pasión...

–Tenés que escribir estas grandes verdades nocturnas.

–Claro –dijo Renzi–. El sacrificio más grande es acatar la segunda ética.[18]

–¿Segunda ética? Demasiado para mí... Disculpen, señores periodistas, pero se me hace tarde... –dijo Cueto, y empezó a levantarse.

18. En relación con el crimen político, G. Lukács, en sus notas para un libro sobre Dostoievski (1916), cita a Bakunin: *El asesinato no está permitido, es una culpa absoluta e imperdonable; ciertamente no puede, pero* debe *ser ejecutado.* Como el héroe trágico, el auténtico revolucionario afronta el mal y acepta sus consecuencias. Sólo el crimen realizado por el hombre que sabe firmemente y fuera de toda duda que el asesinato *no* puede ser aprobado bajo ninguna circunstancia, es de naturaleza moral. De ese modo Lukács distingue entre la primera ética –o ética kantiana–, que delimita los deberes según las necesidades inmediatas de la sociedad, y la segunda ética, centrada en la trascendencia. Y Lukács cita *Temor y temblor*, de Kierkegaard: *El contacto directo con la trascendencia en la vida lleva al crimen, a la locura y al absurdo* (nota de Renzi).

–Haría falta un asesino serial femenino –siguió Renzi–. No hay mujeres que maten hombres en serie, sin motivo, porque sí. Tendrían que aparecer.

–Por ahora, las mujeres sólo matan un marido por vez... –dijo Cueto, mirando la sala.

Ya se había desentendido de ellos, harto de esa sarta de abstracciones ridículas. Ellos dos seguían ahí, pero Cueto ya no estaba.

–Me voy, che –dijo entonces Renzi–, viajé de noche, estoy fundido.

Bravo lo acompañó unas cuadras por el pueblo en sombras y se detuvo en el borde de la plaza.

–Se estaba haciendo ver con Ada Belladona. No entiendo –dijo Renzi.

–La pretende, como se dice por acá... Fue el abogado de la fábrica, el abogado de la familia Belladona, en realidad... Cuando se armó el lío entre los hermanos se abrió y ahora es fiscal... va a llegar lejos.

–Mira de un modo raro.

–Tiene un ojo de vidrio, lo perdió jugando al polo... –Bravo subió al auto y se asomó por la ventanilla–. ¿Querías hacerlo picar? Mirá que es un tipo peligroso.

–Me vengo pasando tipos peligrosos por las pelotas desde que tengo memoria.

Bravo tocó la bocina en signo de saludo o de desaprobación, y arrancó hacia la ruta. Vivía en las afuera, en un barrio residencial, en lo alto de los cerros.

Renzi siguió solo, disfrutando el fresco de la noche. El camión de la municipalidad regaba la calle vacía, asentando el polvo. Había olor a tierra mojada, todo estaba tranquilo y en silencio. Muchas veces al viajar en un ómnibus de larga distancia había querido bajarse en un pueblo cualquiera en medio de la ruta y quedarse ahí. Ahora estaba en uno de esos pueblos y tenía una sensación extraña, como si hubiera dejado en suspenso su vida.

Pero su vida no estaba en suspenso. Cuando llegó al cuarto y empezó a desnudarse, sonó el teléfono. Era una llamada de Julia desde Buenos Aires.

–Terminala, Emilio –le dijo cuando él levantó el tubo–, todos me buscan a mí para preguntar por vos. ¿Dónde te metiste? Tuve que llamar al diario para localizarte y mirá la hora que es. Te llegó a casa una carta de tu hermano.

Mientras le explicaba que estaba trabajando en un pueblo piojoso de la provincia de Buenos Aires y que no podía pasar a buscar la carta, se dio cuenta de que Julia no le creía y lo dejaba colgado en medio de la charla y le cortaba la comunicación. Seguro pensaba que le estaba mintiendo, que se había escapado con alguna loca y se había metido en un hotel.

Varios amigos le habían dicho que ella decía que él se estaba hundiendo. Después de la muerte de su padre, sobre la que no quería abrir juicio, había decidido separarse de Julia pero no había cambiado la dirección y lo seguían buscando en la casa de su ex mujer. Le hubiera gustado ser como Swann, que al final descubre que se ha consumido por una mujer que no valía la pena. Pero seguía tan unido a Julia que seis meses después de haberla dejado le alcanzaba con escuchar su voz para sentirse perdido. Quería muchísimo más a

Julia que a su padre, pero la comparación era ridícula. Por el momento estaba tratando de no establecer relaciones entre acontecimientos diferentes. Si conseguía mantener aisladas todas las cosas, estaba salvado.

Miró la plaza por la ventana. En la calle vio al perro que caminaba ladeado, dando pequeños saltos; se paró bajo la luz del farol de la esquina. Según Bravo, ése era el perro del comisario. Lo vio levantar la pata para mear y luego sacudirse la pelambre amarilla como si estuviera empapado. Renzi bajó la cortina y se acostó a dormir y soñó que asistía al entierro de Tony Durán en un cementerio de Newark. En realidad era el cementerio de Adrogué, pero estaba en Nueva Jersey y había viejas lápidas y tumbas cerca de la vereda del otro lado de una reja de hierro. Un grupo de mujeres y de mulatos lo despedían con solemnidad. Renzi se acercó a la fosa abierta en la tierra y vio bajar el cajón de plomo sellado que brillaba al sol. Tomó un terrón de tierra y lo arrojó a la tumba abierta.

–Pobre hijo de puta –dijo Renzi en el sueño.

Cuando se despertó no recordó el sueño pero recordaba que había soñado.

9

Cuando Croce hizo publicar en los diarios de la zona la foto borrosa de un desconocido con una orden de captura, nadie entendió muy bien qué estaba pasando. Incluso Saldías empezó a expresar tímidamente sus dudas. Había pasado de la admiración ciega a la inquietud y a la sospecha. Croce no le hizo caso y lo dejó inmediatamente de lado; desdeñoso, le pidió que se dedicara a redactar un nuevo informe con las nuevas hipótesis sobre el crimen.

Entonces el fiscal Cueto ocupó el centro de la escena y empezó a tomar decisiones con la intención de frenar el escándalo. Opinó que las hipótesis de Croce eran descabelladas y buscaban entorpecer la investigación.

–No sabemos qué significa ese presunto sospechoso que Croce anda buscando. Nadie lo conoce por acá, nunca tuvo relaciones con el muerto. Estamos viviendo tiempos caóticos, pero no vamos a permitir que un policía cualquiera ande haciendo lo que se le ocurra.

Enseguida ordenó a la policía provincial que trasladaran a Yoshio a la cárcel de Dolores, por seguridad, según dijo, mientras le abría el proceso. No se había encontrado el arma homicida, pero había testigos directos del hecho que situaron al acusado en el lugar y a la hora en que se cometió el crimen. Hizo todo lo que había que hacer para cerrar el caso y caratularlo como crimen sexual. En voz baja y a quien quisiera escucharlo, Cueto aseguraba que el comisario ya no era de confiar y había que sacarlo del medio. Mientras, Croce andaba como siempre por el pueblo y esperaba noticias. Nadie sabía bien qué estaba pensando, ni por qué se le había dado por decir que el culpable no era Dazai.

A la hora de la cena, una noche, Renzi se lo encontró en el almacén de los Madariaga. Sentado en un costado, cerca de la ventana, Croce comía un bife de cuadril con papas fritas. Mientras comía hacía dibujitos, con un lápiz, en el mantel de papel. De vez en cuando se quedaba con la mirada perdida en el aire y un vaso de vino en la mano.

En su trabajo ocasional como cronista de policiales Renzi había conocido a varios comisarios, la mayoría eran matones sin moral que sólo querían el cargo para voltearse a todas las mujeres (sobre todo a las putas) y entrar en todas las transas posibles, pero Croce parecía distinto. Tiene el aire tranquilo de un paisano en el que se puede confiar, pensó Renzi, que se acordó de pronto de la opinión de Luna, el director del diario, sobre los comisarios de policía.

«¿A quién no le gusta ser comisario?», le había

dicho una noche el viejo Luna. «No seas ingenuo, nene. Ellos son los verdaderos tipos pesados. Tienen más de cuarenta años, ya han engordado, ya han visto todo, tienen varios muertos encima. Hombres muy vividos, con mucha autoridad, que pasan el tiempo entre malandras y punteros políticos, siempre de noche, en piringundines y bares, consiguiendo la droga que quieren y ganando plata fácil porque todos los adornan: los pasadores de juego, los comerciantes, los mafiosos, los vecinos. Ellos son nuestros nuevos héroes, querido. Van siempre calzados, entran y salen, arman bandas, tiran abajo todas las puertas. Son los especialistas del mal, los encargados de que los idiotas duerman tranquilos, le hacen el trabajo sucio a las bellas almas. Se mueven entre la ley y el crimen, vuelan a media altura. Mitad y mitad, si cambiaran la dosis no podrían sobrevivir. Son los guardianes de la seguridad y la sociedad les delega la función de ocuparse de lo que nadie quiere ver», le decía Luna. «Hacen política todo el tiempo, pero no se meten en política, cuando se meten en política es para tirar abajo a algún muñeco de nivel medio, intendentes, legisladores. No van más arriba. Como son héroes clandestinos, están siempre tentados de meterse ellos también pero jamás lo hacen porque si lo hacen están listos, se vuelven demasiado visibles», le dijo Luna aquella noche cenando en El Pulpito mientras lo instruía, una vez más, sobre la vida verdadera. «Hacen lo que tienen que hacer y persisten más allá de los cambios, son eternos, están desde siempre...», dudó un momento Luna, se acordó Renzi, «desde la época de Rosas que hay comisarios de policía que son famosos, a veces pierden, como todo el mundo, los matan, los pasan a retiro, los mandan presos, pero siempre hay otro que ocupa ese lugar. Son malevos, querido, pero en ellos la dimensión del mal es mínima comparada con quienes les dan las órdenes. Un policía habla directo, va de frente, pone la cara», había concluido Luna, «así que no te hagas el loco y escribí lo que ellos te digan...» Le voy a hacer caso, pensó Renzi, que se había acordado de los consejos del viejo Luna cuando vio que Croce lo llamaba con un gesto.

–¿Quiere comer algo? –le dijo Croce.

–Sí, claro –dijo Renzi–. Encantado.

Se acercó a la mesa, se sentó y pidió una tira de asado y una ensalada de lechuga y tomate, sin cebolla.

–Este almacén fue lo primero que se hizo en el pueblo. Venían los peones golondrina en tiempo de la cosecha a comer aquí. –Renzi se dio cuenta enseguida de que el comisario necesitaba compañía–. Cuando uno es comisario puede pensar que ha logrado reducir la escala de la muerte a una dimensión personal. Y cuando digo muerte hablo de los que han sido asesinados. Uno puede matar a alguien accidentalmente –dijo Croce–, pero no puede *asesinarlo* accidentalmente. Si ayer, por ejemplo, la señora X no hubiera vuelto caminando a su casa a la noche y no hubiera doblado esa esquina, ¿podría no haber sido asesinada? Podría haber muerto, sí, pero ¿asesinada? Si la muerte no fue intencional, no fue un asesinato. Por lo tanto hace falta una decisión y un motivo. No sólo una causa, un motivo. –Se detuvo–. Por eso el crimen puro es escaso. Si no tiene motivación es enigmático: tenemos el cadáver, tenemos a los sospechosos, pero no tenemos la causa. O la causa no se corresponde con la ejecución. Éste parece ser el caso. Tenemos el muerto y tenemos a un sospechoso. –Hizo una pausa–. Lo que llamamos motivación puede ser una significación inadvertida: no porque sea misteriosa sino porque la red de determinaciones es demasiado extensa. Hay que concentrar, sintetizar, descubrir un punto fijo. Hay que aislar un dato, crear un campo cerrado o de lo contrario nunca podremos interpretar el enigma.

En la mesa haciendo dibujitos el comisario reconstruyó los hechos para sí mismo, pero también para Renzi. Necesitaba siempre alguien con quien hablar para borrar su discursito privado, las palabras que le daban vueltas siempre en la cabeza como una música y entonces al hablar seleccionaba los pensamientos y no decía todo, tratando de que su interlocutor reflexionara con él y llegara, antes, a sus mismas conclusiones, porque entonces podía confiar en su razonamiento ya que otro también lo había pensado con él. En eso se parecía a todos los que son demasiado inteligentes –Auguste Dupin, Sherlock Holmes– y necesitan un ayudante para pensar con él y no caer en el delirio.

–Para Cueto el criminal es Yoshio y el motivo son los celos. Un crimen privado, nadie está implicado. Caso resuelto –dijo Renzi.

–Me parece que Cueto siempre está diciendo que las cosas que parecen diferentes en realidad son lo mismo, en tanto que a mí me interesa mostrar que las cosas que parecen lo mismo son en realidad diferentes. *Les enseñaré a distinguir.*[19] ¿Ve? –dijo–. Éste es un pato, pero si lo mira así, es un conejo. –Dibujó la silueta del pato-conejo–. Qué quiere decir *ver* algo tal cual es: no es fácil. –Miró el dibujo que había hecho en el mantel–. Un conejo y un pato.

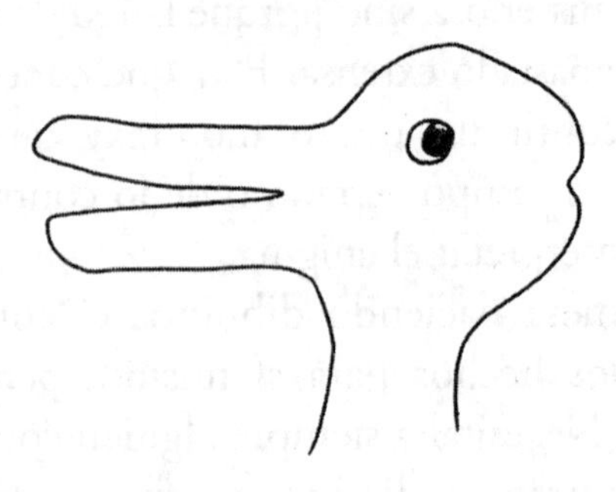

Todo es según lo que sabemos *antes* de ver. –Renzi no entendía hacia dónde apuntaba el comisario–. Vemos las cosas *según* como las interpretamos. Lo llamamos previsión: saber de antemano, estar prevenidos.[20] Usted en el campo sigue el rastro de un ternero, ve las

19. «I'll teach you differences» *(Rey Lear, I.4.).*

20. Supongamos que le muestro la imagen a un paisano, decía Croce. Me dice: «Es un pato», y luego, de pronto: «Oh, es un conejo.» De manera que lo reconoce como un conejo. Es una experiencia de reconocimiento. Lo mismo si alguien me ve en la calle y dice: «Ah, es Croce.» Pero no siempre se tiene una experiencia de reconocimiento. La experiencia se da en el momento de cambiar del pato al conejo y viceversa. Llamo a este método *ver-como* y su objetivo es cambiar el aspecto bajo el que se ven ciertas cosas. Este *ver-como* no es parte de la percepción. Por un lado, es como ver y también *no* es como ver.

huellas en la tierra seca, sabe que el animal está cansado porque las marcas son livianas y se orienta porque los pájaros bajan a picotear en el rastro. No puede buscar huellas al voleo, el rastreador debe primero saber lo que persigue: hombre, perro, puma. Y después ver. Lo mismo yo. Hay que tener una base y luego hay que inferir y deducir. Entonces –concluyó– uno ve lo que sabe y no puede ver si no sabe... Descubrir es ver de otro modo lo que nadie ha percibido. Ése es el asunto. –Es raro, pensó Renzi, pero tiene razón–. En cambio si pienso que no es el criminal, entonces sus actos, su modo de actuar no tienen sentido... –Se quedó pensativo–. Comprender –dijo cuando salió de ahí– no es descubrir hechos, ni extraer inferencias lógicas, ni menos todavía construir teorías, es sólo adoptar el punto de vista adecuado para percibir la realidad. Un enfermo no ve el mismo mundo que un tipo sano, un triste –dijo Croce, y se perdió otra vez en sus pensamientos pero volvió enseguida– no ve el mismo mundo que un tipo feliz. Igual un policía no ve la misma realidad que un periodista, con perdón –dijo, y sonrió–. Ya sé que ustedes escriben con el firme propósito de informarse después. –Lo miró sonriendo pero Renzi, que estaba comiendo, no pudo contestarle, aunque estaba de acuerdo–. Esto es como jugar al ajedrez, hay que esperar la movida del otro. Cueto quiere cerrar el caso, todos en el pueblo quieren que el caso quede cerrado, y yo tengo que esperar que salte la evidencia. Ya la tengo, ya sé lo que pasó, ya vi, pero no puedo probarlo todavía. Mire. –Renzi se acercó y miró lo que estaba mirando Croce. Era la foto de un diario donde se veía un grupo de gente a caballo. Croce había rodeado con un círculo la figura de un jockey–. Usted sabe lo que es un *símil*.

Renzi lo miró.

–Todo consiste en diferenciar lo que es de lo que parece ser... –siguió Croce–. *Fijarse* en algo es quedarse quieto ahí. –Croce se detuvo como si esperara algo. Y en ese momento sonó el teléfono. Madariaga atendió y levantó la cara hacia Croce y movió la mano como una manivela.

–Una llamada de la comisaría de Tapalqué –dijo.

–Ahá –dijo Croce–. Bien. –Se levantó y se acercó al mostrador.

Renzi lo miró afirmar con la cabeza, serio, y luego mover la mano en el aire como si el otro lo pudiera ver.

–¿Y cuándo fue?... ¿Hay alguien con él? Voy para allá. Gracias, Leoni. –Se acercó al mostrador–. Anotame la comida en la cuenta, Vasco –dijo, y se movió hacia la salida. Se detuvo frente a la mesa donde Renzi seguía sentado.

–Hay novedades. Si quiere, venga conmigo.

–Perfecto –dijo Renzi–. Me lo llevo. –Y levantó el papel con el dibujo.

Habría de empezar a caer por fin la noche para que Sofía le terminara de aclarar –«es un decir»– la historia de su familia, entre las idas y venidas a la sala donde estaba el espejo con las líneas blancas que les daban a los dos unos largos minutos de exaltación y de lucidez, de felicidad instantánea y luego una suerte de oscura pesadumbre que ella había terminado por defender al decir que sólo en esos momentos de depresión –«en el bajón»– era posible ser sincero y decir la verdad, mientras se inclinaban sobre la mesa de vidrio con el billete enrollado para aspirar la blancura incierta de la sal de la vida.

–Mi padre –dijo Sofía– siempre pensó que sus hijos varones se iban a casar con muchachas del pueblo, de familia acomodada, de apellido, y mandó a mi hermano Lucio a estudiar ingeniería en La Plata, para que hiciera lo mismo que él había hecho. Lucio alquiló una pieza en una pensión de la Diagonal 80 regenteada por un estudiante crónico, un tal Guerra. Los viernes hacían venir a una chica a la pensión, llegaba con una motoneta. La chica de la Vespa, la llamaban, muy simpática, estudiante de Arquitectura, según decía, que se mantenía de ese modo, haciendo la vida, como quien dice. Bimba, se hacía llamar. Muy divertida, llegaba los viernes y se quedaba hasta el domingo y se acostaba con los seis estudiantes que ocupaban la casa, uno por vez, y a veces les hacía la comida o se sentaba con ellos a tomar mate y jugar a las barajas después de habérselos pasado a todos.

Una tarde Lucio se quemó las dos manos en una explosión en el laboratorio de la Facultad y estaba vendado como un boxeador y Bimba se ocupó de él, lo cuidó, y a la semana siguiente cuando volvió fue derecho a la pieza de mi hermano, le cambió las vendas, lo afeitó, lo bañó, le daba de comer en la boca, charlaban, se divertían juntos, y una tarde Lucio le pidió que se quedara con él, le ofrecía pagar lo que le pagaban todos para que por favor no fuera con los otros, pero Bimba se reía, lo acariciaba, le escuchaba las historias y los planes y después se iba a encamar con los muchachos a las otras piezas, mientras Lucio penaba, tirado en la cama, con las manos heridas y la cabeza cruzada por imágenes atroces. Salía al patio, escuchaba risas, voces felices. A Lucio le dicen el Oso porque es enorme y parece siempre triste o un poco boleado. Su problema fue desde chico la inocencia, era muy crédulo, muy confiado, demasiado bueno, y esa noche cuando Bimba estaba en la cama con Guerra –que empezaba la ronda–, mi hermano desde su pieza los escuchaba reírse y moverse en la cama, y le dio un ataque, se levantó, enfurecido, con las manos vendadas y tiró abajo la puerta, pateó el velador y Guerra se levantó y empezó a pegarle, a machacarlo, porque mi hermano, débil como estaba y con las manos inutilizadas, se fue al suelo enseguida y no se defendía mientras Guerra lo pisaba, lo insultaba, quería matarlo, Bimba desnuda se le tiró encima a Guerra, lo arañaba, le gritaba y tuvo que soltar a Lucio y al final llamaron a la policía. –Hizo una pausa–. Pero lo extraordinario –dijo después– es que mi hermano dejó la Facultad, dejó todo, se volvió al pueblo y se casó con Bimba. La trajo a casa y la impuso en la familia y tuvo hijos con ella y todos saben que la chica fue un yiro y sólo mi madre se negó a hablarle y siempre hizo de cuenta que era invisible, que no existía, pero a nadie le importaba porque Bimba es divina y divertida y nosotras la adoramos y fue la que nos enseñó a vivir, y fue ella la que en todos estos años de malaria se ocupó de cuidar a Lucio y de sostener la casa con los pocos ahorros que habían sobrado de la época de esplendor. Mi padre la quería también porque seguro que le hacía acordar a la irlandesa, pero estaba decepcionado, quería que sus hijos y los hijos de sus hijos fueran –como decía– hombres de campo, estancieros, gente de posición y de fortuna, con peso en la política local. Habría llegado a gobernador, mi padre, si hubiera querido, pero no le interesaba participar en política, sólo quería manejar la política y quizá imaginó para sus hijos varones un destino de patrones de estancia, de senadores o caudillos, pero sus hijos se fueron para otro lado y Luca, después que se enfrentaron por la fábrica, no quiso verlo nunca más ni pisar esta casa.

Los dos habían heredado de su abuelo Bruno la desconfianza del campo y el gusto por las máquinas y enseguida empezaron a trabajar en su empresa. Mi abuelo, –dijo Sofía– cuando se retiró del ferrocarril, fue representante de Massey Harris y ellos ampliaron el taller en los fondos de su casa –en la calle Mitra– y así empezó todo. Ya te habrán contado la leyenda de gallinero del vecino...

–Sí –dijo Renzi–, soldaban de noche con la autógena, y las gallinas del vecino miraban todo el tiempo la luz, deslumbradas, enloquecidas y borrachas, con los ojos como el dos de oros, saltaban cacareando, alucinadas por la blancura de la soldadora como si un sol eléctrico hubiera salido de noche...

–Drogadas –dijo ella–. Cloc-cloc. Las gallinas droguetas por el resplandor, y cuando levantaron una empalizada de chapa para aislar el brillo de la autógena las gallinas se desesperaban y se subían al alambre del gallinero para buscar esa blancura, tenían síndrome de abstinencia... Me acuerdo yo también de haber visto

de chica esa luz nítida como un cristal. Íbamos siempre al taller. Vivíamos entre las máquinas, Ada y yo. Mis hermanos nos hicieron los juguetes más extraordinarios que ninguna chica tuvo nunca. Muñecas que andaban solas, que bailaban, muñecas que parecían vivas, con engranajes y alambres conectadas a un magnetófono, hablaban en lunfardo las muñecas, las hacían con pinta de bataclana para enfurecer a mi madre; una vez me hicieron una Mujer Maravilla que volaba, daba vueltas por todo el patio, como un pájaro, y yo la sostenía con un reel de pesca, la hacía girar en el aire, roja y blanca, con las estrellas y las barras, tan hermosa, no podía respirar de la emoción. Nosotras adorábamos a mis hermanos, estábamos siempre atrás de ellos, nos empezaron a llevar a los bailes (mi hermana con Lucio y yo con Luca), las dos con tacos y los labios pintados jugando a ser dos milonguitas de pueblo, con sus novios, íbamos a los bailes vecinos, a los clubes de los barrios, la pista habilitada en la cancha de paleta, con las lamparitas de colores y la orquesta que tocaba música tropical en la tarima hasta que mi madre intervino y se terminó la farra, al menos esa farra.

10

Salieron en el auto, a medianoche, hacia Tapalqué, por una ruta lateral que cruzaba el borde del partido. Iban en medio del campo, esquivando los alambrados y los animales quietos. La luna se escondía de a ratos y Croce usaba el buscahuellas, que estaba en el costado, un foco fuerte con una manija que se podía mover con la mano. De pronto vieron una liebre, paralizada de terror, blanca, quieta, en el círculo iluminado, como una aparición en medio de la oscuridad, bajo el haz de luz, un blanco en la noche[21] que de pronto quedó atrás. Anduvieron varias horas, sacudidos

21. Diez años después de los hechos registrados en esta crónica, en las vísperas de la guerra de las Malvinas, Renzi leyó en *The Guardian* que los soldados ingleses estaban provistos de anteojos infrarrojos que les permitían ver en la oscuridad y disparar sobre un blanco nocturno y se dio cuenta de que la guerra estaba perdida antes de empezar y se acordó de esa noche y de la liebre paralizada ante la luz del buscahuellas del auto de Croce.

por los pozos del camino, mirando el hilo plateado de los alambrados bajo el cielo estrellado. Por fin, al salir a una senda arbolada, vieron al fondo, lejos, el brillo de la ventana iluminada de un rancho. Cuando llegaron a la huella y enfilaron hacia el rancho ya empezaba a clarear en el horizonte y todo se volvió de un color rosado. Renzi se bajó y abrió la tranquera y el auto entró por un sendero entre los yuyos. En la puerta, bajo el alero, un paisano tomaba mate sentado en un banquito. Un policía de consigna dormitaba junto a un árbol.

En el potrero del costado estaba el alazán, tapado con una manta escocesa, la mano izquierda vendada. El paisano era el cuidador del caballo, un ex domador, de nombre Huergo o Uergo, Hilario Huergo. Era un gaucho oscuro, alto y flaco que fumaba y fumaba y los miró llegar.

–Qué dice, don Croce.

–Salud, Hilario –dijo Croce–. ¿Qué fue lo que pasó?

–Una desgracia. –Fumaba–. Me pidió que viniera –dijo–. Cuando llegué ya lo había hecho. –Fumaba–. Sí –dijo, pensativo–. En su religión está permitido.

–Permitido matar no está –dijo Croce.

–Téngale respeto, comisario. Era una buena persona. Tuvo esa desgracia. Nadie le tiene compasión a los culpables –sentenció al rato.

Croce anduvo dando unas vueltas porque, como siempre, postergaba el momento de entrar y ver al muerto. Se asomó y volvió a salir.

–Le dijo algo sobre el yanqui –dijo Croce.

–Dejó una carta, no la abrí, está donde él la puso, en la ventana.

El rancho tenía piso de tierra apisonada y estaba alumbrado con un farol a querosén que tiraba una luz pobre, disuelta en la claridad del amanecer. Había un fogón en un costado, sin fuego, y en un catre, tapado con una manta tejida, estaba el Chino Arce. Hilario había puesto una estera y unos yuyos formando un ramito. Velorio de campo, pensó Renzi. Una langosta saltó del jarro y se movió de costado, con sus antenas frotando los ojos, y se paró sobre la cara amarillenta del Chino. Renzi la espantó con un pañuelo. El bicho se fue saltando hacia el fogón. Entre las manos del muerto, como una estampita, Hilario había puesto una foto del caballo con el jockey en el paseo previo a una carrera en el hipódromo de La Plata.

–Un tiro de escopeta... era tan chico que se la apoyó en la boca de parado nomás –dijo Hilario, saltando la consonante (de *parao)* como era habitual en los hombres de campo. La escopeta estaba al costado apoyada con cuidado sobre los cueros de una banqueta.

Destaparon el cadáver y vieron que estaba vestido con bombacha bataraza y camisa floreada, un gaucho amarillo, vestido de fiesta, con el pie derecho descalzo y una pequeña quemadura de pólvora en el dedo gordo. Pudieron haberlo matado y fingir luego el suicidio con escopeta y todo, pensó Croce. Tal vez lo ahorcaron, volvió a pensar, pero cuando movió el pañuelo que tenía en el cuello, comprobó que no había señal alguna, salvo el tiro en el paladar que le había levantado la tapa de los sesos. Por eso, seguramente, Hilario le había acomodado una venda en el cuello, para tapar la herida.

–Se mató ahí –dijo Hilario–, parado al lado del catrecito, y yo lo arreglé. No era cristiano, sabe, por eso tapé la Virgen.

En la carta le entregaba el caballo a Hilario y le pedía que lo cuidara, que le diera alfalfa fresca y que lo vareara todos los días. Tenía que estar atento a la quebradura de la mano, no podía pisar piedras ni andar por tierra mojada. No hacía referencia a quién lo había contratado para matar a Durán, daba a entender que lo había hecho para comprar el animal pero no decía quién le había dicho lo que tenía que hacer y tampoco decía por qué se había suicidado.

–Estaba muy amargado –dijo Hilario–. Neurasténico.

La palabra, dicha por él, sonaba como un diagnóstico definitivo.

El jockey entonces había matado por encargo y sólo se llevó la plata que necesitaba para comprar el caballo. Estaba asustado, pensó que lo iban a encontrar cuando vio que su foto salía en los diarios. Había andado disparando pero al final se había escondido en ese rancho medio abandonado.

–Era una buena persona. Arisco pero derecho. Tuvo esa desgracia. Le voy a contar lo que pasó.

Se habían sentado juntos como si lo estuvieran velando, Hilario preparó unos mates y fueron tomando en ronda. Tan caliente y tan amargo que Renzi sintió que le ardía la lengua y se quedó callado toda la noche.

–Yo primero fui domador en La Blanqueda aquí en Tapalqué, y una tarde llegaron con una Rural a buscarme porque se había corrido la voz de que yo era bueno para domar a los potros, porque me entiendo bien con los caballos, y entonces van y me contratan en los haras de los Menditeguy. Caballos de carrera o de polo. Caballos finos, muy sensibles. Si un animal es mal domado, después le quedan las mañas y cuando corre hace macanas –dijo.

–Se sabe –dijo Croce.

–Ahá –dijo Hilario–. Sí. Se sabe pero es difícil hacerlo. Para eso se nace –dijo después–. Hay que entenderse con el animal. Ya no queda gente que sepa domar, don Croce. Meta lonjazo, así no se va a ningún lado. El Chino estaba muy admirado. Lo habían traído los Menditeguy porque lo habían visto correr como aprendiz en Maroñas, en la República Oriental, y era muy bueno. Hablaba poco, pero también sabía estarse arriba de un caballo, muy livianito, muy orgulloso, y eso se le trasmite al caballo. Los animales malician enseguida cómo es el jinete. Él y *Tácito* se entendieron como si hubieran nacido juntos, uno y el otro, pero entonces vino la desgracia y hubo que volver a domarlo porque se había quebrado y yo era el único que me podía ocupar. Estuve seis meses para que el Chino pudiera volver a montarlo, y eso que él era una pluma de liviano y una niña de tan suave.

Esto va para largo, pensó Renzi, que ya estaba medio dormido y en un momento tuvo la sensación de que había soñado que estaba con una mujer en la cama, parecida a la Belladona que había visto en el club. Una pelirroja; siempre le habían gustado las pelirrojas, así que podía ser otra mujer, incluso Julia, que también era colorada. No le había visto la cara, sólo el pelo. La chica estaba desnuda y él la veía de atrás, mientras se agachaba para prenderse en el tobillo el botón de la tira negra del zapato. *Me pongo los tacos altos, así me ves bien el culo*, lo miró la chica en el sueño, al decirlo. Le había pedido que se paseara por la pieza, seguro, pensó de golpe al despertar.

–Lo mató por el caballo. Fue por eso, para salvar el caballo. El Inglés iba a venderlo para cría, lo iba a dejar en algún potrero, ya no iba a poder montarlo. ¿De dónde iba a sacar la plata? Pensó que estaba perdido, deliraba. Todo es negocio, ya no se usan más caballos, salvo para correr o para jugar al polo o para divertir a las chicas de las estancias. Un maneador, un suponer, un hombre que hace lazos, cabestros como el ciego Míguez un caso, ya no hay, no hace más falta.

–¿Quién vino a verlo?

–No sé, él se fue al pueblo, no era un hombre de este pago, pero yo no estaba cuando arreglaron. Un día vino con la plata. No lo he sabido. Llegaba, se iba, meta tomar mate y pitar, enardecido, quería bajar de peso para poder subirse al caballo y que no lo sintiera. En esos días empezó a tomar pastillas, Actemin, esas basuras para no comer que toman los jockeys porque siempre tienen problemas con la balanza. Pero no el Chino, era chiquito como una rana pero no quería pesar nada, para no agobiar al alazán que tenía la pata sentida. –Cuenta la historia toda enredada, nunca derecha, pensaba Renzi, como si nosotros ya supiéramos de lo que habla o hubiéramos estado ahí. Se quedó callado un rato, Hilario, que como todo buen narrador hacía silencio y se salteaba los nexos–. Era un caballo de carrera de tres años –dijo después– de tal clase que incluso el precio que pagó el Chino, con ser excepcional, era justo. Único además porque el caballo estaba mancado. –Renzi se dio cuenta de que se había vuelto a dormir porque se había perdido una parte del relato. Era raro estar ahí con el muerto, el farol prendido aunque ya era de día, el olor a quemado del brasero donde estaba la pava, todo lo adormilaba. Igual siempre hablaba del caballo, de un lado y de otro, como si armara un rompecabezas–. *Tácito*, hijo de un hijo de *Congreve*. Era una luz. En el debut en Palermo había hecho el mejor tiempo que ningún caballo había hecho en los mil metros al debutar. Mejor que *Peny Post*, mejor que *Embrujo*, mejor que todos. Mérito del Chino, le diría, porque el caballo corre con el coraje y el cerebro del jockey, sobre todo cuando debuta y no tiene experiencia. Tenía un estilo único, el Chino –dijo–. Corría echado de entrada, como si al salir viniera de atropellada. Bueno, usted sabe –dijo como si todos supiéramos–, ganó las cinco primeras y en la Polla de Potrillos en San Isidro tuvimos el accidente.

Hubo un silencio y Renzi pensó que le había gustado ese plural y que se iba a dormir de nuevo, pero extrañamente el largo silencio lo hizo despabilar.

–En qué año fue –dijo por decir algo.

–En el 70, la Polla de Potrillos de 1970.

Renzi escribió la fecha en una libretita para sacarse la sensación de estar embalsamado. Pensó que se había dormido y al dormirse había murmurado algo, y después, en el sueño, como un sonámbulo, se había ido a echar en el asiento de atrás del auto. Pero no, seguía ahí.

–La diferencia entre un jinete bueno y uno superior es el coraje. Hay que decidir si se va o no por un espacio que no se puede saber si alcanza antes de haberse metido. El Chino quiso entrar por los palos y no pudo salir. Fue en la curva que da a las barrancas, venían en tropel, se quiso ir por adentro, pero lo apretaron contra la cerca y el caballo se quebró una mano. El Chino no se mató de chiripa, quedó tirado en la pista. Lo pasaron por arriba pero salió ileso. –A Renzi le gustó que hubiera usado esa palabra–. El caballo quedó echado, con una respiración pesada, por el dolor, lleno de espuma, con los ojos abiertos de espanto, el Chino lo acariciaba y le hablaba y no se movió de la cancha hasta que no llegó el auxilio. Fue culpa de él, lo quiso meter, apuró mal, parece que el caballo dudó pero le hizo caso, claro. Era muy noble. Lo llevaron a la caballeriza, lo acostaron en el pasto y el veterinario dijo que había que sacrificarlo, pero el Chino se puso como loco y no los dejó. Y esas horas en las que se discutía si iban a rematarlo fueron de tal intensidad que no sólo cambiaron por completo la vida del Chino, sino también su carácter, se arrimó al caballo y los convenció a los médicos de que iba a aguantar y lo curaron, y él estuvo todo el tiempo ahí, de modo que cuando lo llevaron de vuelta a los haras ya era otro, era el que ahora está tirado ahí: empecinado, maneado a una idea fija, sólo quería que el animal volviera a correr y lo hizo. Fue una metamorfosis, una metempsicosis entre el hombre y el caballo –escuchó Renzi, y pensó que se había vuelto a dormir y que estaba soñando que un gaucho decía esas palabras–. Por eso digo que no es que haya sido meramente inducido a comprar el caballo, se vio obligado. Y no por el comprador o por el vendedor, sino por el propio animal, con tal autoridad que no fue posible contemporizar y menos negarse. –Renzi pensó que seguía soñando–. Y eso –dijo Hilario– se debe no a que fuera un jockey excepcional, como pudo haber sido si hubiera seguido corriendo en los hipódromos, iba ya muy prendido en la estadística esa temporada. Fue porque entre el hombre y el animal se había desarrollado una afinidad de corazón, al extremo de que si el Chino no estaba presente el caballo no hacía nada, se quedaba inmóvil sin permitir que nadie se le acercara o le diera de comer y menos que lo montara. Primero logró salvarlo y luego logró que pudiera empezar a caminar, después empezó a montarlo y de a poco le enseñó otra vez a correr, casi en tres patas, apoyaba apenas la mano izquierda, un caballo medio rengo, raro, aunque no se notaba porque era tan rápido, y entonces lo empezó a llevar a distancias cortas, y al fin lo hizo volver a correr, no en los hipódromos ya, pero sí en las cuadreras, con la ilusión de verlo siempre invicto, aunque pisara mal y corriera con un estilo desgarbado pero siempre más rápido que ningún otro. Ganaba y apostaba y guardaba el sueldo porque quería juntar plata con la intención de comprarlo, pero nunca le alcanzaba porque el Inglés le puso un precio imposible, como una de esas bromas inglesas que nadie entiende. Seis veces el valor, por lo menos, y lo amenazaba con mandarlo a los haras como reproductor, sacarlo de la acción, y entonces hizo lo que hizo para conseguir la plata y comprar el animal. Y cuando usted, comisario, lo descubrió, ya estaba perdido. Me vino a ver, me dijo que le cuidara el caballo porque me conoce y sabe que sé tratarlo y me lo dejó. Esa noche yo había ido al pueblo a tomar una caña, y cuando regresé ya lo había hecho. Sabía que se lo iba a cuidar, por eso me lo dejó y por eso vino a mi casa a matarse. Alguien le ofreció la plata, alguien que conocía esta historia, y él fue y lo hizo. Ya sé que no tiene perdón matar a un desconocido, pero le doy la explicación, comisario, para que usted entienda el acontecimiento, aunque no lo justifique. –Hizo una pausa larga, mirando el campo–. Desapareció unos días y cuando volvió trajo el caballo. Yo no sabía nada, me dijo que había ganado unas apuestas y había conseguido la plata. No me contó cómo lo hizo. Lo hizo, como si una vez hecho ya no importara. Me lo dejó de herencia y ahora no sé muy bien qué voy a hacer con él, aunque es muy inteligente el animal y sabe todo lo que ha pasado, hace dos días que casi no se mueve.

Se quedaron en silencio, mirando el caballo, que pastoreaba en el potrero. En una aguada, al costado, entre los yuyos, apareció una *luz mala*, una fosforescencia luminosa que parecía arder como una llama blanca sobre la llanura. Era un alma en pena, la presencia triste de los aparecidos que tiraban esa claridad lívida; la miraron con un silencio respetuoso.

–Debe ser él –dijo Huergo.

–La osamenta de un gaucho –dijo respetuoso, desde lejos, el gendarme.

–Nomás los huesos de un animal –dijo Croce.

Subieron al auto y se despidieron. Renzi supo años después que el paisano Hilario Huergo, el domador, en el ocaso de su vida había terminado con *Tácito* conchabado en el circo de los Hermanos Rivero. Recorrían el interior de la provincia y el Tape Huergo, como le decían ahora, había inventado un número extraordinario. Montaba en el alazán y se hacía subir hasta lo alto de la carpa con un sistema de aparejos y poleas. Parecía que flotaba en el aire, porque las patas del animal se apoyaban en cuatro discos de fierro que le cubrían justo el redondel de los vasos, como los alambres y las roldanas estaban pintados de negro la impresión que se tenía era que el hombre se subía al cielo montado en el alazán. Y cuando estaba arriba, con toda la gente en silencio, el Tape Huergo le hablaba al caballo y miraba la oscuridad abajo, el círculo claro de la arena como una moneda, y entonces prendía unos fuegos de artificio de todos colores y allá en lo alto, vestido de negro, con sombrero de ala fina y barba en punta, parecía el mismo Lucifer. Hacía siempre ese número fantástico, él, que había sido un gran domador, inmóvil ahora en el caballo, arriba de todo, sintiendo el viento contra la lona de la carpa, hasta esa noche en que una chispa de fuego le entró en un ojo al caballo y el animal, asustado, se paró en dos patas y Huergo lo sostuvo de la rienda, alzado, sabiendo que no iba a poder asentar otra vez las manos del animal justo en los redondeles de fierro y ahí, como si todo formara parte del número, se sacó el sombrero y saludó con el brazo en alto y después se vino abajo y se estrelló contra la pista. Pero eso pasó –o se lo contaron– muchos años después... Esa noche cuando llegaron al pueblo Renzi notó que Croce estaba apesadumbrado, como si se culpara por la muerte del Chino. Había tomado algunas decisiones y esas decisiones habían provocado una serie de resultados que no había podido prever. Así que volvió pensativo Croce, todo el viaje moviendo los labios como si hablara solo o discutiera con alguien, hasta que al fin entraron en el pueblo y Renzi lo despidió y se bajó en el hotel.

11

La noticia de que Croce había encontrado al asesino de Durán en un rancho por Tapalqué sorprendió a todos. Parecía otro de sus actos de prestidigitación que cimentaban su fama.

–Vieron a un tipo chiquito, medio amarillo, entrar y salir de la pieza, y pensaron que era Dazai –explicó Croce. Reconstruyó el crimen en una pizarra con mapas y diagramas. Éste era el pasillo, aquí estaba el baño, lo vieron salir por acá. Hizo una cruz en la pizarra–. El que lo mató se llamaba Anselmo Arce, nació en el departamento de Maldonado, fue aprendiz en el hipódromo de Maroñas y terminó de jockey en La Plata, excelente jinete, muy considerado. Corrió en Palermo y en San Isidro y después se metió en líos y terminó en las cuadreras de la provincia. Tengo aquí la carta en la que confiesa el hecho. Se ha suicidado. No lo mataron, presumo, se ha suicidado –concluyó Croce–. Descubrimos que habían usado el viejo montacargas del hotel para bajar la plata.

Encontramos un billete en el piso. Fue un crimen por encargo y la investigación sigue abierta. Lo que importa siempre es lo que sigue al crimen. Las consecuencias son más importantes que las causas. –Parecía saber más de lo que declaraba.

El asesinato por contrato era la mayor innovación en la historia del crimen, según Croce. El criminal no conoce a la víctima, no hay contacto, no hay lazos, ninguna relación, las pistas se borran. Éste era el caso. La motivación estaba siendo estudiada. La clave, había concluido, es localizar al instigador. Por fin distribuyó una copia de la carta del jockey, escrita a mano con una letra aplicada y muy clara. Era una hoja de cuaderno, en realidad una vieja página de esos grandes libros de cuentas de las estancias donde estaba escrito, arriba, con letra redonda inglesa, el *Debe* y el *Haber*. Buen lugar para escribir una carta de suicidio, pensó Renzi, que al darla vuelta vio algunas notas escritas con otra letra: *tientos 1,2, galleta 210, yerba 3 kg, cabestro;* no había cifras después de esa palabra, abajo había una suma. Le llamó la atención que hubieran fotocopiado también la parte de atrás de la hoja. Todo parece encontrar sentido cuando uno intenta descifrar un crimen, y la investigación se detiene en los detalles irrelevantes que no parecen tener función. La bolsa en el depósito, el billete en el piso, un jockey que mata por un caballo. *Siento haberme desgraciado por un hombre al que no conozco. Y aprovecho la oportunidad para advertir que debo otras dos muertes, un policía en Tacuarembó, República Oriental del Uruguay, y un resero en Tostado, provincia de*

Santa Fe. Todo varón tiene sus desdichas y a mí no me han faltado las propias. Mi última voluntad es que mi caballo quede de mi amigo, don Hilario Huergo. Espero en la otra vida mejor ventura y me encomiendo al Supremo. Adiós, Patria Mía, Adiós mis Amigos. Soy Anselmo Arce, pero me dicen el Chino.

–Los paisanos son todos psicóticos, andan por ahí a caballo por el campo, perdidos en sus propios pensamientos, y matan al que se les cruza –se reía el encargado de la sección Rural del diario *La Prensa*–. Una vez un gaucho se enamoró de una vaca, con eso les digo todo... La seguía a todos lados, un correntino.

–Hubieran visto el rancho donde murió –dijo Renzi–. Y el velorio sin nadie, con el caballo en el potrero.

–Ah, te llevó con él –dijo Bravo–. Vas a terminar escribiendo *Los casos del comisario Croce,* vos.

–No estaría mal –dijo Renzi.

Al día siguiente Cueto pidió una orden del juez para requisar las pruebas. Croce dijo que el caso estaba cerrado y que las pruebas restantes no debían ser entregadas a la justicia hasta no resolver el motivo del crimen. Había que abrir otro proceso para descubrir al instigador. El asesino había sido descubierto pero no el causante. De inmediato, Cueto decretó lo que llamaba una medida cautelar y exigió que el dinero fuera depositado en los tribunales.

–¿Qué dinero? –dijo Croce.

Y ése fue un chiste que corrió por el pueblo durante días y que todos repetían como respuesta a cualquier pregunta.

¿Qué dinero?

De ese modo Croce resistió la intimación de que entregara la plata y se negó amparándose en el secreto de la investigación. Su idea era esperar a que se presentara el dueño de los dólares. O que apareciera alguien a reclamarlos.

Tenía razón, pero no lo dejaron actuar porque quisieron tapar el asunto y cerrar la causa. Tal vez Yoshio había dejado la bolsa con los dólares en el depósito del hotel, argumentaba Cueto, porque pensaba pasar a buscarla cuando todo se calmara. Si el asesino se había apropiado de los dólares el caso estaba cerrado, si se probaba que el dinero había tenido otro destino, el asunto seguía en marcha.

En ese momento Cueto convenció a Saldías de que declarara contra Croce. Lo intimidó, le hizo promesas, lo sobornó, nunca se supo. Pero Saldías dio testimonio y dijo que Croce tenía el dinero escondido en un placard y que desde hacía algunas semanas veía actitudes extrañas en el comisario.

Saldías lo había traicionado, ésa era la verdad. Croce lo quería como a un hijo (claro que Croce quería a todos como a un hijo porque no sabía muy bien qué clase de sentimiento era ése). Todos recordaron que había habido algunas tensiones y habían tenido diferencias sobre los procedimientos. Saldías formaba parte de la nueva generación de criminalística, y si bien admiraba a Croce, sus métodos de investigación no le parecían apropiados ni «científicos» y por eso había aceptado dar testimonio sobre la conducta antirreglamentaria y las medidas estrafalarias de Croce. No hay criterio apropiado en la investigación, dijo Saldías, que seguramente buscaba ascender y para eso necesitaba que Croce pasara a retiro. Y eso fue lo que sucedió. Cueto habló de la vieja policía rural, de la nueva repartición que obedecía al poder judicial, y todos en el pueblo comprendieron, con cierta pesadumbre, que el asunto venía mal para Croce. Hubo una orden del jefe de policía de la provincia y Croce fue pasado a retiro. De inmediato Saldías fue nombrado comisario inspector. El dinero que había traído Durán se requisó y fue enviado a los tribunales de La Plata.

Después de que Croce pasó a retiro su conducta se volvió aún más extraña. Se encerró en su casa y dejó de hacer lo que siempre había hecho. Las rondas a la mañana que terminaban en el almacén de los Madariaga, las recorridas por el pueblo, su presencia en la comisaría. Por suerte, la casa donde había vivido siempre estaba en regla y no lo podían desalojar hasta que no le cerraran el expediente. Lo veían moverse de noche por el jardín y nadie sabía lo que hacía, se paseaba con el cuzco, que lloraba y ladraba, en la noche, como pidiendo ayuda.

Madariaga se acercó una tarde a saludarlo pero Croce no lo quiso recibir. Salió vestido con un sobretodo y una bufanda y le hizo el gesto de saludo con la mano y otros gestos que Madariaga apenas pudo entender pero que parecían decirle, por señas, que estaba bien y que lo dejaran de joder. Había cerrado el portón con candado y era imposible entrar en la casa.

En esos días Croce empezó a escribir cartas anónimas. Las escribía a mano con la letra apenas cambiada como seguramente había visto hacer alguna vez a algún chantajista del pueblo. Y las dejaba furtivamente en los bancos de la plaza, sostenidas con un cascote para que no se las llevara el viento. Tenía los datos, conocía los hechos. Las cartas giraban sobre los hermanos Belladona y la fábrica. Los anónimos eran un clásico en el pueblo, así que rápidamente todos conocieron el contenido y especularon sobre su origen. *Quieren que Luca sea expulsado del edificio de la fábrica para vender la planta y armar un centro comercial en esa zona,* decían en resumen, con distintas variantes, las cartas. Entonces volvieron a aparecer las versiones sobre Luca, que había llamado a Tony, que Croce lo había ido a ver, que debía mucha plata, y esas versiones corrían como el agua que se escurre bajo las puertas en una inundación. Varias veces el pueblo había quedado bajo el agua cuando se desbordó la laguna y esta vez los anónimos y los chismes hicieron el mismo efecto. Pasaron varios días sin que nadie dijera nada, pero una tarde, cuando Croce apareció en la calle y empezó a repartir las cartas a la salida de la iglesia, lo internaron en el manicomio. Estos pueblos pueden no tener escuela, pero siempre tienen un manicomio, decía Croce.

Renzi escuchaba los comentarios sobre la situación mientras cenaba en el restaurante del hotel. Todos hablaban del caso y tejían hipótesis diversas y reconstruían los sucesos a su manera. El local era amplio, con manteles en las mesas, lámparas de pie y un estilo tradicional y tranquilo. Renzi había publicado varias notas sosteniendo la posición de Croce sobre el caso y el viraje de los hechos había confirmado sus sospechas. No se imaginaba cómo iban a seguir las cosas, posiblemente iba a tener que volver a Buenos Aires porque en el diario le decían que el asunto había perdido interés. Renzi pensaba en esa posibilidad mientras comía un pastel de papas y se iba liquidando, lentamente, una botella de vino El Vasquito. En ese momento vio a Cueto que entraba en el local y luego de saludar a varios parroquianos y recibir lo que parecían aplausos o felicitaciones se acercó a la mesa de Renzi. No se sentó, se paró al costado y le habló casi sin mirarlo, con su aire condescendiente y sobrador.

–Todavía está por acá, Renzi. –Lo trataba de usted para hacerle saber que venía a hablar en serio–. El asunto está resuelto, no hace falta seguir dándole vueltas. Mejor se va, amigo, ya no tiene nada que hacer acá. –Lo amenazaba como si le estuviera haciendo un favor–. No me gusta lo que escribe –le dijo, sonriendo.

–A mí tampoco –dijo Renzi.

–No te metas donde no te llaman. –Hablaba ahora con el tono descuidado y frío de los matones de las películas. El cine, según Renzi, le había enseñado a todos los provincianos a parecer mundanos y canallas–. Mejor te vas...

–Había pensado volverme, la verdad, pero ahora me voy a quedar unos días más –dijo Renzi.

–No te hagas el gracioso... Sabemos bien quién sos vos.

–Voy a citar esta conversación.

–Como te parezca –le sonrió Cueto–. Sabrás lo que hacés...

Se alejó hacia la entrada y se detuvo en otra mesa a saludar y después se fue del restaurante.

Renzi estaba sorprendido, Cueto se había tomado el trabajo de venir a intimidarlo, muy raro. Fue al mostrador y pidió el teléfono.

–Es como un ovni –le explicó a Benavídez, el secretario de redacción–, hay una valija con plata y una historia rarísima. Me voy a quedar.

–... No te puedo autorizar, Emilio.

–No me jodas, Benavídez, tengo la primicia.

–¿Qué primicia?

–Me están apretando acá.

–¿Y con eso?

–Croce está en el manicomio, mañana lo voy a visitar...

Le salía confusa la descripción, por eso le pidió que le diera con su amigo Junior, que estaba a cargo de las investigaciones especiales en el diario, y después de algunas bromas y largas explicaciones lo convenció para quedarse unos días más. Y la decisión dio resultado porque de golpe la historia había cambiado y también su situación.

La luz de la celda se había apagado a medianoche, pero Yoshio no podía dormir. Permanecía inmóvil en el camastro tratando de recordar con precisión cada momento del último día que había estado en libertad. Lo reconstruía con cuidado, desde el mediodía del jueves cuando acompañó a Tony a la peluquería, hasta el instante fatal en el que sintió los golpes en la puerta cuando fueron a arrestarlo el viernes a la tarde. Veía a Tony sentado en el sillón niquelado, frente al espejo, cubierto con una tela blanca, mientras López le enjabonaba la cara. La radio estaba prendida, trasmitían «La oral deportiva», serían las dos de la tarde. Comprendió que reconstruir ese día en todos sus detalles iba a llevarle un día entero. O quizá más. Hace falta más tiempo para rememorar que para vivir, pensó. Por ejemplo, ese último día a las seis de la mañana estaba sentado en uno de los bancos de la estación, mientras Tony le mostraba un paso de baile que era muy popular en su país. *El vacilón del cangrejo*, se llamaba, y con gran agilidad Tony, con sus zapatos blancos, retrocedía sin perder el ritmo y empezaba a bailar hacia atrás, los talones unidos y las manos sobre las rodillas. Había sido un momento de gran felicidad. Tony moviéndose al compás de una música imaginaria, inclinado, con los codos hacia afuera como si remara, avanzando hacia atrás con elegancia. Estaban en la estación vacía, ya había amanecido; el cielo estaba azul, clarísimo, las vías brillaban bajo el sol y Tony sonreía un poco agitado luego del baile. Les gustaba ir a la estación porque estaba desierta la mayor parte del tiempo e imaginaban que siempre podían salir de viaje. Y entonces, desde lo alto, un pájaro cayó muerto en el piso. Con un seco y ahogado *plop*. De la nada. Del inmenso cielo vacío. Un día clarísimo, de una blancura tranquila. El pájaro debió haber sufrido en pleno vuelo un ataque al corazón y cayó muerto en el andén. Era un pájaro común. No era un picaflor, que a veces se detienen en el aire, milagrosamente, sobre un capullo, batiendo las alas con tal frenesí que mueren de pronto porque les falla el corazón. No era un picaflor, pero tampoco era uno de esos pichones desplumados que muy a menudo se encuentran tirados en el suelo y que a veces tardan en morir y abren el pequeño pico rojo, con el cogote desplumado, y los ojos enormes como si fueran diminutos fetos de diminutos niños argentinos que tienen sed. Era un chingolo, tal vez, o un cabecita negra, muerto ahí, con el cuerpo intacto. Lo más extraño fue que una bandada de pájaros empezó a girar y a gritar, y a volar cada vez más bajo sobre el cadáver. El mutuo terror de las aves frente a un muerto de su propia especie. Era una premonición, tal vez, su madre sabía adivinar el futuro en el vuelo de los pájaros migratorios, se movía como un gorrión asustado, los pequeños pies bajo el quimono azul. Salía al patio y observaba a las golondrinas que volaban formando un triángulo y luego anunciaba qué se podía esperar del invierno.

Yoshio no podía ordenar sus recuerdos según el orden de los acontecimientos. El ruido del agua en las cañerías, los quejidos ahogados de los presos en las celdas cercanas; tenía una conciencia casi física de la tumba donde estaba encerrado y del rumor agitado de los sueños y las pesadillas de los cientos de hombres que dormían bajo los muros; imaginaba el pasillo, las puertas enrejadas, los pabellones; desde el patio le llegaba el rasgueo de una guitarra y una voz que entonaba unos versos. *En la escuela del sufrir he tomado mis lecciones / En la escuela del sufrir he tomado mis lecciones...*

Yoshio se sentía enfermo y le parecía oír voces y cantos porque había tenido que dejar de golpe el opio. Recordaba la pipa que se había preparado con calma y se había fumado tendido en el tatami aquella última mañana. Se había dormido con la dulzura quieta de la llama que ardía en el extremo de la pipa de bambú. Cuando se tiene la droga parece fácil poder dejarla, pero cuando se está enfermo por la carencia, con todo el cuerpo ardido, se puede hacer cualquier cosa para conseguirla. Si hubiera podido concentrar toda su vida en una sola decisión habría dicho que quería dejar la droga. No era un adicto, pero no podía dejarla. Temía que usaran la promesa de una dosis para obligarlo a firmar la confesión que el fiscal le había mostrado varias veces ya redactada, donde admitía que él había matado a Durán. En la prisión había conseguido pastillas de codeína y las tomaba cuando se sentía morir. Era algo parecido a un ardor pero la palabra no alcanzaba a definir esa dolencia. Lo obsesionaba imaginar que su padre pudiera pensar que su trabajo en el hotel era un oficio de mujeres y que él había traicionado las tradiciones de su estirpe. Su padre había muerto heroicamente y él en cambio estaba tirado en ese agujero, quejándose por no tener su droga. Si hubiera trabajado vestido de mujer, pensó de golpe, no lo habrían acusado y no estaría preso ahí. Se veía vestido con un quimono azul con flores rojas, la cara con polvos de arroz, las cejas depiladas, dando pequeños pasitos al deslizarse por los pasillos del hotel.

Le dolía más la muerte de Tony que su propio destino. *A un vecino propietario*, oía a lo lejos cantar al paisano, *A un vecino propietario / un boyero le mataron / y aunque a mí me lo achacaron / salió cierto en el sumario.* Todos eran inocentes en la cárcel y por eso Yoshio se negaba a hablar con los otros prisioneros. Había recibido la visita del abogado de oficio que le habían asignado para su defensa. Una tarde lo habían sacado de la celda y lo habían trasladado a la oficina del director de la penitenciaría. El abogado, un gordo con barba crecida y aspecto sucio, no se había sentado y parecía urgido por otros asuntos más importantes. Yoshio, con las esposas y el traje de preso, lo escuchaba abatido. «Mire, che, mejor arregla y acepta los hechos, así la condena será más leve. Ésa ha sido la propuesta que nos ha hecho el fiscal. Si usted firma, podrá salir libre en un par de años, de lo contrario lo van a acusar de premeditación y alevosía... y se va a chupar una perpetua. No hay mucho que hacer, todas las evidencias y los testigos lo condenan. No la va a pasar bien, querido, si no transa.» Se lo decía por su bien. Pero Yoshio se había negado. Entonces lo destinaron a un pabellón con presos a la espera de condena y por supuesto ahí nadie había hecho nada. Yoshio no les creía y ellos tampoco le creían a él. Y ahora estaba en el infierno, a la espera, oyendo la voz de alguien que parecía cantar en sueños. *Ignora el preso a qué lado / se inclinará la balanza, / pero es tanta la tardanza / que yo les digo por mí: / el hombre que dentre aquí, / deje afuera la esperanza...*

Yoshio encendió un fósforo y con el fósforo encendió una vela apoyada en un jarro de lata. La luz se apagaba y volvía a arder. En la penumbra buscó un espejito de mano, de mujer, que le dejaban tener con el pretexto de que lo necesitaba para afeitarse, aunque no lo usaba porque era lampiño. Lo tenía para sus vicios secretos. Tendido en la cama, se miraba los labios en el espejo. Una boquita de mujer. Empezó a masturbarse, mirándose. Movía muy despacio la imagen y su cara se veía en fragmentos, la piel blanca, las cejas depiladas, se detenía en sus ojos helados. Casi no le hacía falta tocarse, sentía que otro miraba, entregado, servil...

–Hasta que terminamos el secundario casi ni los veíamos porque en ese entonces mis hermanos ya habían inaugurado la fábrica lejos del pueblo y nosotras nos fuimos a estudiar a La Plata. Eso fue en 1962. Mi abuelo usó parte de su fortuna para comprar los terrenos, cerca de la ruta provincial, una zona que no era nada y ahora vale un dineral. Mi abuelo murió sin ver la fábrica terminada y mi hermano la construyó como quien cumple la promesa hecha a un muerto.

Enseguida empezaron a hacer plata y a crecer y al final tenían cerca de cien obreros trabajando en la planta, pagaban los mejores sueldos de la provincia, Belladona Hermanos. Viajaron a Cincinatti a comprar unas maquinarias carísimas, lo último de lo último. Y ése fue el principio del fin, de golpe todo se empezó a venir abajo, el gobierno devaluó el peso, la política económica pegó un viraje. Los costos de los créditos en dólares se hicieron imposibles, entonces mi padre, para salvarlo, como decía, hizo trampa, le hizo trampa a su hijo, quiero decir, convenció a Lucio de que armara una sociedad anónima para rescatar la inversión y empezó a negociar las acciones preferenciales y mi hermano perdió el control de la empresa. Una noche Luca salió con un revólver a buscar a mi padre en su casa... para matarlo.

–Sí, ya sé, ya me contaron.

–Se enceguecio –dijo Sofía–. Lo buscó para matarlo –repitió, y volvió a levantarse y a caminar nerviosa por la galería–. Aullaba como un lobo hambriento, pobrecito...[22] *Hay algunos hombres –dijo después– que sobreviven*

22. Croce había encontrado a Luca arrinconado junto a la reja cerrada de la casona de los Belladona esperando que llegara el día para matar a su padre. El Viejo había encendido las luces del jardín, había clausurado las puertas y había llamado a la policía. El comisario se acercó a Luca, tranquilo, como si lo hubiera encontrado por casualidad. A pesar de que estaba muy exaltado, Luca era tan respetuoso y tan cortés que lo saludó y empezó a hablar de bueyes perdidos, con la mano del revólver escondida en la espalda. *Vas a seguir discutiendo con él, lo mates o no lo mates,* le dijo de pronto Croce, y al rato lo había convencido. Luca quiso darle el revólver, pero el comisario le dijo que no hacía falta. *Le diera o no el revólver, podía matarlo igual.* Las dos disyuntivas y la muestra de confianza terminaron de calmarlo. Así que Luca se subió al auto y arrancó marcha atrás, muy nervioso. Al pasar por la laguna tiró el revólver al agua, «para que no lo tentara el demonio».

a todas las catástrofes, a todos los tormentos, digamos, porque tienen una convicción absoluta y una simpatía que los hace admirables. Un resplandor en el fondo de los ojos que alumbra la luz de los demás, una capacidad de inspirar afecto, no, no, no es afecto, es comprensión, y Luca es así. Cualquiera que enfrente todo lo que mi hermano tuvo que enfrentar habría capitulado, pero él no. Imposible, él es un obsesionado, capaz de borrar el mundo y seguir adelante persiguiendo la luz de la perfección hasta que al final, claro, choca con la realidad. Porque es la realidad lo que te hace hocicar –dijo ella–. La realidad te espera y te manea. Luca se endeudó, hipotecó la planta, pero no dejó que le vendieran la fábrica. Levantó la quiebra, empezó a hacer lo que podía hacer...

–Se encerró en la fábrica.

–Se fue a vivir a la fábrica, era el esplendor de la ilusión, la esperanza de sobrevivir... y ya no salió más.

12

El manicomio estaba lejos del pueblo y ocupaba una construcción circular que en su origen había sido un convento. Se veía aislado, al final del camino que llevaba a las barrancas, cerca de la laguna y de los campos sembrados del oeste. Un muro de piedra con vidrios rotos en la parte superior y una alta puerta de hierro con lanzas se alzaban sobre la loma, como un espejismo en el desierto. Había que subir la cuesta y cruzar un parque; a medida que avanzaba por el camino de pedregullo, Renzi veía los árboles con los troncos blanqueados con cal, cada vez más ralos y más altos. Por fin se detuvo frente a un portón y luego de un rato apareció un enfermero, que lo hizo entrar. La sala de mujeres estaba al fondo y sólo tres internos ocupaban el pabellón de varones.

Croce estaba sentado en una cama de hierro atornillada al piso, apoyado en el colchón enrollado y vestido con un guardapolvo gris que lo envejecía. En la cabeza llevaba un gorro de lana y tenía los ojos enrojecidos, como si no hubiera dormido. Al fondo, apoyados en la pared, los otros dos pacientes se miraban, parado uno frente al otro, y parecían jugar a un juego mudo, haciendo señas con los dedos y las manos.

Croce tardó en saludar y al principio Renzi pensó que no lo había conocido.

–Te manda Saldías –le dijo. Parecía una pregunta pero era una afirmación.

–No, para nada. No le he visto –dijo Renzi–. Y usted cómo anda, comisario...

–Embromado. –Lo miró como si no lo recordara–. Voy a descansar unos días acá y después veremos... De vez en cuando hay que estar en un loquero, o hay que estar preso, para entender cómo son las cosas en este país. Preso ya estuve hace años, prefiero descansar aquí. –Sonrió con un brillo en los ojos–. Sospechoso de demencia...

Renzi le había traído dos cajas de Avanti, una lata de duraznos al natural y un pollo asado que había hecho preparar en el almacén de los Madariaga. Croce guardó todo en un cajón de manzanas parado contra la pared que usaba como armario. Renzi vio que tenía una brocha, jabón y una maquinita de afeitar que estaba abierta y sin cuchillas.

–Escuchame, pibe –dijo Croce–. No hagas caso a lo que te digan de mí en el pueblo... Me parece que los escucho a esos idiotas. –Se tocó la frente con un dedo y después sonrió con una sonrisa que le iluminaba la cara–. ¿Viste mis cartitas? Escribí otras dos. –Buscó en la parte de adentro del colchón y sacó dos sobres cerrados–. Mandalas por correo.

–Pero no tienen dirección.

–No importa, metelas en el buzón de la plaza. Los estoy jodiendo a esos mierda... Y el Judas de Saldías, qué me decís, pensar que yo lo estimaba, si seré gil. Me acusó de extraer conclusiones poco científicas. Y yo le digo: «Qué querés decir con eso.» Y él me contesta: «Que no es una *deducción*, sino una *intuición.*» –Sonrió con malicia–. Si serán nabos... Pero no pienso quejarme, acá el que se queja no sale más. –Bajó la voz–. Desarmé una operación de lavandería encaminada a trasladar fondos clandestinos a canales abiertos y quedarse con todo. Por eso mataron a Durán, para desviar los dólares o encanutarlos. Más viejo que Matusalén. Pero la plata estaba sin marcar y yo la declaré... no me lo van a perdonar... Si encontrás cien mil dólares en negro y no te los llevás, sos un tipo peligroso, en el que nadie puede confiar... Lo mismo le pasó al Chino Arce, tomó su parte y dejó el resto en la bolsa entre las valijas perdidas... y cuando vio la maroma que le venía, se tuvo que matar, el pobre, porque se había mezclado con gente muy pesada... ahora están esperando que yo haga lo mismo, pero se van a joder... En vez de escribir cartas póstumas, escribo cartas postreras... –Sonrió–. Todas van dirigidas al juez. No hay nada peor que ser juez... mucho mejor ser vigilante, aunque de eso también estoy arrepentido... Yo limpié la provincia de los caudillos políticos y me quedé más solo que Robinsón... –dijo acentuando el final del nombre como si buscara la rima de un verso–. Una vez en Azul mandé preso a un tano porque había matado a la mujer y resultó que era inocente y la mujer había sido asesinada por un borracho que pasó por ahí. Estuvo seis meses en el penal, el hombre... Nunca lo pude olvidar. Cuando salió, andaba medio boleado, y no se repuso más. Otra vez maté a un chorrito en Las Lomas, se había encerrado en un rancho con un rehén, un chacarero que lloraba como un chico, me cubrí con un colchón y arremetí, lo dejé seco de un tiro, pobre pibe, pero el italiano salió ileso, se había hecho encima, así son las cosas... Se vive en medio del olor a bosta. Mi padre era comisario y se volvió loco, y a mi hermano lo fusilaron en el 56 y yo soy un ex comisario y estoy aquí... Una vez estaba tan desesperado que me metí en la iglesia, había ido a Rauch a llevar a un cuatrero, el tipo me pedía que lo largara, que tenía dos hijos chicos, para qué te voy a contar, lo dejé en la prisión y me quedé dando vueltas porque no podía sacarme de la cabeza al gaucho ese que llevaba una foto de sus hijitos queridos, como decía. Entonces crucé la calle y me metí en la iglesia... y ahí fue donde hice una promesa que espero poder cumplir. –Se quedó pensando–. No sé por qué me acuerdo de estas cosas, las ideas se me clavan en la cabeza, como ganchos, y no me dejan pensar bien. –Se quedó callado y luego su expresión pareció cambiar–. Me vine aquí –dijo con un brillo de malicia en la mirada– porque quiero que Cueto piense que estoy fuera de juego... Me tenés que ayudar. –Bajó la voz y le dio algunas indicaciones. Renzi anotó dos o tres datos. Como él no conocía nada de nada, podía ser que descubriera algo, ésa era la hipótesis de Croce. Antes había que saber lo que iba a pasar, ahora es mejor ir a ciegas y ver qué sale, le dijo. Después se distrajo mirando a los otros internos.

Se habían detenido frente a la cama del comisario, en la mitad del pasillo, y hacían el signo de pedir cigarrillos. Se llevaban dos dedos a la boca y hacían que fumaban, mirando a Renzi.

–Aquí –dijo Croce– una pitada de cigarrillo vale un peso a la mañana y cinco pesos a la noche... El precio sube cada hora que se pasa sin fumar. Nos van a convidar, deciles que no, gracias, y dales un cigarrillo. –Se fueron acercando a la cama de Croce, sin dejar de fumar en el aire.

Renzi les dio un cigarrillo y entonces los dos se pusieron a fumar por turno en el pasillo. El más gordo había partido al medio un billete de un peso y le dio al otro la mitad del billete a cambio de una pitada. Cada vez que fumaban le daban al otro la mitad del billete y cuando exhalaban el humo se guardaban la mitad en el bolsillo. Pagaban con el medio billete, aspiraban, exhalaban, recibían la mitad del billete, el otro fumaba, soltaba el humo, pasaban la mitad del billete, el otro fumaba, el circuito era cada vez más rápido a medida que el cigarrillo se consumía. La colilla los obligaba a ir rápido para no quemarse y al final la tiraron al piso cuando sólo era una brasa y la miraron consumirse. El que terminó primero le exigió al otro la mitad correspondiente del billete y se pelearon a los gritos hasta que un enfermero apareció en la puerta y los amenazó con llevarlos a la ducha. Entonces se sentaron uno en cada cama, de espaldas, mirando la pared. Croce saludó a Renzi con alegría, como si lo viera por primera vez.

–Leíste mis cartas. –Se rió–. Me las dictan. –Hizo un gesto hacia el techo con un dedo–. Oigo voces –repitió en voz muy baja–. Los poetas hablan de eso, una música que te entra por la oreja y te dice lo que tenés que decir. ¿Trajiste lápiz y papel?

–Traje –dijo Renzi.

–Te voy a dictar. Vení, vamos a caminar.

–Si camino no puedo escribir.

–Te parás, escribís y después seguimos caminando.

Se paseaban por el pabellón, de una pared a la otra. *Señores*, dictó Croce, *regreso para informarles que la especulación inmobiliaria*..., pero se detuvo porque uno de los internos, el flaco, con la cara picada de viruela, se levantó y se acercó y empezó a caminar junto con ellos, adaptando su paso al ritmo de Croce. El otro también se acercó y los siguió al compás, como en un desfile.

–Ojo con éste, que es cana –dijo el flaco.

–Cree que es cana –dijo el gordo–, cree que es un comisario de policía.

–Si éste es comisario, yo soy Gardel.

–El jockey asesino tendría que haberse colgado de un bonsái.

–Exacto. Colgado como un muñequito de torta.

Croce se detuvo cerca de una ventana enrejada y tomó a Renzi del brazo. Los otros dos pacientes se detuvieron cerca de ellos, sin dejar de hablar.

–La naturaleza nos ha olvidado –dijo el gordo.

–Ya no hay naturaleza –dijo el flaco.

–¿No hay naturaleza?... No exageres. Respiramos, se nos cae el pelo, perdemos nuestra *lozanía.*

–Nuestros dientes.

–¿Y si nos ahorcáramos?

–Pero ¿cómo nos ahorcaríamos? Nos sacaron los cordones, se llevan las sábanas.

–Podemos pedirle el cinturón a este joven.

–Los cinturones son demasiado cortos.

–Me lo pongo en el pescuezo y vos me tirás de las piernas.

–¿Y de mí quién tira?

–Cierto, cuestión de lógica.

–Don –dijo el flaco, mirando a Renzi–. Le compro un cigarrillo.

–Te lo doy.

–No, se lo compro –dijo el flaco, y le dio medio billete de un peso.

Enseguida el gordo le dio a Renzi la otra mitad del billete a cambio de otro cigarrillo. Entonces los dos se pararon en un costado y empezaron una operación que parecían haber repetido muchas veces. Fumaban por turno el cigarrillo, cruzando los brazos para pasar la mano a la boca del otro, y cuando el flaco empezaba a exhalar el humo, el gordo esperaba hasta que terminara y entonces fumaba y lanzaba el humo haciendo volutas, de modo que los dos fumaban sin parar, en una cadena continua. Mano, boca, humo, boca, humo, mano, boca. Estaban parados en línea y levantaban el brazo hasta la boca del compañero, que fumaba mirando al frente; la operación se repitió hasta el final. Entonces volvieron con las colillas y se las vendieron a Renzi, que les devolvió a cada uno la mitad de su billete. Con unos pobres restos de harina que conservaban en una caja de galletitas hicieron engrudo y pegaron el billete hasta lograr armar de nuevo el peso entero. Entonces se acostaron cada uno en su camastro, inmóviles, boca arriba, con los brazos en el pecho y los ojos abiertos.

Croce empezó a hablar en voz baja con Renzi.

–Son hermanos, dicen que son hermanos –dijo, señalando a los internos–, vivo con ellos acá. Saben quién soy. Afuera me hubieran matado como lo mataron a Tony. Estoy esperando que me trasladen al Melchor Romero. Mi padre murió allí, iba a visitarlo y me hablaba de una radio que le habían conectado en la cabeza, en la mollera, decía, me parece que ahora estoy oyendo esa música.

Renzi esperó hasta que Croce volviera a sentarse, de cara a la ventana.

–Escuchame bien, Cueto quería desviar esa plata, el Viejo estuvo bien en eso... Pero Luca no quiso saber nada, no quiere ni ver al padre, una noche casi lo mata, lo culpa de la quiebra de la fábrica, el Viejo vendió las acciones y cuando Luca se enteró, salió con un revólver... Lo culpa de la ruina... –De pronto se quedó callado–. Mejor andate ahora, que estoy cansado. Ayudame con esto. –Estiraron el colchón y Croce se acostó–. Se está bien aquí, nadie te jode...

El flaco se acercó.

–Oiga, diga, ¿me cambia el billete por uno nuevo? –dijo, y le extendió a Renzi el billete pegado con engrudo. Renzi le dio un peso y se guardó el billete que estaba pegado con media cara del general Mitre (¿o era Belgrano?) del revés. El tipo miró el billete nuevo con satisfacción.

–Le compro un cigarrillo –dijo.

Renzi tenía el paquete casi vacío, sólo con tres cigarrillos. El gordo se acercó. Cada uno agarró un cigarrillo y el tercero lo partieron con mucho cuidado. Después se dividieron el billete y empezaron a fumar y cambiar de mano la mitad del billete. Primero el billete, después fumaban, después el billete, después fumaban. Todo lo hacían muy ordenadamente, sin alterarse, siguiendo un orden perfecto. Croce, tendido en la cama, se había dormido.

Renzi salió al parque, ya había empezado a anochecer, tenía que apurarse si quería alcanzar el último colectivo que lo llevara al pueblo. Croce parecía haberle encomendado una misión, como si siempre necesitara a alguien para poder pensar claramente. Alguien neutro que se ocupara de ir a la realidad, de juntar datos y pistas, para que luego él pudiera sacar las conclusiones. Podría venir a verlo todas las tardes y discutir con él lo que había descubierto en el pueblo mientras Croce, sin salir de ahí, extraía sus conclusiones. Renzi había leído tantas novelas policiales que conocía muy bien el mecanismo. El investigador siempre tiene a alguien con quien discutir sus teorías. Ahora que ya no estaba Saldías, Croce había entrado en crisis porque cuando estaba solo sus ideas lo perdían. Estaba siempre reconstruyendo una historia que no era la de él. No tiene vida privada y cuando tiene vida privada, pierde la cabeza. *Se le va la cabeza*, se oyó decir Renzi mientras subía al ómnibus que lo llevaba de vuelta al pueblo.

Las casas de las afueras eran iguales a las casas de los barrios bajos de cualquier ciudad. Letreros escritos a mano, edificaciones a medio terminar, chicos jugando a la pelota, música tropical sonando en las ventanas, autos viejísimos andando a paso de hombre, paisanos a caballo galopando en la banquina junto al camino empedrado, carros de botellero empujados por una mujer.

Cuando el colectivo entró en el pueblo, el paisaje cambió y se convirtió en una maqueta de la vida suburbana, una serie de casas con jardín al frente, ventanas con rejas, árboles en las veredas, callejones de tierra apisonada y por fin al entrar en la calle larga, primero empedrada y luego asfaltada, aparecieron las casas de dos pisos, los zaguanes de puerta alta, las antenas de televisión en los techos y en las terrazas. El centro del pueblo era también igual al de otros pueblos, con la plaza central, la iglesia y la municipalidad, la calle peatonal con las tiendas y las casas de música y los bazares. Y esa monotonía, esa repetición interminable, era lo que seguramente les gustaba a los que no vivían ahí.

Se imaginó que también él podía retirarse a vivir en el campo y dedicarse a escribir. Pasear por el pueblo, ir al almacén de los Madariaga, esperar los diarios que llegaban en el tren de la tarde, dejar atrás su vida inútil, convertirse en otro. Estaba a la espera, tenía la sensación de que algo iba a cambiar. Quizá era su propia impresión, su ilusoria voluntad de no volver a la rutina de su vida en Buenos Aires, a la novela que redactaba desde hacía años sin resultados, a su trabajo idiota de hacer reseñas bibliográficas en *El Mundo* y salir cada tanto a la realidad a perpetrar crónicas especiales sobre crímenes o pestes.

La noche había caído sobre la casa y ellos seguían en los sillones, en la galería, con las luces apagadas, salvo un velador atrás en la sala, mirando el jardín tranquilo y las luces del otro lado de la casa. Al rato, Sofía se levantó y puso un disco de los Moby Grape y se empezó a mover bailando en su lugar mientras sonaba «Changes».

–Me gusta Traffic, me gusta Cream, me gusta Love –dijo, y se volvió a sentar–. Me gustan los nombres de esas bandas y me gusta la música que hacen.

–A mí me gusta Moby Dick.

–Sí, me imagino... A vos te sacan los libros y quedás en bolas. Mi madre es igual, sólo está tranquila si está leyendo... Cuando deja de leer, se pone neurasténica.

–Loca cuando no lee y no loca cuando lee...

–¿La ves ahí...?, ¿ves la luz prendida...?

Había un pabellón del otro lado del jardín, con dos grandes ventanales iluminados en los que se veía una mujer con el pelo blanco atado, leyendo y fumando en un sillón de cuero. Parecía estar en otro mundo. De pronto se quitó los anteojos, levantó la mano derecha y buscó atrás, a tientas, en un estante de la biblioteca que no se alcanzaba a ver, un libro azul, y luego de ponerse la página contra la cara, volvió a calzarse las gafas redondas, se arrellanó en el alto sillón y siguió leyendo.

–Lee todo el tiempo –dijo Renzi.

–Ella es la lectora –dijo Sofía.

13

Renzi pasó varios días en el archivo municipal revisando documentos y periódicos viejos. Todas las tardes entraba en la sala, fresca y tranquila, mientras el pueblo entero dormía la siesta. Croce le había dado algunos datos como si quisiera encomendarle un trabajo que él ya no podía hacer. La historia de los Belladona se fue desplegando desde el origen mismo del lugar y lo que más impresionó a Renzi fueron las notas sobre la inauguración de la fábrica, en octubre de 1961.

Fue la directora del archivo quien lo ayudó a encontrar lo que buscaba y lo atendió no bien supo que había sido el comisario quien lo había recomendado. Croce, según ella, cada tanto se retiraba al manicomio y pasaba un tiempo descansando ahí, como si estuviera en un hotel en las montañas. La mujer se llamaba Rosa Echeverry y ocupaba un escritorio en el centro del salón siempre vacío; fue ella quien lo guió por los estantes, las cajas y los viejos catálogos. Era rubia y alta, usaba un vestido largo y se apoyaba con alegre displicencia en un bastón. Había sido muy bella y se movía con la confianza que la belleza le había otorgado y por eso causaba una impresión de sorpresa verla renguear, parecía que su simpatía y su alegría no coincidían con la dureza de su cadera atormentada por el dolor. En el pueblo se decía que usaba morfina, unas ampollas de vidrio verde, que se hacía enviar desde La Plata y que retiraba todos los meses, con una receta del doctor Fuentes, en la farmacia de los Mantovani, y que ella misma se aplicaba luego de abrirlas con una sierrita y hacer hervir las agujas en la caja de metal donde guardaba la jeringa.

Vivía en los altos de la casa, en un amplio desván al que se accedía por una escalera interior. Cuando Renzi recurrió a ella, su única distracción parecía ser completar los crucigramas de antiguos números de la revista *Vea y Lea* y vigilar el canario que había colgado en la ventana trasera y que salía de la jaula y picoteaba el lomo de los documentos encuadernados.

–No hay mucho que hacer aquí, los lectores se han ido muriendo –le dijo–. Pero este lugar tiene la ventaja de ser más tranquilo que el cementerio, aunque el trabajo es el mismo.

Rosa había estudiado Historia en Buenos Aires y había empezado a dar clases en un colegio de Pompeya, pero se casó con un rematador de hacienda y volvió con él al pueblo; al poco tiempo el marido murió en un accidente y ella terminó sepultada en el archivo, donde nadie venía nunca a buscar ningún dato.

–Todos creen que recuerdan lo que pasó –dijo–; nadie necesita averiguar nada en estos lugares. Tenemos una buena biblioteca también –dijo después–, pero, como le digo, al final yo soy la única que lee. No sigo un orden alfabético, no me confunda con el Autodidacta de Sartre –alardeó–, pero tengo cierto sistema. –Leía muchas biografías y libros de memorias.

Le fue contando esa historia de a poco, pero Renzi tuvo enseguida la impresión de que se había establecido entre ellos cierta complicidad, cierta simpatía instantánea que a veces se da entre personas que acaban de conocerse, y que Rosa lo ayudaría a descubrir lo que estaba buscando. Decían que ella era o había sido amante de Croce y que a veces pasaban juntos algunos fines de semana. Lo invitó a recorrer el lugar y lo tomó del brazo mientras cruzaban la galería entoldada que daba al patio.

–Usted, querido, seguro va a escribir un libro con este pueblo. Una novela, una crónica, algo que pueda vender con facilidad para comprarle ropa a sus hijos o pagarse unas vacaciones con su mujer, y cuando lo haga se acordará de mí... Hubo una guerra familiar aquí... –dijo. Lo más interesante, según Rosa, era que cada una de esas luchas se había encarnado en individuos, en personas concretas, en hombres y mujeres con rostro y nombre que no sabían que estaban peleando en esa guerra y se imaginaban que sólo eran disputas familiares o peleas entre vecinos. La historia política argentina se movía a ras de tierra, mientras los acontecimientos pasaban por arriba como una bandada de golondrinas que emigran en invierno, y los habitantes del pueblo representaban y repetían sin saberlo viejas historias. Ahora estaba ese litigio por la empresa de Luca y la muerte de Tony parecía conectada con la fábrica abandonada. Hablaba con un tono alto y sereno, como si estuviera dando clase en un colegio, con la suficiente ironía para hacer notar que no creía demasiado en lo que estaba diciendo pero quería darle sentido a su trabajo de archivista del pueblo.

Guardaba diarios, revistas, panfletos, documentos y muchas cartas familiares que le habían ido donando a lo largo del tiempo. Tengo, le dijo, por ejemplo, un archivo con los anónimos del pueblo. Son el género principal, los anales de la maledicencia de la pampa argentina. Empezaron el mismo día de la fundación de este lugar y se podría hacer una historia del pueblo a partir de esos anónimos. Todo el tiempo llegan mensajes nuevos contando intrigas y revelando secretos, escritos de los modos más diversos, con palabras recortadas de los diarios y pegadas en hojas de cuaderno, o escritos con letra temblorosa seguramente con la mano cambiada para disimular lo que no vale la pena ocultar, o con viejas máquinas Underwood o Remington que se saltan una letra, o en cartas impresas como panfletos en alguna pequeña imprenta de la provincia. Una sección especial del archivo tenía esos documentos clasificados en cajas marrones, alineadas en unos estantes cerrados. Le mostró el primero que había aparecido un domingo de 1916 pegado en la puerta de la iglesia y que fue leído en voz alta como si fuera un bando.

Vecinos, los legisladores provinciales no defienden el campo; tenemos que ir a buscarlos a las casas y pedirles cuentas. Más fácil es engañar a una multitud que a un hombre solo. Un argentino

Según ella, Croce había retomado la tradición de los anónimos para hacer saber que estaba disconforme con el giro de los acontecimientos y con los manejos turbios del fiscal Cueto. Como hacía siempre cuando estaba en minoría absoluta, se había replegado al hospicio del pueblo para enviar tranquilo desde allí sus mensajes anónimos con sus elaboradas hipótesis sobre los hechos.

Rosa había puesto varias veces avisos en los diarios del partido pidiendo que le donaran colecciones familiares de fotos, y también gestionó los documentos de los archivos de los ferrocarriles ingleses, las sesiones de la Sociedad Rural y las actas del Automóvil Club con el registro de construcción de los caminos y las rutas provinciales.

–A nadie le interesaban esas ruinas, sólo a mí –le dijo mientras le mostraba una serie de cajas muy bien ordenadas y clasificadas con los negativos y las fotos reveladas y los vidrios de las viejas Kodak–, pero siempre esperé que alguien viniera a desenterrar estos restos para darle sentido a mi trabajo.

Varias fotografías, agrupadas en una serie, mostraban distintas imágenes de la zona. Los albañiles con los pañuelos blancos de cuatro nudos en la cabeza construyendo una gran casona que iba a ser el casco antiguo de la estancia La Celeste; una foto del bar El Moderno, donde funcionaba un cine (y con una lupa Renzi pudo ver el cartel con el anuncio de la película *Nightfall –Al caer la noche–* de Jacques Tourneur); una instantánea de la temporada de cosecha, con una fila de peones en pata, subiendo, con las bolsas al hombro, por una planchada a los vagones de carga; varias fotos primitivas de la estación del tren con los silos, los «chimangos», las norias, en plena actividad y al fondo una trilladora tirada por caballos; una imagen del almacén de los Madariaga cuando no era más que una posta de carretas.

–Si usted mira las fotos va a ver que el pueblo no ha cambiado. Sólo se ha ido arruinando, pero en sí mismo sigue igual. Lo que pasó es que la ruta hizo que la riqueza se desplazara hacia el oeste. La fábrica, por ejemplo, está lejos de aquí, pero todo el pueblo vivía de la fábrica cuando las cosechas empezaron a perder el rinde. Y por eso la planta está en disputa, porque ese terreno en la loma y cerca de la ruta vale un Perú.

Renzi se pasó varias horas mirando esos materiales y pudo ver cómo se había desarrollado la fortuna de los Belladona. En el centro de la historia moderna del pueblo estaba la empresa que había construido Luca Belladona, con la ayuda de Lucio, el mayor de los hermanos, bajo la mirada a la vez condescendiente y escéptica del padre. Una construcción increíble, a diez kilómetros del pueblo, entre los cerros, con una arquitectura racionalista, que impresionaba aislada en medio del campo, como una fortaleza en el desierto.

–La diseñó el mismo Luca –dijo ella– y ahí se vio, o se tuvo que haber visto, que estaba en otra realidad. Gastó una fortuna pero fue una construcción extraordinaria, tan moderna que muchos años después, en medio de la decadencia y la parálisis, todavía no han logrado que pierda su fuerza. Hizo los planos, trabajó meses haciendo de nuevo parte de las ventanas y de los portones porque las bisagras no daban el ángulo. Fue la fábrica de autos más moderna de la Argentina en esos años, mucho más actualizada que las plantas de la FIAT en Córdoba, que estaba a la vanguardia de industria.

Tenían las fotos de los distintos momentos de la construcción y Renzi fue observando el proceso como quien mira la edificación de una ciudad imaginaria. Primero se veía la extensión vacía de la llanura, luego los grandes pozos, luego los cimientos, la base de concreto y de hierro, las grandes estructuras de madera, las galerías de vidrio que recorrían el subsuelo, la estructura abstracta de las vigas y las paredes, que vistas desde arriba parecían un tablero de ajedrez, y por fin el edificio amurallado, con las altas puertas corredizas y las interminables verjas de hierro.

Entre los documentos y las notas de los diarios, Renzi encontró un largo testimonio de Lucio Belladona el día de la inauguración de la planta. Habían empezado de la nada, recorriendo el campo para reparar las máquinas agrícolas durante la cosecha[23] –las primeras trilladoras mecánicas, las primeras cosechadoras a vapor–, y al final instalaron un taller en los

23. «Me acuerdo que iban doce caballos por cada cosechadora, se ataban seis cadeneros y seis al tronco y los animales conocían el ruido del motor forzado cuando la hilera de trigo venía fuerte y el regulador se aceleraba, y se detenían para esperar hasta que cambiaba el sonido y entonces arrancaban solos, los caballos, como si fueran instrumentos vivos» (Lucio Belladona).

fondos de la casa y empezaron a preparar autos de carrera, a trabajar las cupecitas livianas y resistentes que competían en las rutas abiertas y los caminos de tierra de todo el país. Era la época de esplendor de las carreras de Turismo Carretera, autos comunes, de serie, *tocados* por los mecánicos, con los motores de fábrica –los primeros V8, los Cadillac de 6 cilindros, las Betis– al límite de su potencia, con el tanque «esfera» de nafta que buscaba siempre el centro del auto, los guardabarros como alas, el chasis reforzado y la carrocería aerodinámica. Pronto se hicieron famosos en todo el país, y se veía a los Belladona en los diarios y en *El Gráfico,* con Marcos Ciani o con los hermanos Emiliozzi, siempre cerca de los autos más rápidos. Avanzaron en la línea de la mecánica nacional (copiar-adaptar-injertar-inventar) y fueron grandes innovadores. A mediados de los años sesenta firmaron el primer contrato con la Kaiser de Córdoba para hacer prototipos de coches experimentales.[24]

24. La fábrica construía los llamados *Concept Cars,* autos diseñados como modelo para luego ser probados y fabricados en serie. Por encargo de la Chrysler formularon el prototipo del Valiant III. Construyeron *Vans* para Skoda, nuevos jeeps, coches sport; muchos autos que se ven en la calle, ellos fueron los primeros en construirlos. Trabajaron para las terminales de Fiat y de Kaiser en Córdoba. La casa matriz les daba las características del vehículo que querían desarrollar y ellos se encargaban de fabricarlo, pieza por pieza. El motor, el chasis, el tapizado, los vidrios, las ruedas, la carrocería, la rectificación y el ajuste final, todo. Cada auto se cotizaba entre 100.000 y 150.000 dólares; tardaban de seis a ocho meses en hacerlos, y los autos se iban andando.

Renzi seguía esa historia, veía los recortes de diarios, las fotos, la sonrisa de los hermanos trabajando sobre el capó abierto de los autos. En 1965 viajaron a Norteamérica y en Cincinatti compraron una plegadora y una guillotina y los complicó una devaluación, de un día a otro el dólar pasó a valer el doble.

Desde ese momento las informaciones periodísticas y los archivos judiciales retrataban a Luca como un hombre violento, pero la violencia había estado en las circunstancias de su vida más que en su carácter. Era el único hombre que conocían en el pueblo y en el partido y en la provincia –según aclaró Rosa con cierta ironía– que se había aferrado a una ilusión, o mejor a una idea fija, y el empecinamiento lo había llevado a la catástrofe. Desconfiaban de él y consideraban que esa decisión de no vender era una actitud que explicaba todas las desgracias que le habían sucedido en la vida y explicaba también que hubiera terminado aislado y solo, como un fantasma, en la fábrica vacía, sin salir nunca y sin ver casi a nadie. Tenía una confianza ilimitada en su proyecto y cuando fracasó, o fue traicionado, se sintió vacío, como si se hubiera quedado sin alma.

Pero no fue un proceso, ni algo que hubiera sucedido de a poco, sino un acto de iluminación negativa, un instante que cambió todo. Una noche Luca llegó de improviso a las oficinas del centro y se encontró con su hermano negociando con unos inversores que iban a participar en la dirección de la fábrica.

Habían preparado el contrato para constituir una sociedad anónima por acciones,[25] todo a espaldas de Luca, porque querían quedarse con la empresa. Hubo conflictos, enfrentamiento y luchas. Los obreros ocuparon la planta exigiendo mantener la fuente de trabajo, pero el Estado intervino en el conflicto y decretó la clausura. Fue entonces cuando Luca decidió hipotecar la planta para afrontar las deudas, dispuesto a no transigir y a seguir adelante con sus proyectos. Y desde entonces vive ahí, sin ver a nadie, peleado a muerte con su padre y con los principales del pueblo.

–Luca no quiere reconocer las cosas como son, yo lo entiendo –dijo Rosa–, pero en un momento determinado eso fue un problema para todos porque el pueblo quedó dividido y los que se aliaron con Luca se tuvieron que exiliar, digamos así, y él quedó solo, convencido de que su padre lo había querido hundir.

»Resistió y mantuvo el control de la fábrica, que ya casi había dejado de producir. Se quedó ahí en la planta medio vacía, trabajando con sus máquinas y tratando a toda costa de salvar la propiedad, que vale millones. Quieren expropiar la fábrica, lotear el

25. El procedimiento es clásico. Un fondo de inversión *(edge fond)* compra el 51% de las acciones. Una vez que la compañía está bajo su control, el consejo de administración del directorio vota un dividendo estructural sobre el capital y así recupera su inversión inicial. Es lo que técnicamente se llama vaciamiento –o lavado– de una empresa *(wash and wear system)*.

predio, hay mucha plata en juego y tienen un proyecto aprobado que ya salió en los diarios.[26] Hay litigios múltiples pero Luca resiste, y a mi modo de ver –dijo Rosa– la muerte de Durán está ligada a este asunto. ¿Para qué vino con esa plata? Algunos dicen que vino a traer esos dólares para salvar la planta y otros dicen que vino para coimear funcionarios y usar esa plata para comprar la fábrica y echar a Luca. Eso dicen.

Ayudado por Rosa, anotando los datos en su libreta negra, Renzi siguió la pista del *carry trade* en los activos de las financieras y en los balances oficiales de las mesas de dinero. Los bonos circulaban de un lugar a otro y se negociaban en la bolsa de Wall Street. Llegaron así hasta un grupo de inversión[27] de

26. «*Un poco de historia.* En 1956 se construyó el primer gran centro comercial techado y climatizado, el Southdale Shopping Center, cerca de Minneapolis (Estados Unidos). El Gran Centro Comercial consiste en un pasillo central ("mall") y un almacén ancla que se ubica en el extremo de la galería. El centro ofrece todo "bajo techo" y permite hacer compras independientemente del clima o de los problemas de estacionamiento, y propone así concentrar a los clientes en un solo lugar climatizado con varios puestos de venta de productos y marcas distintas. Estos centros se convierten además en lugares de esparcimiento y de paseo para toda la familia. El proyecto a realizar en nuestra ciudad ya fue presentado al interventor militar y sería el primero a realizarse en la Argentina» *(El Pregón,* 2 de agosto de 1971).

27. «El término *carry trade* se refiere a la especulación con los activos que garantizan créditos. Las hipotecas de salvataje tienen un tipo de interés mucho más elevado que las

Olavarría, uno de cuyos capitalistas principales era el doctor Felipe Alzaga, un estanciero de la zona. Por lo visto ellos habían comprado los bonos de renegociación de la hipoteca de la fábrica y tenían en su poder la decisión. No había nada ilegal, incluso Renzi pudo anotar los datos y la numeración del registro del fondo inversor en la sucursal del Banco Provincia: *Alas 1212*.

Rosa le mostró otras cifras y otros datos y lo hizo entrar en los secretos del conflicto. Pero Renzi tenía la sensación de que no eran los papeles o el relato de Rosa lo que le permitía entender lo que había pasado, sino el solo hecho de estar en el pueblo. Los lugares seguían ahí, nada había cambiado, estaba como en un escenario, como si fuera una escenografía, incluso la disposición misma del pueblo parecía repetir la historia. «Aquí donde estamos ahora empezó todo», le había dicho ella haciendo un gesto que parecía incluir todo el pasado.

El edificio del archivo había sido la vieja casa del coronel Belladona cuando fundó el pueblo y

---

tasas del mercado, y las comisiones de los intermediarios resultan usurariamente gravosas. En esos casos la deuda puede ser objeto de dos o tres ventas y de transacciones económicas directas mediante la compra de bonos y las titularizaciones del crédito. El fondo inversor impide que la hipoteca sea saldada recargando los intereses especulativos a la deuda inicial sin posibilidad de descuento y especulando con el vencimiento del plazo. De ese modo muchos activos pasan al poder de las entidades financieras» *(El Cronista Comercial,* 3 de febrero de 1971).

construyó la estación. Los ingleses lo habían puesto ahí porque era un hombre de confianza en la zona, había venido de Italia de chico y también él tenía una historia trágica. «Como todo el mundo si uno lo mira de cerca», le dijo ella. Y le decían el Coronel porque había ido voluntario a la Gran Guerra y peleó en el ejército italiano y fue condecorado y ascendido.

Los documentos de la biblioteca eran muy completos, parecía un archivo de la historia de la fábrica desde los planos iniciales hasta el pedido de quiebra. El que se ocupó personalmente de eso fue Luca, que siempre estaba mandando circulares y documentos para que fueran conservados como si imaginara lo que iba a pasar.

–A mí me tiene confianza –dijo Rosa después– porque soy de la familia y sólo a la familia le tiene confianza a pesar de la catástrofe. Mi madre es hermana de Regina O'Connor, la madre de los varones, o sea que somos primos hermanos.

Según ella, algo estaba por pasar y el pasado era como una premonición. Nada se iba a repetir, pero lo que estaba por pasar –lo que Rosa imaginaba que iba a pasar– se anunciaba en el aire. Había un clima de inminencia, como una tormenta que se ve venir en el horizonte.

Y de pronto le pidió disculpas, se fue hacia un costado donde estaba la jaula con el canario y en el borde de la escalera, después de calentar en un mechero de bencina la tapa de la caja de metal de las jeringas para hacer hervir las agujas y de cortar el cuello de la ampollita con una sierra, se levantó el vestido y se dio una inyección en el muslo mirando a Renzi de frente con una sonrisa plácida.

–Mi madre a veces se olvida los libros que ha leído en los sillones del jardín. No sale casi nunca al aire libre, y cuado sale usa anteojos oscuros porque no le gusta la luz del sol, pero a veces se sienta a leer entre las plantas, en primavera, y suele murmurar mientras lee, nunca pude saber si repite lo que está leyendo o si –como yo misma suelo hacer a veces– habla sola en voz baja porque los pensamientos le suben como quien dice a los labios y entonces habla sola, vaya a saber, o quizá tararea alguna canción, porque siempre le ha gustado cantar y yo de chica he amado la voz de mi madre que me llegaba a veces desde el fondo de la casa cuando ella cantaba tangos, no hay nada más bello y más emocionante que una mujer –como mi madre– joven y bella cantando sola un tango. O tal vez reza, tal vez dice alguna plegaria o pide ayuda, mientras lee, porque lo cierto es que sus labios se mueven cuando está leyendo y no se mueven cuando deja de leer –contaba Sofía–. A veces se queda dormida y el libro se le cae en la falda y al despertar parece asustada y vuelve rápidamente a «su guarida», como llama mi madre al lugar donde vive, y se deja el libro olvidado y ya no se anima a salir a buscarlo.

–¿Y qué lee? –preguntó Emilio.

–Novelas –dijo Sofía–. Llegan en grandes paquetes una vez por mes las entregas para mi madre, las encarga por teléfono y siempre lee todo *lo que ha escrito un*

novelista que le interesa. Todo Giorgio Bassani, todo Jane Austen, todo Henry James, todo Edith Wharton, todo Jean Giono, todo Carson McCullers, todo Ivy Compton-Burnett, todo David Goodis, todo Aldous Huxley, todo Alberto Moravia, todo Thomas Mann, todo Galdós. Nunca lee novelistas argentinos porque dice que esas historias ya las conoce.

14

La casona del viejo Belladona estaba sobre una loma, al fondo de un bosque de eucaliptos, y había que subir un camino tortuoso que ascendía entre los árboles. Renzi había contratado un coche y el chofer le explicó por dónde llegar a la casa. Se habían detenido en un recodo, cerca de una senda que llevaba a la reja electrificada y a los portones de la entrada. La casona tenía su nombre labrado en un letrero de hierro forjado: *Los Reyes*. Renzi bajó y antes de que llegara a la verja salió el encargado de seguridad con anteojos negros y cara de cansado. Se comunicó con la casa con un *walkie-talkie* y después de un rato abrió la puerta y lo dejó pasar. Renzi esperó en una sala de techos altos y ventanales amplios que daba al jardín. Había cuadros y fotos en las paredes y sillones de cuero, como si fuera la sala de espera de un edificio público.

Al rato apareció una empleada con aspecto de enfermera que lo hizo subir por un ascensor a la planta alta y lo dejó frente a una puerta abierta que daba a una enorme sala, casi sin muebles. Al fondo Renzi vio a un hombre alto y pesado que lo esperaba de pie, imponente. Era Cayetano Belladona.

–Bravo me dijo que usted me quería ver –dijo Renzi después que se sentaron en dos sillones amplios colocados contra la pared.

–Y Bravo me dijo a mí que usted me quería ver... así que el interés es mutuo –se rió el Viejo–. No importa eso, importan las notas que usted está publicando en ese diario de la Capital. Uno las lee y piensa que este pueblo es un campo de batalla. Habla de fuentes que no explicita y eso, como siempre cuando un periodista cita fuentes reservadas, quiere decir que está mintiendo.

–¿Puede citar esa opinión? –dijo Renzi.

–No me gustan esas historias sobre mi familia –dijo el Viejo como si no lo hubiera oído– y sus disparates sobre las razones por las cuales Anthony trajo ese dinero. –No anda con vueltas, pensó Renzi, y sacó un cigarrillo–. No se puede fumar aquí –dijo el Viejo–. Y esto no es una entrevista, sencillamente quise conocerlo. De modo que no tome notas, ni grabe nada de lo que hablemos.

–Sí –dijo Renzi–. Una conversación privada.

–Soy un hombre de familia en una época en la que eso ya no significa nada. Defiendo mi derecho a la privacidad. No soy una persona pública. –Hablaba con extrema calma–. Ustedes los periodistas están destruyendo lo poco que nos queda de soledad y de aislamiento. Murmuran y difaman. Y gritan sobre la libertad de prensa que para ustedes sencillamente significa libertad para vender escándalos y destruir reputaciones.

–¿Y entonces?

–Nada. Usted pide hablar conmigo, yo lo recibo –dijo, y apretó una perilla y una campana pareció sonar en algún lugar de la casa–. ¿Quiere tomar algo?

–Me dijeron que con usted puedo hablar francamente.

–Usted es amigo de Croce... También es mi amigo –dijo el Viejo–, aunque hace tiempo que estamos distanciados. Está enfermo, me han dicho.

–En el manicomio.

–Bueno –hizo un gesto que abarcó la pieza y toda la mansión–, casi no salgo de aquí, así que yo también estoy internado y ésta en un sentido es mi clínica... Mi mujer y mis hijas viven conmigo pero podríamos pensar que ellas también están internadas y se imaginan que son mi mujer y mis hijas del mismo modo que yo imagino que soy el dueño de este lugar. ¿No es así, Ada? –dijo el Viejo a la muchacha que entraba en la sala.

–Claro –dijo ella–. Los que nos ayudan y nos sirven en realidad son enfermeros que nos siguen la corriente cuando decimos que pertenecemos a una antigua familia de fundadores del pueblo.

–Perfecto –dijo el Viejo mientras su hija empezaba a servir whisky y acercaba una mesa baja de vidrio con ruedas de goma. Había una botella de Glenlivet y altos vasos tallados–. En estos pueblos de campo, cerrados como un gallinero, aislados de todo, como usted se imagina, la gente delira un poco para no morir de tedio. Y ahora que hubo un crimen, todos deliran con la historia de Tony y no hacen otra cosa que dar vueltas sobre ese asunto. Me gustaría terminar con esa calesita. Lo mejor para mi familia es cero noticias. Usted puede escribir lo que quiera, pero me interesa que sepa lo que nosotros pensamos.

–Desde luego –dijo Renzi–, pero sin citarlo.

–¿Se sirve? –dijo el Viejo–. Ella es mi hija.

La chica le sonrió y luego se acomodó en una silla frente a ellos. No había hielo, el whisky en seco, a la italiana, pensó Renzi. La chica era la muchacha que había visto en el Club, ahora vestida con unos jeans pero siempre con la blusita sin corpiño. Tenía un anillo con una gran esmeralda y lo hacía girar en el dedo como si le diera cuerda y parecía malhumorada, o recién levantada de la cama, o a punto de venirse abajo pero sin perder el humor. De pronto un mechón de pelo se le caía sobre un ojo como si fuera una cortina y la dejaba medio ciega, o se le desabrochaba la blusa y se le veían las tetas (bellas y tostadas por el sol), y cuando alzó un brazo por un agujero en la sisa se le vio el vello crecido en las axilas oscuras (también a la italiana...). Todo parecía formar parte de su estilo o de su idea de la elegancia. De pronto, en medio de una frase se le cayó el anillo de piedra verde en el vaso de whisky.

–Pucha digo –dijo–. Me baila.

Y pescó el anillo con sus largos dedos metidos en el whisky, sin inmutarse, con el movimiento experto de un cazador submarino, y luego de limpiarlo con la lengua –en un movimiento lento y circular que Renzi tardó en olvidar– se lo puso otra vez en el dedo. Como si lo que iba a decir fuera un comentario a su movimiento de rescate de la esmeralda, dijo que quería agradecerle que no hubiera hecho mención a las estúpidas historias que circulaban en el pueblo sobre las relaciones de ella y de su hermana con el muerto. Esa discreción era lo que les había hecho pensar que Renzi no tenía mala intención o al menos no quería incurrir en las supersticiones habituales en los pueblos de campo, que se excitan («se calientan») con historias perversas que nunca suceden del modo en que los paisanos las imaginan. Ya debía saber que los antropólogos, luego de largas investigaciones destinadas a definir al gaucho de nuestra pampa, han decretado que no han podido identificar ningún rasgo particular salvo naturalmente el egoísmo y las enfermedades imaginarias. La muchacha se refería a los pueblos de campo como si fuera un mundo paralelo, pero lo que más le llamó la atención a Renzi fue que hablaba marcando con énfasis ciertas palabras estirando las vocales, como quien mide las sílabas de un verso, con ese modo tan conscientemente personal que en muchas mujeres constituye un lenguaje propio, del mismo modo que un timbre especial define siempre el verso suelto –*blank verse*, pensó en inglés Renzi– en el pentámetro yámbico del drama isabelino. Subrayaba la mujer en cada frase determinadas palabras un poco arcaicas y muy argentinas como si estuviera clavando mariposas vivas con largos alfileres de punta redonda para hacer ver que era una chica bien. O que se divertía con eso. Renzi se perdió un poco en esas divagaciones sobre los modos de hablar y cuando volvió en sí la conversación había tomado otro rumbo.

–Todas las versiones sobre Tony son equivocadas, incluso si murió como consecuencia del crimen pasional del que hablan todos. Nosotros no tenemos nada que decir. –La hija y el padre hablaban por turno y se complementaban uno al otro como si formaran un dúo–. A veces –dijo el Viejo– venía a visitarme a la noche. Déjeme decirle que él era un exiliado, había tenido que abandonar su país, con su familia, porque era un independentista puertorriqueño. Su familia había apoyado siempre a Albizu Campos y no se consideraban ciudadanos de los Estados Unidos. Lo conoce a Albizu, ¿no es verdad?, es una especie de Perón de Puerto Rico.

–Mejor que Perón.

–No es ningún mérito ser mejor que Perón –dijo la chica para diversión de su padre.

–Claro, es como decir que uno canta mejor que Ataúlfo Gómez.

–Fue un líder nacionalista de Puerto Rico que enfrentó a Estados Unidos.

–Y no fue un militar.

–Fue un intelectual que estudió en Harvard.

–Aunque era mulato. Hijo ilegítimo de una planchadora negra y de un hacendado criollo.

Se divertían el padre y la hija, como si Renzi no estuviera ahí, o le estuvieran armando un show para que viera la sociabilidad de una familia tradicional, aunque había algo raro en ese juego, una comprensión pareja entre el padre y la hija que parecía un poco sobreactuada.

–Me gustaba hablar con él –dijo el Viejo–. Un hombre íntegro. Le extrañaba que hubiera tanto campo en manos de tan pocas personas en este país. Yo le explicaba que era resultado de la guerra contra el indio. Le daban tierra a los oficiales del ejército hasta donde aguantara el caballo.[28] Cinco millones de leguas quedaron en manos de treinta familias, le dije un día, y él sacaba las cuentas viendo el tamaño de la isla de Puerto Rico y se reía. Me gustaba el modo que tenía de hablar y sé lo que había venido a hacer. Pero iba camino de la perdición –dijo de pronto– sin que nadie pudiera evitarlo, igual que mis hijos, por caminos paralelos y divergentes.

28. Una de las leyendas más difundidas en el campo dice que, luego de la campaña al desierto, el Estado repartió las tierras conquistadas a los indios entre los oficiales y soldados con un método muy acorde con las tradiciones argentinas. Había que galopar hasta donde aguantara el caballo y el jinete pasaba a ser propietario de la tierra que cubriera en su cabalgata sin pausa. A menudo los soldados montaban los extraordinarios caballos de los indios, acostumbrados a andar sin cansarse durante días en un galope largo y tranquilo. Resulta difícil imaginar la extensión de esa marcha solitaria si se tienen en cuenta los datos de propiedad de la tierra. En 1914 la mitad de la superficie argentina –las cinco provincias de la pampa húmeda– estaba ocupada por estancias gigantescas, en manos de muy pocos propietarios. Y nada ha cambiado desde entonces. Según las últimas estimaciones del Censo Nacional Agropecuario, en 1969: 124 millones de hectáreas. El 59,6 % de la superficie total estaba en manos de 1.260 propietarios, un 2,5 % del total.

–Nadie entiende de qué estás hablando, padre –dijo Ada.

–Usted piensa que lo mató Yoshio.

–Yo no pienso nada. Eso dice la policía.

–Ésa no es la hipótesis de Croce –dijo Renzi.

–¿Pero a quién se le ocurre pensar que van a contratar a un jockey para que se disfrace de japonés y lo mate? Inconcebible hasta en este país. Y no se hacen las cosas así, por acá.

–¿Y cómo se hacen?

–De otra manera –dijo el Viejo, y sonrió.

–Menos barroca –aclaró la chica–. Y a la luz del día. –Se levantó–. Si me necesitan, me avisan –dijo después, y se despidió de Renzi, que recién ahí, al verla alejarse, se dio cuenta de que usaba tacos altos con los jeans muy ajustados, como si quisiera escandalizar, o entretener de ese modo, a su padre.

–Querría saber su opinión sobre la situación de la fábrica...

–Mi hijo Luca es un genio, igual que mi padre –parecía cansado–, pero no tiene ningún sentido práctico... lo he ayudado de todas las maneras posibles...

El Viejo para entonces ya estaba hablando solo con el tono de quien amonesta a su capataz porque la hacienda se le ha embichado y había vuelto al principio.

–Estoy harto de todo este asunto, cansado de los periodistas, de los policías, no quiero saber nada con esas versiones que están circulando sobre mi familia, sobre mis hijos. Ese muchacho era muy querido por mí, Tony, un chico de suerte que sin embargo vino a morir a este desierto. –Se detuvo y volvió a servirse whisky–. He tenido lo que se llama un episodio cerebrovascular, un *derrame cerebral,* y no tendría que tomar, pero si no tomo me siento peor. El alcohol es el combustible de mi vida. Mire, joven, están queriendo confiscar la fábrica, los militares, y cuando vuelva Perón va a ser lo mismo, porque es otro militar. Somos dueños de este lugar desde que se fundó pero ahora se quieren quedar con todo y especulan con los terrenos vecinos, porque mi hijo me desairó en su momento y se enfrentó conmigo, es un obstinado, pero tiene todo el derecho del mundo a mantener esa fábrica vacía si se le da la gana, la puede usar como cancha de paleta, como criadero de palomas, pagó todas sus deudas y va a levantar la hipoteca, pero se quieren agarrar de esa deuda para confiscarla. No es una deuda con el Estado, es una deuda con un banco, pero la quieren expropiar. Mire, ¿ve? –dijo, y buscó entre unos papeles y le mostró el recorte del diario–. Los comerciantes están atrás de eso, quieren hacer ahí un centro comercial. Odio el progreso, odio ese tipo de progreso. Hay que dejar el campo en paz, ¡un lugar bajo techo!, como si estuviéramos en Siberia. –De pronto el Viejo se quedó callado, se puso la palma de la mano en la cara, y luego retomó el monólogo–. Ya no hay valores, sólo hay precios. El Estado es un predador insaciable, nos persigue con sus impuestos confiscatorios. A quienes como nosotros, como yo, para no hablar en plural, vivimos en el campo, retirados de los tumultos, la vida se nos hace cada vez más difícil, estamos cercados por las grandes inundaciones, por los grandes impuestos, por las nuevas rutas comerciales. Como antes mis antepasados estaban cercados por los malones, por la indiada, ahora tenemos a la indiada *estatal.* En esta zona cada tanto llega la sequía o viene el granizo o la langosta y nadie cuida los intereses del campo. Entonces, para que el Estado no se lleve todo hay que confiar en la palabra dada, a la vieja usanza, nada de cheques, nada de recibos, todo de palabra, el honor antes que nada, hay dos economías, un doble fondo, un subterráneo donde circula la plata. Todo para evitar las expropiaciones estatales, los impuestos confiscatorios a la producción rural, no podemos pagar esas tasas. Buenos Aires tiene que ser una nación independiente como en los tiempos de Mitre. Por un lado Buenos Aires y por otro lado los trece ranchos. ¿O son catorce ahora? –Se detuvo otra vez y buscó algo en el bolsillo del saco–. Hay una gran especulación inmobiliaria en la zona, quieren usar la fábrica como base para una nueva urbanización. El pueblo ya les parece perimido. Lo voy a impedir. Tome, mire. Mandé buscar esa plata para mi hijo, es parte de la herencia de su madre. –Era un recibo de extracción del Summit Bank de Nueva Jersey por 100.000 dólares. Lo miró con los ojos grises, achinados ahora, y bajó la voz–. Quise reconciliarme con mi hijo. Quise ayudarlo sin que él se enterara. Pero el hijo de puta heredó el orgullo de su madre irlandesa. –Hizo una larga pausa–. Nunca imaginé que alguien iba a morir.

–Nunca imaginó...

–Tampoco sé por qué lo mataron.

–¿Y quiénes quieren hacer esos negocios, Ingeniero?

–La negrada de siempre –dijo–. Basta por hoy. Nos vemos otro día. –Volvió a apretar el botón de la campanilla, que sonó en algún lugar de la casa. Casi inmediatamente se abrió la puerta y entró una muchacha igual a la otra pero vestida de otro modo.

–Yo soy Sofía –le dijo–. Vení, vamos, te acompaño. –Tapó al padre, que dormitaba, y le acarició el pelo. Luego ella y Renzi salieron juntos–. Yo te conozco a vos –le dijo ella cuando cerró la puerta. Estaban en una sala lateral, una especie de escritorio, que daba al parque–. Nos vimos hace *mucho* tiempo, en una fiesta, en City Bell, en la casa de Patricio. Zas zas. Touché. Yo también estudié en La Plata.

–Increíble. Cómo me puedo olvidar de vos...

–Yo era de Agronomía –dijo ella–. Pero iba a veces a escuchar algunas clases en Humanidades y era muy amiga de Luciana Reynal, el marido es de por aquí. ¿No te acordás? Si escribiste un cuentito con esa historia...

Renzi la miró sorprendido. Había publicado un libro de cuentos hacía años y resulta que esa chica lo había leído.

–No era con esa historia –alcanzó a decir–. No puede ser que no me acuerde de vos...

–Una fiesta en City Bell... Y la mataste a Luciana, qué tarado, ella sigue vivita y coleando. –Lo miró, seria–. Y ahora escribís paparruchadas en el diario.

–Nunca había oído esa palabra. Paparruchadas. ¿Es un elogio?

Tenía ojos de un color raro, con la pupila que de pronto se le agrandaba y le cubría el iris.

–Dame un cigarrillo.

–¿Cómo está ella? –preguntó Renzi. Tenían eso en común y se sostuvo ahí para seguir la conversación.

–No tengo la menor idea. Y desde luego no se llamaba Luciana, se hacía llamar así porque no le gustaba el nombre.

–Claro, se llamaba Cecilia.

–Se llama... pero hace años que no la veo. Venía con el marido en los veranos. Uno de esos idiotas que se la pasan jugando al polo, ella quería especializarse en la filosofía de Simone Weil, imaginate, y también tuvo una historia con vos y seguro te dijo que se iba a separar del marido.

–Yo la quería –dijo Emilio. Se quedaron callados y ella le sonrió–. Y vos qué hacés –preguntó él.

–Cuido a mi padre.

–¿Y aparte de eso?

Sofía lo miró, sin contestar.

–Vení que te muestro dónde vivo y charlamos un rato.

Cruzaron un pasillo y salieron a la otra parte de la casa. Una galería abierta daba al jardín. Del otro lado se veía un pabellón con dos grandes ventanales iluminados.

–Nos sentamos aquí –dijo Sofía–. Traigo un poco de vino blanco.

Se habían quedado en silencio. Una mariposa nocturna giraba sobre los focos con la misma decisión con que un animal sediento busca el agua en un charco. Al fin golpeó contra la lámpara encendida y cayó al piso, medio chamuscada. Un polvillo anaranjado ardió un instante en el aire y luego se disolvió como el agua en el agua.

–En verano me vuelvo flaca –dijo Sofía, que se miraba los brazos–, vivo al aire libre. Cuando era chica me obligaba a dormir en el campo, bajo las estrellas, con una manta, a ver si podía vencer el miedo que me daba estar sola ahí porque Ada no quería, le tiene terror a los bichos y prefiere el invierno.

Sofía se paseaba por el borde de la galería, con una suave sonrisa, lejana y tranquila. Como todas las mujeres muy inteligentes que además son hermosas, pensó Renzi, consideraba su belleza algo irritante porque le daba a los hombres una idea equivocada de sus intereses. Como si quisiera negarle lo que estaba pensando, Sofía se paró frente a él, le tomó la mano y se la puso entre los pechos.

–Mañana te voy a llevar a conocer a mi hermano –dijo.

Segunda parte

15

Desde lejos la construcción –rectangular y oscura– parece una fortaleza. El Industrial –como todos lo llaman aquí– ha reforzado en los últimos meses la estructura original con planchas de acero y tabiques de madera y con dos torretas de vigilancia construidas en los ángulos suroeste y sureste en los lindes extremos de la fábrica que dan a la llanura que se extiende por miles de kilómetros hacia la Patagonia y el fin del continente. Las banderolas y los techos de vidrio y todas las ventanas están rotos y no se los repone porque sus enemigos los vuelven a romper; lo mismo sucede con las luces exteriores, los focos altos y los faroles de la calle, que han sido destrozados a pedradas, salvo algunas lámparas altas que seguían prendidas esa tarde, suaves luces amarillas en la claridad del atardecer; las paredes y los muros exteriores estaban cubiertos de carteles y pintadas políticas que parecían repetir en todas sus variantes la misma consigna –*Perón vuelve*–, escrita en distintas formas por distintos grupos que se atribuyen –y celebran– ese retorno inminente –o esa ilusión–, repetida con dibujos y grandes letras entre los carteles arrancados y de nuevo pegados con la cara –siempre como de vuelta de todo y sonriente– del general Perón. Bandadas de palomas que entran y salen por los huecos de los muros y los vidrios rotos vuelan en círculo entre las paredes mientras abajo varios perros callejeros ladran y se pelean o están tirados a la sombra de los árboles en las veredas rotas. Para no ver ese paisaje ni la decrepitud del mundo exterior, hace meses que Luca no sale a la calle, indiferente a las zonas exteriores de la fábrica de las que le llegan, sin embargo, ecos y amenazas, voces y risas y el ruido de los autos que aceleran al cruzar por la ruta que bordea la alambrada sobre la zona de carga y el playón del estacionamiento.

Luego de hacer sonar varias veces la puerta de hierro cerrada con cadena y candado, de asomarse por la ventana y de golpear las manos, los recibió el mismo Luca Belladona, alto y atento, extrañamente abrigado para la época, con una tricota negra de cuello alto y un pantalón de franela gris, con una gruesa campera de cuero y botines Patria, y los hizo pasar de inmediato a las oficinas principales, al final de una galería cubierta, con los cristales rotos y sucios, sin entrar en la planta, que, les dijo, visitarían más adelante. Había –igual que en el frente exterior– frases y palabras escritas a lo largo de las paredes interiores donde Luca anotaba, según explicó, lo que no podía olvidar.

En el patio interior se veía una superficie verde

que cubría todo el piso hasta donde daba la vista, una pampa uniforme de yerba porque Luca vaciaba el mate por la ventana que daba al patio interior, al costado de su escritorio, o, a veces, cuando recorría el pasillo de un lado a otro, usaba el pozo de aire, que comunicaba el patio con los depósitos y las galerías, para cambiar la yerba, golpeando luego el mate vacío contra la pared, mientras esperaba que se calentara el agua, y tenía entonces un parque natural con palomas y gorriones que revoloteaban sobre el manto verde.

Su dormitorio estaba al fondo, sobre el ala oeste, cerca de una de las antiguas salas de reunión del directorio, en una pieza chica que había sido en el pasado el cuarto de los archivadores, con un catre, una mesa y varios armarios con papeles y cajas de remedios. De ese modo no tenía que moverse demasiado mientras realizaba sus cálculos y sus experimentos, sencillamente se quedaba en esa ala de la fábrica y paseaba por el pasillo hasta la puerta de entrada y volvía por el costado para bajar por la escalera que daba a sus oficinas. A veces, les dijo de pronto, al realizar sus paseos matutinos por las galerías tenía que escribir en las paredes los sueños que acababa de recordar al levantarse de la cama porque los sueños se diluyen y se olvidan en cuanto hemos suspirado y es necesario anotarlos donde sea. La muerte de su hermano Lucio y la fuga de su madre eran los temas centrales que aparecían –a veces sucesiva y a veces alternadamente– en la mayoría de sus sueños. «Son una serie», dijo. «La serie A», y les mostró un cuadro sinóptico y algunos diagramas. Cuando los sueños derivaban hacia otros ejes los anotaba en otra sección, con otra clave. «Ésta es la serie B», dijo, pero agregó que, en general, en estos días estaba soñando con su madre en Dublín y con su hermano muerto.

Había frases escritas con lápiz de tinta en la pared, palabras subrayadas o envueltas en círculos y flechas que relacionaban «una familia de palabras» con otra familia de palabras.

A la serie A la llamaba *El proceso de individuación* y a la serie B *El enemigo inesperado.*

–Nuestra madre no podía soportar que sus hijos tuvieran más de tres años, cuando llegaban a esa edad los abandonaba. –Cuando su madre se enteró de la muerte de Lucio había estado a punto de viajar pero fue disuadida–. Estaba desesperada y eso nos sorprendió porque había abandonado a nuestro hermano cuando tenía tres años y luego nos abandonó también a nosotros al cumplir tres años. ¿No es increíble, no es extraordinario? –dijo, y el cuzco lo miraba de costado y agitaba la cola con cansado entusiasmo.

Era extraordinario, y cuando su madre los abandonó su padre había salido a la calle, vestido con un sobretodo, con un martillo en la mano, y había empezado a romper el auto de su madre, es decir que *la amaba,* mientras los del pueblo, en las veredas, lo miraban, en la calle principal, trepado al capó del auto, pegándole martillazos como un delirante, quería tirarle ácido, quemarle la cara, pero no llegó a tanto. Su mujer se había ido con un hombre al que su padre consideraba superior a él, y además no quería tener problemas con la ley porque todos sabían en lo que andaba su padre, principalmente su mujer, que para no ser su cómplice y para no verse obligada a denunciarlo lo había abandonado.

–Embarazada de mí –dijo usando otra vez la primera persona del singular–. Cuando nací, ese hombre del que no recuerdo nada, ni la cara, sólo las voces que llegaban desde el escenario, porque era director de teatro, ese hombre me crió durante tres años como si fuera mi padre, pero ella después lo dejó también y se fue a Rosario y después a Irlanda y he debido volver a la casa familiar porque era así y era legal, ya que llevo el apellido de quien dice ser mi padre.

Después les dijo que había estado esa semana dedicado a la busca de un secretario, no un abogado ni un técnico en mecanografía, un secretario, es decir, alguien que escribiera lo que él pensaba y necesitaba dictar. Los miró sonriendo y ahí Renzi pudo volver a comprobar que Luca –como los *staretz* y los campesinos rusos– hablaba en plural cuando se refería a sus proyectos y realizaciones y en singular cuando se trataba de su propia vida. Por otro lado dijo que había («habíamos») aceptado presentarse en los tribunales y solicitar que le fuera entregado el dinero que su padre le había enviado como pago de la herencia de su madre. Tenía todos los documentos y los certificados necesarios para iniciar una demanda.

–Necesitábamos contratar a alguien capaz de escribir al dictado y pasar a máquina las pruebas que llevaremos a los tribunales para reclamar el dinero que nos pertenece. No queremos abogados, nosotros mismos presentaremos la demanda amparados en la ley de defensa de los patrimonios familiares recibidos por herencia.

De inmediato se refirió al fiscal Cueto, que había sido, según dijo, en el pasado el abogado *de confianza* de la empresa, para luego traicionarlos y llevarlos a la quiebra. Ahora quería confiscar los terrenos de la fábrica desde su cargo político, al que había ascendido llevado por su ambición y amparado por los poderes de turno. Tenían el plan de quedarse con la planta para instalar ahí lo que llamaban un centro experimental de exposiciones agrícolas en connivencia con la Sociedad Rural de la zona, pero antes iban a tener que litigar en los tribunales del partido, de la provincia y de la nación e incluso en los tribunales internacionales, porque estaba («nosotros estamos», dijo) dispuesto a hacer lo que fuera necesario para mantener en funcionamiento la fábrica, que era una isla en medio de ese mar de campesinos y estancieros que sólo estaban interesados en engordar vacas y enriquecerse con la ganancia que la tierra le daba a cualquier inútil que tirara una semilla al voleo.

Estaba además muy entusiasmado con la posibilidad de *salir,* por una vez, de su ámbito, para emprender un viaje al pueblo y defenderse ante la ley. Se paseaba por la sala, en un estado de gran agitación, imaginando todos los pasos de su defensa y estaba seguro de que la ayuda de un secretario agilizaría la preparación de los papeles y los documentos.

Había puesto dos avisos en la X10 Radio Rural

dos días continuos solicitando un secretario privado y se habían presentado varios paisanos con el sombrero en la mano, tranquilos, chuecos, hombres de a caballo, con la cara tostada y la frente blanca marcada por la línea donde la cubría el ala del sombrero. Eran arrieros, troperos, domadores, todos sin trabajo por el proceso de concentración de las grandes estancias que liquidaba a los chacareros, a los arrendatarios y a los trabajadores temporarios que siguen la ruta de las cosechas, hombres de honor, según decían, que habían entendido la palabra secretario como la profesión de alguien capaz de guardar un secreto, y todos se presentaron para jurar «si hace falta» que ellos eran una tumba, porque desde luego, dijo Luca, «conocían nuestra historia y nuestras desdichas» y se arriesgaban a venir hasta las casas porque estaban dispuestos a no decir ni una palabra que no les fuera autorizada a decir y además, desde luego, podían hacer también su trabajo y miraban al costado de los muros a ver dónde estaba el corral de los animales o el terreno que debían cultivar.

Dos de ellos se habían presentado como tigreros, es decir, cazadores de pumas, primero un hombre alto con cicatrices en la cara y en las manos y después otro bajito y gordo, de mirada clara, muy marcado por la viruela, la piel como cuero seco y encima manco. Los dos dijeron ser hombres capaces de campear y de matar un puma sin armas de fuego, con un poncho y el cuchillo –incluso el manco, al que llamaban el Zurdo porque había perdido el brazo izquierdo–, si es que quedan pumas a los que se pueda matar con las manos, como habían hecho desde siempre estos cazadores que salían al amanecer a campear en los pajonales a los tigres cebados que atacaban a los terneros. Andaban por las estancias y por las chacras ofreciendo sus servicios, y habían terminado buscando trabajo en la fábrica, desconfiados y recelosos igual que un puma que se hubiera perdido en la noche y apareciera al amanecer por la calle central del pueblo, arisco y receloso, pisando el empedrado.

Pero no era eso, no, no buscaba un cazador de pumas, ni un capataz, ni un hachero, nada de lo que se necesita en una estancia, sino un secretario técnico que conociera los secretos de la palabra escrita y que le permitiera afrontar los avatares de la lucha en la que se había visto implicado en la larga guerra que llevaba librando contra las fuerzas atrabiliarias de la región.

–Porque en nuestro caso –decía Luca– se trata de una verdadera campaña militar en la que hemos obtenido victorias y derrotas; Napoleón ha sido siempre nuestra referencia central, básicamente por su capacidad para reaccionar ante la adversidad, hemos estudiado sus campañas en Rusia y hemos visto ahí más genio militar que en sus victorias. Hay más genio militar en Waterloo que en Austerlitz, porque en Waterloo el ejército no quiso retroceder, *no quiso retroceder* –repitió–, abrió el frente de batalla hacia la izquierda y sus tropas de refresco llegaron diez minutos tarde y esa maniobra, fracasada por causas naturales (grandes lluvias), fue su mayor acto de genio, todas las academias militares estudiaban esa derrota, que vale más que todas las victorias.

Se detuvo a preguntar por qué creían ellos que los locos del mundo entero se creían Napoleón Bonaparte. Por qué creían que cuando hay que dibujar un loco se lo dibuja con la mano en el pecho y el bicornio y ya sabe todo el mundo que se trata de un loco. ¿Alguien había pensado en eso?, preguntó. Soy Napoleón, el *locus classicus* del loco clásico. ¿Por qué?

–La dejamos picando –dijo con una mirada pícara antes de hacerlos cruzar el pasillo y pasar a las oficinas para retomar el tema del secretario que había dejado, según les dijo, «pendiente».

Las oficinas estaban amuebladas a todo lujo aunque muy deterioradas, con una película de polvo gris sobre la superficie de los sillones de cuero y las largas mesas de caoba y manchas de humedad en las alfombras y en las paredes, aparte de las ventanas rotas y las cagadas de palomas que sembraban de manchas blancas todo el piso ya que los pájaros –no sólo las palomas, también gorriones y horneros y chingolos e incluso un carancho– volaban por los techos, se sostenían de los hierros cruzados en lo alto de la fábrica y entraban y salían del edificio y hacían a veces sus nidos en distintos lugares de la construcción sin ser vistos –al parecer– por el Industrial, o al menos sin ser considerados de interés o de importancia como para interrumpir sus actos o sus dichos.

De modo que había tenido que poner otro aviso, esta vez en la radio de la Iglesia, la radio de la parroquia en realidad, la X8 Radio Pío XII, y se habían presentado varios sacristanes y miembros de la Acción Católica y varios seminaristas que necesitaban pasar un tiempo en la vida civil y que mostraban cierta indecisión particular que Luca captó de inmediato, como si fueran niños alegres, dispuestos a colaborar, caritativos, pero remisos a instalarse en la fábrica con la dedicación exclusiva que el Industrial les exigía. Hasta que al fin, cuando ya desesperaba de tener éxito después de entrevistar a varios postulantes, vio aparecer a un joven pálido que inmediatamente le confesó que había interrumpido su sacerdocio antes de ordenarse porque dudada de su fe y quería pasar un tiempo en la escena secular –así dijo–, como le había aconsejado su confesor, el padre Luis, y ahí estaba, vestido de negro con su cuello blanco circular («clerigman»), para demostrar que llevaba aún, le había dicho, «la señal de Dios». El señor Schultz.

–Por eso lo contratamos, porque entendimos que Schultz era, o sería, el hombre indicado para nuestro trabajo jurídico. ¿O no se funda la justicia en la creencia y en el verbo, igual que la religión? Hay una ficción judicial como hay una historia sagrada y en los dos casos creemos sólo en lo que está bien contado.

Luca les dijo que el joven secretario estaba ahora en su oficina ordenando la correspondencia y el archivo y copiando a máquina los dictados nocturnos pero que podríamos conocerlo pronto.

Lo había contratado a tiempo completo –casa y comida, sin sueldo, pero con una alta asignación cuando cobraran el dinero por el que iban a litigar con el canalla de Cueto en los tribunales– y le había asignado el segundo cuarto de los archivadores al costado de la sala de reuniones. *Para tenerlo a tiro de ballesta.* Necesitaba un secretario de extrema confianza, un creyente, una especie de converso, es decir, necesitaba un fanático, un ayudante destinado a servir a la causa, y había mantenido con el candidato –finalmente elegido– una larga conversación sobre la Iglesia católica, como institución teológico-política y como misión espiritual.

En estos tiempos de desencanto y de escepticismo, con un Dios ausente –le había dicho el seminarista–, la verdad estaba en los doce apóstoles que lo habían visto joven y sano y en pleno uso de sus facultades. Había que creer en el Nuevo Testamento porque era la única prueba de la visión de Dios encarnado. Habían sido en un principio doce, los apóstoles, había dicho el seminarista, *y un traidor*, acotamos nosotros, les dijo Luca, y el seminarista se había sonrojado porque era tan joven que esa palabra tenía para él pecaminosas connotaciones sexuales. La idea de un pequeño círculo, de una secta alucinada y fiel *pero* con un traidor infiltrado en su seno, un delator que no es ajeno a la secta sino que forma parte *esencial* de su estructura, ésa es la forma verdadera de organización de toda sociedad íntima. Hay que actuar sabiendo que se tiene un traidor infiltrado en las filas.

–Que fue lo que nosotros *no* hicimos cuando organizamos el directorio (doce miembros) que pasó a dirigir nuestra fábrica. Habíamos dejado de ser una empresa familiar para convertirnos en una sociedad anónima con un directorio y ése fue el primer error.

Al dejar de funcionar en la red de la familia, mi hermano y mi padre comenzaron a vacilar y perdieron la confianza, y ante las sucesivas crisis económicas y los embates de los acreedores se dejaron ganar por los cantos de sirena del Buitre Cueto, con su sonrisita perpetua y su ojo de vidrio; porque los cantos de sirena son siempre anuncios de que hay riesgos que deben evitarse, los cantos de sirena son siempre precauciones que invitan a no actuar, por eso Ulises se tapó con cera los oídos para no escuchar los cantos *maternos* que nos previenen sobre los riesgos y los peligros de la vida y nos inmovilizan y anulan. Nadie haría nada si tuviera que cuidarse de todos los riesgos no previstos de sus acciones. Por eso Napoleón es el ídolo de todos los locos y de todos los fracasados, porque tomaba riesgos, como un jugador que se juega todo a una carta y pierde pero vuelve a entrar en la partida siguiente con el mismo coraje y el mismo ímpetu. No hay contingencia ni azar, hay riesgos y hay conspiraciones. La suerte es manejada desde las sombras: antes atribuíamos las desgracias a la ira de los dioses, luego a la fatalidad del destino, pero ahora sabemos que en realidad se trata de conspiraciones y manejos ocultos.

»*Hay un traidor entre nosotros* –les dijo, sonriendo, el Industrial–, ésa debe ser la consigna básica de todas las organizaciones. –Y con un gesto señaló hacia la calle, hacia las paredes y las pintadas de los muros exteriores de la fábrica–. Y eso fue lo que nos sucedió a nosotros –dijo Luca–, porque en el interior de nuestra empresa familiar había un traidor que aprovechó el bien de familia para *pegar el vizcachazo* –dijo, usando como era habitual en él metáforas campestres que delataban su origen o al menos su lugar de nacimiento.

Luca contó que, según el seminarista, había dos tendencias contradictorias en la enseñanza de Cristo, que chocaban y se enfrentaban entre sí, por un lado los analfabetos y los tristes del mundo, pescadores, artesanos, prostitutas, campesinos pobres que recibían del Señor largas parábolas clarísimas, relatos y no conceptos, anécdotas y no ideas abstractas. En esa enseñanza se argumenta con narraciones, con ejemplos prácticos de la vida común, y de ese modo se oponen a las generalizaciones intelectuales y las abstracciones de los letrados y los filisteos, eternos lectores de textos sagrados, descifradores del Libro, los sacerdotes y rabinos y los hombres ilustrados a los que *el Cristo* –¿era analfabeto?, ¿qué fue lo que escribió una vez en la arena?, ¿un trazo indescifrable o una sola palabra? ¿Y si tenía el saber absoluto de Dios y conocía todas las bibliotecas y todos los escritos y su memoria era infinita?– despreciaba y no les anunciaba un buen fin, mientras que a los pobres de espíritu, a los desgraciados de la tierra, a los humillados y a los ofendidos les estaba destinado el reino de los cielos.

La otra enseñanza era inversa, sólo un pequeño grupo de iniciados, una extrema minoría, puede guiarnos a las altas verdades ocultas. Pero ese círculo iniciático de conspiradores –que comparten el gran secreto– actúa con la convicción de que hay un traidor entre ellos y por lo tanto dice lo que dice y hace lo que hace sabiendo que va a ser traicionado. Lo que dice puede ser descifrado de múltiples formas, e incluso el traidor desconfía del sentido expreso y no sabe bien qué decir o qué delatar. Así se puede entender que de pronto ese joven predicador palestino –un poco trasnochado, medio raro, que ha abandonado a su familia y habla solo y predica en el desierto, curador, adivino y manosanta–, que en su oposición al ejército romano de ocupación anunciaba un reino futuro, proclama que él es el Cristo y el Hijo de Dios *(Tú lo has dicho*, había dicho). Esa versión teológico-política de la comunidad excéntrica, decía el seminarista, según Luca, era clásica en una secta secreta que sabe que hay un traidor en sus filas y recurre a las instancias ocultas para protegerse. Por otro lado, posiblemente eran una secta de comedores de hongos. Por eso se retira Cristo al desierto y recibe a Satanás. Esas sectas palestinas –por ejemplo los esenios– comían hongos alucinógenos que son la base de todas las religiones antiguas, andaban por el desierto alucinados, hablando con Dios y escuchando a los ángeles y la hostia consagrada no era más que una imagen de esa comunión mística que ataba entre sí a los iniciados del pequeño grupo, había añadido el seminarista en un aparte, contaba Luca. *Comed, ésta es mi carne.*

El secretario Schultz se mostraba inclinado a depositar su confianza en la segunda enseñanza, la tradición de las «minorías convencidas», un núcleo de activistas decididos y formados, capaces de resistir la persecución y unidos entre sí por una sustancia prohibida –imaginaria o no– hecha de alusiones secretas, de palabras herméticas, opuesta al populismo campesino que habla en criollo con las sentencias conservadoras de la llamada sabiduría popular. Todos toman droga en estos pueblos de campo, aquí en la pampa de la provincia de Buenos Aires o en los campos de pastoreo y labranza de Palestina. Es imposible sobrevivir de otro modo en esta intemperie, dijo el seminarista, según Luca, y añadió que lo sabía porque eran verdades aprendidas en la confesión, a la larga todos confesaban que en el campo no se podía vivir sin consumir alguna poción mágica: hongos, alcanfor destilado, rapé, cannabis, cocaína, mate curado con ginebra, yagué, jarabe con codeína, seconal, opio, té de ortigas, láudano, éter, heroína, picadura de tabaco negro con ruda, lo que se pudiera conseguir en las provincias. ¿O cómo se explica la poesía gauchesca, *La Refalosa*, los diálogos de Chano y Contreras, Anastasio el Pollo? Todos esos gauchos volados, hablando en verso rimado por la pampa... *En su ley está el de arriba si hace lo que le aproveche. / Siempre es dañosa la sombra del árbol que tiene leche.* Para eso están los farmacéuticos de pueblo con sus recetas y sus preparados. ¿O no eran los boticarios las figuras clave de la vida rural? Una suerte de consultores generales de todas las dolencias, siempre dispuestos, a la noche por los zaguanes, a traficar con la leche de los árboles y los productos prohibidos.

Se había entendido inmediatamente con el seminarista porque Luca pensaba en la reconversión de la fábrica como si fuera una Iglesia en ruinas que necesita ser fundada nuevamente. De hecho, la fábrica había nacido a partir de un pequeño grupo *(mi hermano Lucio, mi abuelo Bruno y nosotros)* y siempre en esos pequeños grupos hay uno que se da vuelta, que vende el alma al diablo, y eso fue lo que le había sucedido a su hermano mayor, el hijo Mayor, el Oso, Lucio, su medio hermano para decir la verdad.

–Vendió su alma al diablo mi hermano, influido por mi padre, pactó, vendió sus acciones a los inversionistas y nosotros perdimos el control de la empresa. Lo hizo de buena fe, que es como se justifican todos los delitos.

Sólo después de esa *traición*, y de la noche en que Luca salió muy perturbado y tuvo que refugiarse varios días aislado en el rancho de los Estévez, en medio del campo, recién ahí había podido dejar de pensar en el sentido tradicional y dedicarse a construir lo que ahora llamaba los objetos de su imaginación.

Lo acusaban de ser irreal,[29] de no tener los pies en la tierra. Pero había estado pensando, lo imaginario no era lo irreal. Lo imaginario era lo posible, lo

29. «Más irreal era la economía y más ilusoria. Le había causado un shock el anuncio –del presidente de los EE.UU., Richard Nixon, el domingo 15 de agosto de 1971 por la noche– del fin de la convertibilidad en oro del dólar, fin del Patrón Cambio Oro (o *Gold Exchange Standard)* creado por la Conferencia de Génova en 1922. La decisión tenía como objeto, según Nixon, "proteger al país contra los especuladores que han declarado una guerra el dólar". A partir de ese momento todo había sido, según Luca, "una piojera" y *–había estado pensando–* pronto iba a empezar a predominar la especulación financiera sobre la producción material. Los banqueros iban a imponer sus normas y las operaciones abstractas iban a dominar la economía» (informe de Schultz).

que todavía no es, y en esa proyección al futuro estaba, al mismo tiempo, lo que existe y lo que no existe. Esos dos polos se intercambian continuamente. Y lo imaginario es ese intercambio. Había estado pensando.

Desde la ventana, en esa pieza del segundo piso, se veía el jardín y la glorieta donde vivía la madre. En alguno de los cuartos de la planta bajo estaría el viejo Belladona con la enfermera que lo cuidaba. Renzi se dio vuelta en la cama hacia Sofía, que estaba sentada, desnuda, fumando, apoyada en el respaldo.

–¿Y tu hermana?

–Debe estar con el Buitre.

–¿El Buitre?

–Está saliendo con Cueto otra vez.

–Pero ese tipo está en todos lados.

–Se siente inquieta cuando está con él, inquieta, irritada... Pero va cada vez que él la llama.

Cueto era altivo, según Sofía, superadaptado, calculador, pero daba la impresión de estar vacío; un pedazo de hielo cubierto de una coraza de adaptación y de éxito social. Estaba siempre tratando de adular a Ada mientras ella nunca le ocultaba su desprecio; lo humillaba en público, se reía de él y nadie comprendía por qué no dejaba de verlo y seguía apegada a ese hombre como si no quisiera renunciar a él.

–Cueto es el más hipócrita de los hipócritas, charlatán nato, un oportunista. Uggh, puah.

Sofía estaba celosa. Era curioso, era extraño.

–Ah... y eso te molesta.

–¿Tenés hermana, vos...? –preguntó ella, y parecía irritada–, ¿alguna vez tuviste una hermana?

Renzi la miró divertido. Ya se lo había preguntado. Valoraba la recompensa de tener un hermano insoportable porque lo había limpiado de cualquier lastre familiar y se asombraba al ver que Sofía estaba anidada en su árbol genealógico como una siempreviva griega.

–Tengo un hermano pero vive en Canadá –dijo Renzi.

Se sentó en la cama junto a ella y empezó a acariciarle el cuello y la nuca, con un gesto que se le había vuelto una costumbre en su vida con Julia, y fue como si ahora también Sofía se calmara, con esa caricia que no era para ella, porque apoyó la cabeza en el pecho de Emilio y empezó a murmurar.

–No te oigo.

–Era una nena cuando se metió con Cueto... La dejó marcada. Está fijada a él. Fijada –repitió como si la palabra fuera una fórmula química–. Ojalá hubiera sido yo y no ella quien dejó primero de ser virgen.

–¿Cómo? –dijo Renzi.

–La sedujo... pero no dejé que se casara, la llevé de viaje.

–Y volvieron con Tony.

–Ahá –dijo ella.

Se había levantado, envuelta en la sábana, y picaba la piedra de cocaína con una gillete sobre el mármol de la mesa de luz.

16

Durante su crisis nerviosa, hacía ya casi un año, encerrado en esa casa de campo, había pasado las noches –en la galería abierta, alumbrado con un sol de noche, escuchando a los grillos y a los perros lejanos hasta que empezaba a clarear y se oía cantar a los gallos– leyendo a Carl Jung, y había concluido que los *procesos de individuación*, en su vida, encarnaban o expresaban un universo que intentaba develar. Era alguien que había perdido la ruta y andaba a los saltos buscando el camino por el campo arado y su coche iba tan rápido que no alcanzaba a salir de la huella y parecía que nunca alcanzaría a llegar a destino por los desvíos, las zanjas, los pinares abiertos y el río Bermejo.

Cuando su hermano lo traicionó, Luca había empezado a deambular, perdido, *como mosca sin cabeza*, por los caminos. Había llegado sin anunciarse, esa tarde, a la oficina de la empresa en el pueblo y había sorprendido a su hermano en una reunión no anunciada con los nuevos accionistas y con Cueto, el abogado de la fábrica. Querían darle la mayoría y la decisión en el directorio a los intrusos, porque temía, su hermano, que la suba del dólar y la política cambiaria del gobierno les impidiera levantar las deudas que habían contraído en Cincinatti al comprar las grandes máquinas herramientas –una guillotina gigante y una plegadora gigante– que podían ver allí abajo si se asomaban al balcón.

Cuando vio a Luca aparecer en la oficina, Lucio sonrió con esa sonrisa que los había unido durante décadas, un gesto de intimidad entre dos hermanos que son inseparables. Habían trabajado juntos la vida entera, se entendían sin mirarse y de pronto todo había cambiado. Luca había salido de viaje a Córdoba para pedir un adelanto en la central de la IKA-Renault pero se olvidó unos papeles y pasó por la oficina y ahí los encontró. *Ah, viles.* De inmediato comprendió lo que estaba pasando. No les habló a los intrusos, ni los miró. Estaban sentados a lo largo de la mesa de reuniones; Luca entró, sereno, ellos lo miraron en silencio; sintió que tenía la garganta seca, un ardor por el polvo del camino. «Dejame que te explique», le dijo Lucio. «Es para bien», como si hubiera perdido la cabeza su hermano o hubiera sufrido un embrujo. Al costado, Cueto, la hiena, sonreía pero Luca recién perdió la calma cuando vio que su hermano también sonreía beatíficamente. No hay nada peor que un inocente, un idiota que hace el mal por el bien y sonríe, angélico, satisfecho de sí mismo y de sus buenas acciones. «Vi todo rojo», dijo Luca. Se había ido encima de su hermano, que era alto como una torre, y lo tiró de la silla con una trompada y Lucio no se defendió, y eso enfureció más a Luca, que al final se contuvo, para no desgraciarse, y lo dejó tirado en el piso y, mareado como estaba, salió, la conciencia perturbada. Y entonces comprendió que había sido su padre quien había convencido a Lucio, lo había asustado primero y lo obligó después a que escuchara –y aceptara– los consejos de Cueto.

Cuando se quiso dar cuenta estaba en el auto, manejando por la ruta, porque manejar lo tranquilizaba, lo sosegaba, y así llegó a la estancia de los Estévez. Lo que sucedió antes no lo recordaba. Le habían dicho que el comisario Croce lo había encontrado, con un revólver en la mano, merodeando la casa de su padre, pero él no lo recordaba, como si no hubiera ocurrido, sólo recordaba los faros del auto alumbrando la tranquera de la residencia y el casero que le abrió y lo hizo pasar y recordaba el camino de entrada entre los árboles del parque. Pasó varios días sentado en un sillón de madera, en la galería, mirando el campo. Fumaba, tomaba mate, miraba el camino flanqueado de álamos, el pedregullo, el alambrado, los pájaros que volaban en círculo, y más allá la pampa vacía, siempre quieta. Le llegaban voces lejanas, palabras extrañas, gritos, como si sus enemigos se hubieran confabulado para perturbarlo. Algunos rayos blancos, líquidos, bajaban del cielo y le hacían arder los ojos. Vio una tormenta que crecía al fondo, las nubes pesadas, los animales que corrían a refugiarse bajo los árboles, la lluvia interminable, una tela húmeda sobre el pasto. En ese momento su cuerpo pareció sufrir extrañas transformaciones. Había empezado a pensar cómo sería ser una mujer. No podía sacarse esa idea de la cabeza. ¿Cómo sería ser una mujer en el momento del coito? Era un pensamiento clarísimo, cristalino, igual que la lluvia, como si estuviera tirado en el campo en medio del aguacero y se fuera enterrando en el barro, una sensación viscosa en la piel, una tibieza húmeda, mientras se hundía. A veces se dormía ahí mismo, al sereno, y se despertaba al clarear, en el sillón de la galería, sin pensamientos, como un zombi en medio de la nada.

Y ahí en esas jornadas siempre iguales, durante su *surmenage*, en la casa de campo, una noche al entrar en la casa para buscar una manta, había encontrado un libro que no conocía, el único libro que encontró y pudo leer en esos días y días de aislamiento que había pasado en la estancia de los Estévez, un libro que encontró en uno de esos lúgubres roperos de campo, con espejos y puertas altas –en los que uno se esconde de chico para escuchar las conversaciones de los grandes–, al buscar entre la ropa de invierno, de golpe lo vio, como si estuviera vivo, como si fuera un bicho, una alimaña, el libro ese, como si alguien lo hubiera olvidado ahí, para nosotros, para él. *El hombre y sus símbolos*, del doctor Carl Jung.

–Por qué estaba ahí, quién lo había dejado, no nos interesa, pero al leerlo descubrimos lo que ya sabíamos y en ese libro encontramos un mensaje que nos estaba personalmente dirigido. *El proceso de individuación.* ¿Cuál es el propósito de toda la vida onírica del individuo?, se preguntaba el Maestro Suizo. Había descubierto que todos los sueños soñados por una persona a lo largo de su vida parecen seguir cierta ordenación que el doctor Jung llamaba el plan señero. Los sueños producen escenas e imágenes diferentes cada noche y las personas que no son observadoras probablemente no se darán cuenta de que existe un modelo común. Pero si observamos, dice Jung, nuestros sueños con atención durante un período fijo (por ejemplo un año) y anotamos y estudiamos toda la serie, veremos que ciertos contenidos emergen, desaparecen y vuelven otra vez. *Estos cambios*, según Jung, *pueden acelerarse si la actitud consciente del soñante está influida por la interpretación adecuada de sus sueños y sus contenidos simbólicos.*

Eso es lo que había encontrado, como una revelación personal, una noche al buscar una manta en un ropero de campo, en la casa de los Estévez; había descubierto, por azar, al maestro Jung, y así pudo entender y luego perdonar a su hermano. Pero no a su padre. Su hermano era un poseído, sólo un poseído puede traicionar a su familia y venderse a unos extraños y dejar que se apropien de la empresa familiar. Su padre, en cambio, era lúcido, cínico y calculador. En secreto durante días y días había urdido –con Cueto, *nuestro asesor legal*– la trampa para convencer a Lucio de vender sus acciones preferenciales y darle la mayoría a los intrusos. ¿A cambio de qué? Su hermano había traicionado por terror a la incertidumbre económica. Su padre –en cambio– había pensado como un hombre de campo que quiere ir siempre a lo seguro.

Ahí, en ese aislamiento, Luca había entendido la desdicha de esos hombres atados a la tierra, había logrado lo que llamó *una certidumbre*. El campo había arruinado a su familia, la había destruido, por no ser capaces de escapar, como hizo su madre, al huir de acá, de la llanura vacía. Su hermano mayor, por ejemplo, pudo vivir la felicidad de tener una madre.

–Pero antes de que yo naciera –dijo usando la primera persona del singular– mi madre ya se había cansado de la vida campesina, de la vida familiar, y había empezado a verse en secreto con el director de teatro por el que iba a abandonar a mi padre mientras yo estaba en su vientre. Mi madre dejó a mi hermano, que tenía tres años, abandonado en el piso de tierra del patio y se escapó con un hombre al que no voy a nombrar, por respeto, se fue con él y conmigo en su interior, y yo nací cuando vivían juntos, pero luego, cuando yo también tuve tres años, me abandonó a mí (como había abandonado a mi hermano) y se fue a Rosario, a enseñar inglés en Toil and Chat, y después se volvió a Irlanda, donde vive. Siempre sueño con ella –dijo después–, con mi madre, la Irlandesa.

Tenía a veces la sensación en sus sueños de que cierta fuerza *suprapersonal* interfería activamente en forma creativa y llevaba la dirección de un designio secreto, y por eso había logrado en los últimos meses construir los objetos de su pensamiento como realidades y no sólo como conceptos. Producir directamente lo que pensaba y no pensar simples ideas sino objetos reales.

Por ejemplo, algunos objetos que había diseñado y construido en los últimos meses. No existía antes nada igual, no había un modelo previo, nada que copiar: era la producción precisa de objetos pensados que no existían previamente. Diferencia absoluta con el campo, donde todo existe naturalmente, donde los productos no son *productos* sino una réplica natural de objetos anteriores que se reproducen igual una y otra vez.[30] Un campo de trigo es un campo de trigo. No hay nada que hacer, salvo arar un poco, rezar para que no llueva o para que llueva, porque la tierra se ocupa de hacer lo que hace falta. Lo mismo, con las vacas: andan por ahí, pastan, a veces hay que desbicharlas, hacerles un tajo si están empastadas, arriarlas hasta los corrales. Y eso es todo. Las máquinas, en cambio, eran instrumentos muy delicados; sirven para realizar nuevos objetos inesperados, más y más complejos. Pensaba que en sus sueños podía encontrar las indicaciones necesarias para continuar con la empresa. Avanzaba a ciegas, buscaba la configuración de un plan preciso en la serie continua de sus materiales oníricos, como llamaba a los sueños el Maestro Suizo. Le gustaba la idea de que eran materiales, es decir que se pudiera trabajar en ellos, como quien trabaja la piedra o el cromo.

30. «Ya Demócrito había señalado en la Antigüedad: *La madre tierra, cuando la fructifica la naturaleza, da a luz a las cosechas para alimento de los hombres y de las bestias. Porque lo que viene de la tierra debe volver a la tierra y lo que viene del aire al aire. La muerte no destruye la materia, sino que rompe la unión de sus elementos para que renazcan en otras formas. Muy diferente es la industria*, etc...» (informe de Schultz).

–Anotamos en las paredes lo que queda en el recuerdo, nunca es el sueño tal cual lo hemos soñado, son restos, como los hierros y los engranajes que sobreviven a una demolición. Estamos usando metáforas –dijo.

Muchas veces se trataba sólo de una imagen. *Una mujer en el agua con un gorro de baño de goma.* A veces era sólo una frase: *Fue bastante natural que Reyes se uniera a nuestro equipo en Oxford.* Anotaba esos restos y luego los relacionaba con los sueños anteriores, como si fueran un solo relato que se iba armando en fragmentos discontinuos. Soñaba siempre con su madre, la veía con el pelo rojo, riendo, en el patio de tierra que daba a la calle. No se quedaba tranquilo hasta lograr que las imágenes se integraran naturalmente. Era un trabajo intenso, que le llevaba parte de la mañana.

Las anotaciones en las paredes eran un tejido de frases unidas entre sí con flechas y diagramas; había palabras subrayadas o envueltas en círculos, conexiones rápidas, líneas y dibujos, fragmentos de diálogo, como si en la pared trabajara un pintor que intentara componer un mural –o una serie de murales– copiando un jeroglífico en la oscuridad. Parecía una historieta, en realidad, un cómic en blanco y negro, con el globito de los diálogos y las figuras que iban armando una trama. *Las aventuras de Vito Nervio,* dijo Luca, y nos miró con una sonrisa cálida; alto y pesado, la cara enrojecida y los ojos celestes, apoyado de espalda en las paredes escritas de la fábrica, sonreía.

Su ilusión entonces era registrar todos sus sueños durante un año para poder por fin intuir la dirección de su vida y actuar en consecuencia. Un plan, la anticipación inesperada de lo que vendrá. Había por fin entendido que la expresión *estaba escrito* se refería al resultado de esas operaciones de registro y de interpretación de los materiales suministrados por el inconsciente colectivo y los arquetipos personales. Sus sueños –iba a confesar más tarde– eran anticipaciones herméticas del porvenir, las partes discontinuas de un oráculo.

–Como si el mundo fuera una nave espacial y sólo nosotros pudiéramos escuchar el sonido del puente de mando y ver las luces intermitentes y escuchar las conversaciones y el intercambio de órdenes entre los pilotos. Como si sólo con nuestros sueños pudiéramos conocer el plan de viaje y desviar la nave cuando había perdido el rumbo y estuviera a punto de estrellarse. Se trata –dijo–, claro, de una metáfora, de un símil, pero también de una *verdad literal.* Porque nosotros trabajamos con metáforas y con analogías, con el concepto de *igual a*, con los mundos posibles, buscamos la igualdad en la diferencia absoluta de lo real. Un orden discontinuo, una forma perfecta. El conocimiento no es el develamiento de una esencia oculta sino un enlace, una relación, un parecido entre objetos visibles. Por eso –y usó nuevamente la primera persona del singular– sólo puedo expresarme con metáforas.

Por ejemplo, el mirador, que era el hueco desde el que se podían ver las luces del puente de mando y oír las voces lejanas de los tripulantes. Quería transcribirlas. Por eso necesitaba un secretario que lo ayudara a copiar. Y por eso su tabla de interpretar había sido construida para poder leer todos los sueños al mismo tiempo.

–Vengan a verla– ordenó.

–Por eso me separé –dijo Renzi.

–Qué raro...

–Cualquier explicación sirve...

–¿Y qué andabas haciendo?

–Nada.

–Cómo nada...

–Escribiendo una novela.

–No me digas...

–Un tipo conoce a una mujer que se cree una máquina...

–¿Y?

–Eso...

–El problema siempre es lo que una cree *experimentar o* cree *pensar –dijo Sofía al rato–. Por eso, para poder soportarlo, hace falta una ayuda, una poción, un preparado milagroso.*

–La potencia de la vida, no todo el mundo la puede soportar...

–Claro, es una cresta, un desfiladero... te caés, plaff.

–Completamente de acuerdo...

Renzi se había adormecido; el velador cubierto por un pañuelo de gasa tiraba una luz rojiza.

–Dentro de dos, no, dentro de tres años –dijo Sofía,

mirándose los dedos de la mano– voy a quedar embarazada... gruesa... en estado interesante... –Se reía–. Quiero tener un hijo que cumpla veinticinco años en el año 2000.

Luca los llevó a un pequeño cuarto al costado de su escritorio –la sala de trabajo,[31] como la llamaba– que tenía el aspecto de un laboratorio con lupas y reglas y compases y tableros de arquitecto y fotos de los distintos momentos de construcción de mútiples aparatos. En un costado sobre una mesa, se veía un cilindro con tablitas de madera marrón, parecido a una persiana con visillos, o al montaje mecánico de una serie de tablitas egipcias escritas con letra minúscula como patas de mosca que cubrían toda la superficie. Las usaba como diminutos pizarrones donde con lápiz de distinto color escribía palabras y dibujaba las

31. «Trabajaba de forma regular, muchas horas, durante la noche y la tarde, sin permitirse ninguna irregularidad, con gran esfuerzo y gran fatiga. Manifestaba una confianza inquebrantable en el "inconmensurable valor" de su obra. Nunca se ha dejado abatir por las dificultades, y jamás admite que el fracaso de su empresa sea posible, no acepta la menor crítica, tiene una confianza absoluta en el destino que le está reservado. Por eso no le importa que lo reconozcan o no. "Nos preocupamos del elogio y de los honores en la *exacta medida* en que no estamos seguros de lo que hemos hecho. Pero aquel que como nosotros está seguro, absolutamente seguro, de haber producido una obra de gran valor, no tiene por qué dar importancia a los honores y se siente indiferente ante la gloria mundana"» (informe de Schultz).

imágenes que se relacionaban con sus sueños. «Son los sueños ya contados los que entran en las tablas», dijo. Una serie de engranajes niquelados hacía mover las láminas, *como si aleteara un pájaro*, y las palabras cambiaban de lugar permitiendo distintas lecturas de las frases, a la vez simultáneas y sucesivas. *Mi madre en el río, con el pelo rojo cubierto por una gorra de goma. «Fue bastante natural, había dicho, que los Reyes se unieran a nuestro equipo en Oxford.»* Ése era un ejemplo sencillo de una interpretación preliminar. Su madre, en Irlanda, ¿había viajado a Oxford? ¿Esos Reyes cómo debían ser comprendidos? ¿Los Reyes o la familia Reyes? La pregunta, desde luego, era qué es –y cómo se debía– poner en relación, articular y construir un sentido posible.

Ése era el otro cuarto de los archivadores, y había decidido quitar esos archivadores como había quitado también los archivadores de la sala de arriba para colocar –en lugar de los archivadores– su catre de campaña. Este nuevo lugar de descanso era exactamente igual al que estaba en la planta superior y Luca agregó que no sólo era exactamente igual sino que ocupaba exactamente el mismo espacio, uno encima del otro siguiendo un eje vertical perfecto.

–Acá dormimos en cierta dirección, siempre en la misma dirección, como los gauchos, que al internarse en el desierto ponían la montura en la dirección de la marcha y así dormían, para no extraviarse en el campo. No perder el sentido, el fiel del rumbo. –Luego de muchos meses de experimentación había entendido que era no sólo necesario sino imprescindible que al dormir todo fuera exactamente igual una noche tras otra, aunque durmiera en lugares distintos de la fábrica según lo sorprendiera su actividad, para que los sueños siguieran repitiéndose sin cambios espaciales.

En ese momento apareció un hombre enjuto, vestido de overol, con un aspecto muy pulcro, al que presentó como su ayudante principal, Rocha, un técnico mecánico que había sido primer oficial en la fábrica y al que Luca había conservado como su principal consultor. Rocha fumaba, cabizbajo, mientras Luca alababa sus condiciones de artífice y su precisión milimétrica. Rocha vino seguido por el perro de Croce, el cusquito ladeado que venía a visitarlo, como decía, y al que le hablaba como si fuera una persona. El perro era la única criatura viviente en cuya existencia Rocha parecía reparar con interés, como si estuviera realmente intrigado por su existencia. El perro estaba todo torcido como si tuviera un extraño mal que no lo dejaba andar derecho y le hacía perder la orientación, y se movía al bies, como si un viento invisible le impidiera avanzar en línea recta.

–Este perro, así como lo ven –dijo Rocha–, sube hasta aquí desde el pueblo, siempre medio ladeado, dando vueltas y vueltas cuando se desorienta, y recorre todos esos kilómetros en dos o tres días hasta que al fin aparece por aquí y se queda con nosotros un tiempo y después de golpe una noche se va otra vez a la casa de Croce.

La muerte inesperada de su hermano mayor *en un accidente* –dijo Luca de pronto– había salvado la fábrica. Dos meses después de la disputa, lo había llamado por teléfono, había pasado a buscarlo en su coche y se mató. ¿Qué es un accidente? Una producción malvada del azar, un desvío en la continuidad lineal del tiempo, una intersección inesperada. Una tarde, mientras estaba en este mismo lugar donde estábamos ahora, sonó el teléfono, que casi nunca sonaba, y entonces había decidido que no iba a atender y salió a la calle pero volvió porque llovía (¡otra vez!) y Rocha, sin que nadie se lo pidiera, como quien recibe un llamado personal, había levantado el teléfono y era tan lento, tan deliberado y prolijo para hacer cualquier cosa, que le había dado tiempo a salir de la fábrica y a volver a entrar antes de decirle que su hermano lo llamaba por teléfono. Quería conversar, iba a pasar a buscarlo con la camioneta para que fueran hasta lo de Madariaga a tomar una cerveza.

No había podido anticipar la muerte de su hermano mayor porque todavía no era capaz de interpretar sus sueños, pero la muerte de Lucio pertenecía a una lógica que trataba de desentrañar con su máquina-Jung. Ese acontecimiento había sido un eje axial y trataba de entender la cadena que lo había producido. Podía remontarse a los tiempos más remotos para llegar al instante preciso en que se produjo; una sucesión imprecisa de causas alteradas.

No había podido dejar de pensar en el instante previo a la llamada telefónica de su hermano.

–Habíamos salido –dijo–. Estábamos acá donde estamos ahora y habíamos salido, pero al ver que llovía volvimos a entrar a buscar un sombrero de lluvia y en ese momento mi ayudante, Rocha, tornero especializado y primer oficial de la fábrica, me dijo que nuestro hermano nos llamaba por teléfono y nos detuvimos y volvimos atrás para atender el teléfono. Podríamos no haber recibido la llamada, si hubiéramos salido y *no* hubiéramos vuelto a entrar para buscar nuestro sombrero de lluvia.

Esa noche su hermano lo había llamado, había seguido un impulso, le dijo que se le había ocurrido pasar a buscarlo por la fábrica para ir a tomar una cerveza. Luca ya había salido cuando llamó pero volvió a entrar por la lluvia y Rocha, que estaba a punto de colgar y ya le había dicho a Lucio que Luca había salido, al verlo entrar le dijo que su hermano estaba en el teléfono.

–¿Dónde andabas? –le había preguntado el Oso.

–Había salido a buscar el auto pero vi que llovía y volví a entrar para buscar el sombrero.

–Paso a verte y vamos a tomar una cerveza.

Habían hablado como si todo siguiera igual que antes y la reconciliación fuera algo dado, no tenían que explicar nada, si eran hermanos. Era la primera vez que se veían después del incidente en la oficina durante la reunión con los inversionistas.

Lucio había pasado a buscarlo con la rural Mercedes Benz que había comprado hacía unos días con un sistema de antirradar que anulaba los controles de velocidad, lo usaba para ir a ver a una chica que tenía en Bernasconi, iba en tres horas, se echaba un polvo y volvía en tres horas. «Los riñones, ni te digo», decía el Oso. Después dijo que con ese aguacero mejor iban por la ruta y tomaron el camino de salida para Olavarría y en la rotonda Lucio se distrajo.

«Escuchá, hermanito», le había empezado a decir Lucio, y dio vuelta la cara para mirarlo, y en ese momento se les había venido encima una luz, como una aparición, en medio de la lluvia, en el codo de la ruta que bordea el campo de los Larguía, y eran los faros altos de un camión de hacienda y Lucio aceleró y eso le había salvado la vida a Luca porque el camión no los chocó por el medio, sino que sólo rozó la cola de la rural y su hermano se estrelló contra el volante pero Luca fue despedido y cayó en el barro, sano y salvo.

–Recuerdo todo como si fuera una foto y no puedo desprenderme de la imagen de los faros sobre la cara de mi hermano, que había girado para mirarme con una expresión de comprensión y de alegría. Eran las 9.20, es decir las 21.20, mi hermano aceleró y el camión sólo tocó a la rural en la culata y nos sacudió y a mí me tiró sobre el barro. Cuando se mató mi hermano, mi padre y yo nos vimos en el entierro y él decidió ofrecerme el dinero que tenía de nuestro patrimonio familiar depositado sin declarar en un banco de los Estados Unidos y fue mi hermana Sofía quien intercedió para que nos diera la parte de la herencia de mi madre que nos corresponde y eso es lo que explicaremos en el juicio aunque tenga que poner en cuestión la honorabilidad de nuestro padre, pero, claro, aquí todos saben que es así, todos trafican con moneda extranjera.[32] Ac-

32. «Soy demasiado curioso y demasiado hábil y demasiado altanero para comportarme como una víctima» (dictado a Schultz).

cedió a enviarnos personalmente lo necesario para levantar la hipoteca y recuperar la escritura de la fábrica.

La muerte de Tony había sido un episodio confuso, pero Luca estaba seguro de que no había sido Yoshio y compartía la hipótesis de Croce. Estaba seguro de que iban a cederle sin problemas el dinero no bien mostrara los papeles y las certificaciones del Summit Bank.

–Pero mejor si bajamos a ver las instalaciones –dijo.

–Mi madre dice que leer es pensar –dijo Sofía–. No es que leemos y luego pensamos, sino que pensamos algo y lo leemos en un libro que parece escrito por nosotros pero que no ha sido escrito por nosotros, sino que alguien en otro país, en otro lugar, en el pasado, lo ha escrito como un pensamiento todavía no pensado, hasta que por azar, siempre por azar, descubrimos el libro donde está claramente expresado lo que había estado, confusamente, no-pensado aún por nosotros. No todos los libros, desde luego, sino ciertos *libros que parecen objetos de nuestro pensamiento y nos están destinados. Un libro para cada uno de nosotros, Hace falta, para encontrarlo, una serie de acontecimientos encadenados accidentalmente para que al final uno vea la luz que, sin saber, está buscando. En mi caso fue el* Me-ti o libro de las transformaciones. *Un libro de máximas. Amo la verdad porque soy una mujer. Me formé con Grete Berlau, la gran fotógrafa alemana que estudió en la Bahaus, ella usaba el* Me-ti *como un manual de fotografía. Vino a la Facultad porque el decano pensaba que un ingeniero agrónomo*

tenía que aprender, para distinguir los pastos de las estancias, los distintos modos milimétricos de ver. «En el campo nadie verr nada, no hay borrde...[33] *hay que recorrtar para verr. Fotogrrafiar es igual a rrastrear y rrastrillar.» Así hablaba Grete, con un acento fuertísimo. Me acuerdo que una vez nos puso juntas a mí y a mi hermana y nos sacó una serie de fotos y por primera vez se vio lo distintas que somos. «Sólo se ve lo que se ha fotografiado», decía. Fue amiga de Brecht y había vivido con él en Dinamarca. Decían que ella era la Lai-Tu del* Me-ti.[34]

33. «La pampa es un medio privilegiado para la fotografía por su distancia, su efecto de repliegue y su plenitud intensa que se pierde en el no-espacio de la privación visual» (apunte de Grete Berlau).

34. Dos años después de los acontecimientos que se registran en esta crónica, el 15 de enero de 1974, Grete Berlau bebió una o dos copas de vino antes de acostarse y luego, ya en la cama, encendió un cigarrillo. Posiblemente se adormeció mientras fumaba y se asfixió en la pieza incendiada. «Hay que quitarse la costumbre de hablar sobre asuntos que no se pueden decidir hablando» era uno de los dichos de Lai-Tu que Brecht consignó en el *Me-ti o libro de las transformaciones.*

17

Bajaron por la escalera interior que llevaba a la planta y empezaron a recorrer la fábrica, sorprendidos por la elegancia y la amplitud de la construcción.[35] El taller ocupaba casi dos cuadras y parecía un lugar abandonado precipitadamente ante la inminencia de un cataclismo. Una parálisis general había afectado a esa mole de acero del mismo modo que una apoplejía cerebral deja seco –pero con vida– a un hombre que ha bebido y fornicado y gozado de la vida hasta el instante fatal en que –de un segundo al otro– un ataque lo deja quieto para siempre.

Líneas de montaje inmóviles, una sección de tapicería con los cueros ya teñidos y los asientos en el

35. Metros de superficie cubierta. Nave principal: 3.630 m². Subterráneos: 1.050 m². Oficinas: 514 m². Sala de reuniones: 307 m². Total de superficie cubierta: 5.501 m². Terrenos para futuras ampliaciones: 6.212,28 m². Total general: 11.713,28 m².

piso; llantas, ruedas, gomas amontonadas; el galpón de chapa y pintura con lonas cubriendo las ventanas y la puerta; herramientas y piezas mecánicas, ruedas, poleas, pequeños instrumentos de precisión tirados en el piso; llantas con rayos de madera Stepney, neumáticos Hutchinson, un claxon marca Stentor, una ingeniosa turbina para inflar los neumáticos accionada por los gases del caño de escape; un cigüeñal con su extraño nombre de pájaro, un gran banco de trabajo con morsas de ajuste, aparatos ópticos y calibres de precisión. La sensación de abandono súbito y de desánimo era un aire helado que bajaba de las paredes. La máquina guillotina Steel y la plegadora de balanceo automático Campbell, compradas en Cincinatti, estaban en perfecto estado. Dos autos a medio armar habían quedado suspendidos sobre los fosos de engrase en el centro de la planta. Todo parecía estar a la espera, como si un sismo –o la lava gris e imperceptible de un volcán en erupción– hubiera dejado inmóvil un día cualquiera de la fábrica, en el momento de su congelación. *Año 1971: 12 de abril.* Los almanaques con chicas desnudas de unas gomerías de Avellaneda, la vieja radio con caja de madera enchufada a la pared, los diarios que cubrían los vidrios, todo remitía al momento en el que el tiempo se había detenido. En un pizarrón colgado de un alambre se leía el llamado a asamblea de la comisión interna de la fábrica. No tenía fecha pero era de los tiempos del conflicto. *Compañeros, asamblea general mañana para discutir la situación de la empresa, las nuevas condiciones y el plan de lucha*.[36] El reloj eléctrico de la pared del fondo se había parado a las 10.40 (¿de la noche o de la mañana?).

Y entonces empezaron a distinguir los signos de la actividad de Luca. Objetos esféricos y curvos como animales de un extraño bestiario mecánico, acomodados en el piso. Un aparato con ruedas y engranajes y poleas, que parecía recién terminado, brillaba con su pintura roja y blanca. En una chapita de bronce se podía leer: *Las ruedas de Sansón y Dalila*. En un tablero de dibujo se veían diagramas y planos de una construcción monumental, fragmentada en pequeñas maquetas circulares. Un taller donde habían trabajado en el pasado cien obreros era ocupado ahora por un solo hombre.

–Hemos resistido –dijo, y luego usó la segunda persona del singular–. Nadie te ayuda –dijo–. Todo te lo hacen difícil. Cobran los impuestos antes de que hayas hecho el trabajo. Pero vengan por aquí.

Quería mostrarles la obra a la que había dedicado todos sus esfuerzos. Les señaló un sendero entre las bielas, las baterías y las llantas que se apilaban a un costado, y luego de cruzar un callejón entre grandes *containers* vieron la enorme estructura de acero que se

36. Se hicieron mítines, marchas, protestas, pero no hubo apoyo; los paisanos pasaban a caballo por los actos, saludaban tocándose el sombrero con el cabo del rebenque, y seguían viaje. «Los gauchos no hacen huelga», decía Rocha, que había sido el delegado de la comisión interna, «si tienen un problema a lo sumo matan al patrón o se las pican; son más individualistas que la madona.»

levantaba en un patio del fondo. Era una construcción cónica, de seis metros de alto, de acero acanalado, sostenida sobre cuatro patas hidráulicas y pintada con pintura antióxido de un color ladrillo oscuro. Parecía un aparato estratosférico, una pirámide prehistórica o quizá un prototipo de la máquina del tiempo. Luca llamaba a ese objeto cónico e inquietante *el mirador*.

Sólo se podía entrar por abajo, deslizándose entre las patas tubulares hasta que adentro –al incorporarse– uno se encontraba en una carpa metálica triangular, alta y serena. En las zonas interiores había escaleras, montacargas de vidrio, plataformas tubulares y pequeñas ventanas enrejadas. La construcción terminaba en un ojo de vidrio de dos metros de diámetro, rodeado de pasillos de metal, al que se ascendía por una escalera de caracol que desembocaba en una sala de control con grandes ventanales y sillones giratorios. Desde ahí, en lo alto, la vista era magnífica y circular. Por un lado se podía ver, según Luca, *la esfera celeste*, pero adaptando una serie de espejos colocados sobre placas cuadradas y movidos por brazos mecánicos se podía vigilar también el desierto. A lo lejos se veía el destello de las grandes lagunas del sur de la provincia y los campos inundados, una superficie clara en la vastedad amarilla de la llanura; más cerca se veían los terrenos sembrados, los animales dispersos por la llanura, los caminos que cruzaban entre los montes, al costado de las estancias, y, por fin, tirados sobre la izquierda, como un banco encallado, se alcanzaban a ver los techos de las casas altas del pueblo, la calle principal, la plaza y las vías del ferrocarril.

Frente a los sillones había un tablero con instrumental eléctrico que permitía hacer girar los espejos y también provocar una leve oscilación en la pirámide. Sobre tres grampas sostenidas sobre las paredes de acero había colocado tres televisores Zenith conectados entre sí por una compleja red de cables y de antenas móviles. Las pantallas, al encenderse, conectaban con canales simultáneos y permitían seguir al mismo tiempo imágenes distintas.

–Hemos pensado llamarla *Nautilus* a esta máquina, que es la réplica de una nave espacial, no es un submarino, es una máquina aérea que sólo produce movimientos en la perspectiva y en la visión de lo que se ve venir. Éste es el anuncio de la nueva época: vehículos quietos que traerán el mundo hacia nosotros en lugar de tener que viajar nosotros hacia el mundo.

Había tardado casi un año en construir la pirámide, los instrumentales y las guías. Había aprovechado la tecnología del taller para el plegado de las grandes planchas de metal y el encofrado sin soldadura había sido un trabajo de relojería.

–Todavía no está terminada. No está terminada y no creo que podamos terminarla antes del invierno.

La posibilidad de que la fábrica fuera confiscada el mes próximo, cuando venciera la hipoteca que debía levantar, lo tenía obsesionado. Había recibido la invitación del tribunal para una audiencia de conciliación, pero la había postergado porque pensaba que todavía no estaba preparado.

–Recibimos el telegrama hace una semana. Nos invitaban a parlamentar, no usaban esa expresión pero ése es el sentido. Quieren sentarse a negociar con nosotros y a discutir el destino de los fondos incautados. Estamos dispuestos. Veremos qué nos proponen. Por el momento hemos postergado nuestra aceptación. No le escribimos directamente al juez sino a su secretario y le mandamos a decir que nuestra empresa necesitaba tiempo y que pedíamos una prórroga. Nos responden con telegramas o cablegramas pero nosotros sólo les enviamos cartas. –Se detuvo–. Nuestro padre intercedió. Mi padre intercedió pero yo no le he pedido nada.

–¿Sabés lo que es esto? –preguntó Renzi, y le mostró el papel con la clave Alas 1212.

–Parece una dirección.

–Una financiera...

–En el entierro de mi hermano Lucio, mi padre, aunque no se hablaron, decidió que le iba a hacer llegar la plata a Luca.

–Y la trajo Tony.

–Eran fondos familiares, dólares que el viejo tenía afuera, no podía o no quería hacerla entrar legalmente.

–Vendió el alma al diablo...

Sofía se empezó a reír, de costado en la cama, apoyada en el codo, con una mano en la cara.

–¡Achalay! *Pero vos vivís en el pasado... –Lo acarició con su pie desnudo–. Ojalá pudiera hacer ese pacto yo, pichón... sabés cómo agarro viaje, pero lo que me ofrecen, nunca me convence...*

–Mi padre me ha ayudado con ese dinero, sin que yo se lo pidiera, porque me vio en el cementerio cuando enterraron a Lucio, pero no le he pedido nada. Antes muerto. Me adelantó la herencia, pero no quiero saber nada con él. –Se empezó a pasear por el taller como si estuviera solo–. No, a mi padre no puedo pedirle nada, nunca. –No podía pedirle ayuda a quien era el responsable de toda su desgracia... Por eso había vacilado, pero había intereses superiores. Detuvo su marcha–. Mientras pueda mantener la fábrica en movimiento mi padre tendrá su razón y yo la mía, mi padre tendrá su realidad y yo la mía, cada uno por su lado. Vamos a triunfar. Ese dinero es legal, fue traído *subrepticiamente* pero eso es secundario, puedo pagar los impuestos punitorios a la DGI al blanquear el capital pero tengo la constancia de mi padre y de mis hermanas y de mi madre en Dublín, si hace falta, de que pertenece a la familia, son bienes gananciales y con ellos voy a levantar la hipoteca. Estoy a un paso de encontrar el procedimiento lumínico, mi observatorio necesita apenas un pequeño retoque y no puedo parar. –Prendió un cigarrillo y fumó ensimismado–. No confío en mi padre, algo se trae bajo el poncho, estoy seguro de que el fiscal trabaja para él y por eso, si no me engaño, debo ser claro. No entiendo sus razones, las de mi padre, y él no entiende la humillación *insondable* a la que me somete al tener que aceptar ese dinero para salvar el taller, que es mi vida entera.[37] Este lugar está hecho con la materia de los sueños. *Con la materia de los sueños.* Y debo ser fiel a ese mandato. Estoy seguro de que mi padre no ha sido responsable de la muerte de ese muchacho, Tony Durán. Por eso he aceptado de él lo que me corresponde de mi madre.

Ésta iba a ser la base de su presentación en el juicio. Si la fábrica era su gran obra y si ya estaba hecha y había probado su eficacia, ¿por qué liquidarla, por qué hacerla depender de los créditos? Pensaba que esos argumentos convencerían al tribunal.

En el juicio se jugaba la vida. Luca tenía una causa, un sentido y una razón para vivir y no le importaba otra cosa que esa ilusión. Esa idea fija lo sostenía con vida y no necesitaba nada más, sólo tener un poco de yerba para tomar mate con galleta y poder acariciar de vez en cuando al perro de Croce. Se había quedado pensativo y luego dijo:

–Tenemos que dejarlos. Estamos ocupados ahora, nuestro secretario los va a acompañar. –Y, casi sin saludar, se encaminó hacia la escalera y subió a los pisos superiores.

El secretario, un joven de mirada extraña, los

37. «A veces escucha las risas hirientes de unos niños. ¿Se ríen de él? Odia a los niños, sus voces, sus risas *metálicas*, pequeños monstruos infantiles; los *vecinos* lo vigilan, mandan a sus hijos a *ver*. Su destino era ser el célibe, un verdadero no-padre, el antipadre, nada natural, todo *hecho*, y por lo tanto perseguido y rechazado» (informe de Schultz).

acompañó hasta la puerta de salida, y mientras los guiaba les dijo que estaba preocupado por el juicio, en verdad era una audiencia de conciliación. Había llegado la propuesta del fiscal Cueto, mejor dicho, Cueto les había anunciado que tenía una propuesta sobre el dinero que su padre les había enviado por medio de Durán.

–Luca no quiso abrir el sobre con esa propuesta del tribunal. Dice que prefiere llevar sus propios argumentos sin conocer previamente los argumentos de su rival.

Parecía alarmado o quizá era su manera de ser, un poco extraña, con ese aire desvariado que tienen los tímidos. Los siguió por el pasillo y los despidió en la puerta, y al cruzar la calle Renzi vio la mole oscura de la fábrica y una única luz que iluminaba el ventanal de los cuartos superiores. Luca los miraba detrás del vidrio y sonreía, pálido como un espectro que, desde el piso alto, los acompañara en medio de la noche.

Se habían oído ruidos abajo, en la entrada, y Sofía se detuvo, ansiosa, atenta.

–Ahí llega –dijo–. Es ella, es Ada.

Se escuchó la puerta y luego unos pasos y un suave silbido, alguien había entrado silbando una melodía y luego ya no se oyó nada, salvo una persiana que se cerraba en un cuarto al fondo del pasillo.

Sofía miró entonces a Emilio y se le acercó.

–Querés... la llamo...

–No seas turra... –dijo Renzi, y la abrazó. Tenía una temperatura increíble en el cuerpo, una piel suave y

cálida, con pecas bellísimas que se perdían entre los rojos vellos del pubis como un archipiélago dorado.[38]

–Era un chiste, gil –dijo ella, y lo besó. Terminó de vestirse–. Ya vengo, voy a ver cómo está Ada.

–Llamame un taxi.

–¿Sí?... –dijo Sofía.

38. Cuando se acostaba a tomar sol en el pasto sobre una lona blanca, las gallinas trataban siempre de picotearle las pecas...

18

Cuando Renzi volvió al hospicio a visitar a Croce lo encontró solo en el pabellón, los otros dos pacientes habían sido trasladados y al cruzar el parque se le acercaron –el gordo y el flaco– y le pidieron cigarrillos y plata. En el fondo, entre los árboles, sentado en una especie de banco de plaza vio a otro de los internos, un tipo muy flaco, con cara de cadáver, vestido con un largo sobretodo negro, que se masturbaba mirando la sala de mujeres del otro lado de un paredón enrejado. Le pareció que en lo alto del edificio una de las mujeres se asomaba a la ventana con los pechos al aire, haciendo gestos obscenos, y que el hombre, con una mueca abstraída, la miraba mientras se tocaba entre los pliegues del abrigo abierto. ¿Pagarían por eso?, pensó.

–Sí pagan –dijo Croce–. Les mandan a las chicas plata o cigarrillos y ellas se asoman a la ventana de arriba.

En la amplia sala vacía, con las camas desarmadas, Croce se había armado una especie de escritorio con dos cajones de fruta y tomaba notas, sentado de cara a la ventana.

–Me dejaron solo, mejor, así puedo pensar y dormir tranquilo.

Parecía sereno, se había vestido con su traje oscuro y fumaba sus toscanitos. Tenía la valija preparada. Y cuando Renzi le confirmó que Luca había aceptado la intimación del tribunal, Croce sonrió con su aire misterioso de siempre.

–Es la noticia que estaba esperando –dijo–. Ahora el asunto se va a definir.

Tomó algunas notas en su carpeta; actuaba como si estuviera en su despacho. Los ruidos que llegaban desde la ventana –voces, murmullos, radios lejanas– se le confundían con los sonidos del pasado. Le pareció que los pasos en el corredor y el crujido del piso del otro lado de la puerta eran los pasos de la chica con el carro de llantas de goma que repartía café en las oficinas del pueblo, pero cuando se levantó vio que era la enfermera que le traía la medicina, un líquido blanco en un vasito de plástico que tomó de un sorbo.

Renzi entonces le hizo un resumen de sus investigaciones en el archivo. Había seguido una serie de pistas en los diarios de la época y las transacciones llevaban a una financiera fantasma de Olavarría que había comprado la hipoteca de la fábrica para apropiarse de los activos. La clave bancaria o nombre legal era, según parece, *Alas 1212*.

–¿Alas? Entonces la maneja Cueto...

–Aparece el nombre de un tal Alzaga.

–Claro, es su socio...

–Está esto en juego –dijo Renzi, y le mostró el recorte que había encontrado en el archivo–. Además especulan con los terrenos... El Viejo se opone.

–Bien –dijo Croce...

Cueto había sido el abogado de la familia y fue él quien comandó la operación de apropiación de las acciones de la sociedad anónima. Todo bajo cuerda, por eso Luca había culpado a su padre, con razón, porque el viejo confiaba en Cueto y tardó en descubrir que era el monje negro de la historia. Pero ahora parecía haber tomado distancia.

–¿Y el juicio? Luca no sabe lo que le espera...

–Pero sabe lo que quiere... –dijo Croce, y empezó a elaborar sus hipótesis a partir de la nueva situación. Desde luego habían querido impedir que el dinero llegara a Luca, pero el crimen seguía siendo un enigma–. *El intrigante* –escribió en un papel–. *La fábrica, un Centro, los terrenos aledaños, la especulación inmobiliaria.* –Se quedó quieto, un rato–. Hay que saber pensar como piensa el enemigo –dijo de pronto–. Actúa como un matemático y un poeta. Sigue una línea lógica pero al mismo tiempo asocia libremente. Construye silogismos *y* metáforas. Un mismo elemento entra en dos sistemas de pensamiento. Estamos frente a una inteligencia que no admite ningún límite. Lo que en un caso es un símil, en el otro es una equivalencia. La comprensión de un hecho consiste en la posibilidad de ver relaciones. Nada vale por sí mismo, todo vale en relación con otra ecuación que no conocemos. Durán –hizo una cruz en el papel–, un puertorriqueño de Nueva York, por lo tanto un ciudadano norteamericano, conoció en Atlantic City a las hermanas Belladona –puso dos cruces– y se vino por ellas. ¿Sabían o no sabían las muchachas lo que estaba pasando? Primera incógnita. Han contestado con evasivas, como si protegieran a alguien. El jockey fue el ejecutor: sustituyó a su equivalente. Puede ser que mataran a Tony sin razón, para impedir que se investigara la razón real. Una maniobra de distracción.[39] Lo mataron para desplazar nuestro interés –dijo–. Tenían el cadáver, tenían a los sospechosos, pero el motivo era de otro orden. Éste parece ser el caso. *Motivación desviada* –escribió, y le pasó el papel a Renzi.

Emilio miró el papel con las frases subrayadas y las cruces y comprendió que Croce quería que él llegara solo a las conclusiones porque entonces podía estar seguro –secretamente– de haber acertado en el blanco.

Croce encontraba un mecanismo que se repetía; el criminal tiende a parecerse a su víctima para borrar las huellas.

–Dejan ver a un muerto porque están mandando un mensaje. Es la estructura de la mafia: usan los cuerpos como si fueran palabras. Y fue así con Tony. Algo mandaron a decir. Tenemos la causa de la muerte de Tony, pero ¿cuál fue la razón? –Se quedó callado,

39. Croce había comprendido el funcionamiento básico del conocimiento por intuición. Las evidencias eran certezas a priori, ningún descubrimiento empírico podía invalidarlas. Croce llamaba a este método de deducción *tocar de oído*. Y se preguntaba: ¿Dónde está la música cuando uno toca de oído?

mirando los árboles ralos del otro lado de la ventana–. No hacía falta matarlo, pobre Cristo –dijo después.

Parecía nervioso y agotado. La tarde caía y el pabellón estaba en sombras. Salieron a pasear por el parque. Croce quería saber si Luca estaba tranquilo. Se jugaba entero en ese juicio, ojalá pudiera ayudarlo, pero no había forma de ayudarlo.

–Por eso estoy aquí –dijo–. Imposible vivir sin hacerse enemigos, habría que encerrarse en un cuarto y no salir. No moverse, no hacer nada. Todo es siempre más estúpido y más incomprensible de lo que uno puede deducir.

Se había perdido en sus pensamientos y cuando volvió dijo que iba a seguir trabajando. El paseo había terminado; quería volver a su madriguera. Entonces se alejó solo por el sendero hacia el pabellón y Renzi lo miró irse. Caminaba en un zigzag nervioso mientras se alejaba, una especie de leve balanceo, como si estuviera por perder el equilibrio, hasta que se detuvo antes de entrar, se dio vuelta y le hizo un gesto de saludo, un leve aleteo de la mano, a la distancia.

¿Se habían despedido? A Renzi no le gustaba la idea pero no le quedaba mucho resto, lo apretaban en el diario para que volviera a Buenos Aires, casi no le publicaban las notas, pensaban que el caso estaba cerrado. Junior le había dicho que se dejara de embromar y se ocupara del suplemento literario, y medio en joda le propuso, ya que estaba en el campo, que preparara un especial sobre la literatura gauchesca.

Cuando llegó al hotel, Renzi descubrió en el bar a las hermanas Belladona sentadas a una mesa. Se paró frente a la barra y pidió una cerveza. Las miró por el espejo entre el reflejo de las botellas, Ada hablaba con entusiasmo, Sofía asentía, mucha intensidad entre ellas, demasiada... *If it was a man.* Como siempre que estaba en problemas, Renzi se acordó de un libro que había leído. La frase le venía de un cuento de Hemingway, *The Sea Change,* que había traducido para el suplemento cultural del diario. *If it was a man.* La literatura no cambia, siempre se puede encontrar lo que se espera, en cambio la vida... Pero ¿qué era la vida? Dos hermanas en el bar de un hotel de provincia. Como si le hubiera leído el pensamiento, Sofía lo saludó sonriendo. Emilio levantó el chop con el gesto de brindar con ella. Entonces Sofía se incorporó y lo llamó, una llamarada. Renzi dejó el vaso en la barra y se acercó.

–¿Qué dicen las chicas?

–Sentate a tomar algo con nosotras –dijo Sofía.

–No, sigo viaje.

–¿Ya te volvés? –preguntó Ada.

–Me quedo para el juicio.

–Te vamos a extrañar –dijo Sofía.

–¿Y qué va a pasar? –preguntó Emilio.

–Se va a arreglar todo... siempre es así acá... –dijo Ada.

Se hizo un silencio.

–Ojalá fuera adivino... –dijo Emilio–. Para leerles el pensamiento...

–Pensamos una vez cada una –dijo Ada.

–Sí –dijo Sofía–, cuando una piensa, la otra descansa.

Siguieron bromeando un rato más y ellas le contaron un par de chistes nativistas, medio zafados,[40] y al final Renzi se despidió y subió a su pieza.

Tenía que trabajar, ordenar sus notas. Pero estaba inquieto, disperso, le pareció que Sofía no había estado nunca con él. *Estuve adentro de ella*, pensó, un pensamiento idiota. El pensamiento de un idiota. «Te garchás una mujer y no te lo perdona nunca», decía Junior con su tonito cínico y ganador. «Claro, *inconscientemente*», aclaraba abriendo grandes los ojos, con aire de entendido. «Mirá, Eva tuvo el primer orgasmo de la historia femenina y se fue todo al demonio. Y Adán, a laburar...» Tenía minas a granel, Junior, y a todas les explicaba su teoría sobre la guerra inconsciente de los sexos.

Al rato Emilio pidió con su servicio de llamadas en Buenos Aires. Nada importante. Amalia, la mujer que le limpiaba el departamento, preguntaba si tenía que seguir yendo los martes y jueves aunque él no estuviera. Una chica que no se había identificado lo había llamado y le había dejado un número de teléfono que Renzi ni siquiera se tomó la molestia de anotar.

40. Un paisano, al amanecer, en el horizonte, montado en su redomón, una mancha en la línea clara de la llanura. Lejos, se ve un rancho con un gaucho mateando bajo el alero. Al cruzar frente a la casa, el paisano de a caballo saluda. «Linda mañanita», dice. «Me la tejí yo mismo», contesta el otro mientras se acomoda el chal sobre los hombros.

¿Quién sería? Tal vez Nuty, la cajera del supermercado Minimax de la vuelta de su casa, con la que había salido un par de veces. Había dos mensajes de su hermano Marcos que lo llamaba desde Canadá. Quería saber, le dijo la mujer del servicio de llamadas, si había desocupado la casa de Mar del Plata y si ya la había puesto en venta. También quería saber si era cierto que volvía Perón a la Argentina.

–Y usted qué le contestó –preguntó Renzi.

–Nada. –La mujer pareció sonreír, en silencio–. Yo sólo tomo los mensajes, señor Emilio.

–Perfecto –dijo Renzi–. Si mi hermano vuelve a llamar, dígale que no me he comunicado todavía con ustedes y que estoy fuera de Buenos Aires.

Luego de la muerte de su padre, la casa de la familia en la calle España había quedado desocupada varios meses. Renzi había viajado a Mar del Plata, se había desprendido de los muebles y la ropa y los cuadros de las paredes. Los libros los había dejado en un guardamuebles, en cajas, ya vería lo que iba a hacer cuando la casa al final se vendiera. Había también muchos papeles y fotos, e incluso algunas cartas que le había escrito a su padre mientras estaba estudiando en La Plata. Lo único que se había traído de la biblioteca era una vieja edición de *Bleack House* que su padre habría comprado en alguna librería de usados. Había descubierto o pensaba que había descubierto una relación entre uno de los personajes del libro de Dickens y el *Bartleby* de Melville. Pensó distraídamente que quizá se podría escribir una nota sobre el asunto y mandársela a Junior con la traducción del capítulo de la novela de Dickens para que lo dejaran en paz.[41]

Por lo visto su hermano iba a cancelar el viaje. Si al final vendía la casa y dividían la plata, le iban a quedar unos treinta mil dólares. Con esa guita podía renunciar al diario y vivir un tiempo sin trabajar. Dedicarse a terminar su novela. Aislado, sin distracciones. En el campo. El chivo expiatorio huye al desierto... *Derecho ande el sol se esconde / tierra adentro hay que tirar*. Pero vivir en el campo era como vivir en la luna. El paisaje monótono, los chimangos volando en círculo, las chicas entretenidas entre ellas.

41. «El capítulo 10 de la novela –*The Law-Writer*– está centrado en el copista Nemo (Nadie). Publicado en Nueva York en la revista *Harper* en abril de 1853, fue seguramente leído por Melville, que escribió *Bartleby* en noviembre de ese año. La novela de Dickens, que narra un juicio interminable con su mundo de tribunales y de jueces, fue un libro muy admirado por Kafka» (nota de Renzi).

19

El juicio fue un acontecimiento. En realidad no era un juicio sino una audiencia, pero en el pueblo todos lo tomaron como un acontecimiento decisivo y lo llamaban desde luego *la causa, el proceso, el caso*, según quién hablara, para significar que se trataba de un hecho trascendente, y como todos los hechos trascendentes tenían que ver (pensaban todos) con la justicia y con la verdad, aunque en realidad detrás de esas abstracciones se jugaban la vida de un hombre, el futuro de la zona y una serie de cuestiones prácticas. No había dos bandos porque las fuerzas no eran equivalentes, pero se tenía la impresión de asistir a una contienda y en las calles del pueblo, ese día, los corrillos y los comentarios retornaban una y otra vez a los hechos, como si toda la historia pasada estuviera en juego en el juicio contra Luca Belladona o en el juicio que Luca Belladona había entablado contra el municipio, según quién definiera la situación. Aparentemente lo que estaba en litigio eran los 100.000 dólares que Luca se había presentado a reclamar, pero muchas otras cosas estaban en cuestión al mismo tiempo y eso se vio en cuanto el fiscal Cueto empezó a hablar y el juez asintió a todos sus dichos.

El juez –el doctor Gainza– era en realidad un juez de paz, es decir un funcionario del municipio destinado a resolver los litigios locales. Estaba en un sillón, en un estrado, en la sala del Tribunal de Faltas del municipio, con un secretario de actas sentado al lado. El fiscal Cueto ocupaba una mesa abajo y a la izquierda, acompañado por Saldías, el nuevo jefe de policía. En otra mesa, a la derecha, estaba Luca Belladona, vestido con un traje de domingo, con camisa gris y corbata gris, muy serio, con varios papeles y carpetas en la mano y consultando de vez en cuando con el ex seminarista Schultz.

Mucha gente fue autorizada a presenciar la audiencia, estaban Madariaga y también Rosa Estévez y varios estancieros y rematadores de la zona, e incluso el inglés Cooke, dueño del caballo que había estado en el centro del litigio. Estaban las hermanas Belladona pero no estaba el padre. Todos fumaban y hablaban al mismo tiempo y las ventanas de la sala estaban abiertas y se oía el murmullo y las voces de los que no habían podido entrar y ocupaban los pasillos y las salas contiguas. No estaba tampoco el comisario Croce, que por decisión propia ya había dejado el hospicio y ahora vivía en los altos del almacén de Madariaga, que le había alquilado una pieza y lo tenía de pensionista. Croce pensaba que el asunto estaba arreglado de antemano y no quería con su presencia darle el aval a Cueto, su rival, que seguro iba a ganar esa partida con sus manejos turbios. Se veían pocas mujeres aunque las cinco o seis que estaban ahí se hacían notar por su aire de confianza y de seguridad. Una de ellas, una mujer muy bella, de pelo rubio y labios pintados de rojo, era Bimba, la mujer de Lucio, altiva, detrás de sus anteojos negros.

Renzi entró tarde y tuvo que abrirse paso, y cuando se ubicó en un banco de madera cerca de Bravo sus ojos se cruzaron con los de Luca, que le sonrió tranquilo, como si quisiera trasmitir su confianza a los pocos que estaban ahí para apoyarlo. Renzi sólo lo miró a él durante toda la tarde porque le pareció que necesitaba sostenerse en la presencia de un forastero que verdaderamente creyera en sus palabras, y a lo largo de las dos o tres horas –no lo recordaba ya con precisión aunque había un reloj en la pared que daba las campanadas cada media hora y había sonado varias– Luca lo miró siempre que se sintió en apuros o sintió que había logrado expresar lo que quería, como si Renzi fuera el único que lo comprendía porque no era de ahí.

El juez de paz, desde luego, tenía posición tomada desde antes de empezar la así llamada audiencia de conciliación, y lo mismo pasaba con la mayoría de los presentes. Los que hablan de conciliación y de diálogo son siempre los que ya tienen la sartén por el mango y el asunto cocinado, ésa es la verdad. Renzi se dio cuenta enseguida de que el clima era de victoria anticipada y que Luca, con su mirada clara y los gestos calculados y calmos de alguien que siente la violencia en el aire, estaba perdido antes de empezar. El juez lo señaló con la mano y le cedió la palabra. Tardó un poco en decidirse y luego en empezar a hablar, como si vacilara o no encontrara las palabras, pero al final se paró, con sus casi dos metros de estatura, y se puso de perfil para poder mirar a Cueto, porque en realidad fue a Cueto a quien se dirigió.

Parecía alguien que tiene una afección en la piel y se expone al sol; después de tantos meses de vivir encerrado en la fábrica, ese lugar abierto y con tanta gente le producía una especie de vértigo. Regresar al pueblo y presentarse ahí, ante todos los que odiaba, a los que hacía responsables de la ruina, fue la primera violencia a la que se vio sometido esa tarde. Se sentía y parecía un pez fuera del agua. Cuando levantó la mano para pedir silencio –aunque no volaba ni una mosca–, Cueto se inclinó sonriendo y distendido hacia Saldías y le comentó algo en voz baja y el otro también sonrió. «Bueno, bien, amigos», dijo Luca, como si estuviera por empezar un sermón. «Hemos venido a pedir lo que es nuestro...» No habló directamente del dinero que estaba en juego sino de la certeza de que esa reunión era un trámite –un trámite molesto si uno tenía que guiarse por su actitud recelosa– necesario para que la fábrica siguiera en manos de quienes la habían construido, y que ese dinero –del que no habló– era de su familia y que su padre había decidido cedérselo como anticipo de la herencia de su madre –estaba destinado exclusivamente a levantar la hipoteca que pesaba sobre su vida como la espada de Damocles–. Habían sufrido ataques y acechanzas, habían sido sorprendidos en su buena fe por los intrusos que se habían infiltrado y llegaron a dominar la empresa, pero habían resistido y por eso estaban ahí. No habló de sus derechos, no habló de lo que estaba en juego, habló de lo único que le interesaba, su proyecto demencial de seguir adelante solo con esa fábrica construyendo lo que llamaba sus obras, sus invenciones, y esperaba que lo dejaran –«que nos dejen»– en paz. Hubo un murmullo, no se sabía si de aprobación o de repudio, y Luca siguió adelante mirando alternativamente a sus hermanas, a Cueto y a Renzi, los únicos que en esa sala parecían entender lo que estaba en juego. Habló sin levantar la voz pero con un aire de confianza y de seguridad sin reparar en ningún momento en la trampa en la que iba a caer. Fue un error catastrófico –avanzó sin pensar hacia la perdición, sin ver, enceguecido por el orgullo y la credulidad–. Era visible que sólo perseguía un sueño, que seguía un sueño tras otro, sin saber adónde iba a terminar esa aventura pero seguro de que él no podía hacer otra cosa que defender esa ilusión que a todos les parecía imposible. Dijo algo así, Luca, al terminar y Gainza, un viejo taimado que se pasaba las noches jugando al pase inglés en el casino clandestino de la costa, le sonrió con condescendencia y le dio la palabra al fiscal.

Luca se sentó y se mantuvo inmóvil hasta el final de la audiencia como si no estuviera ahí y quizá hasta había cerrado los ojos, sólo se le podían ver la espalda, los hombros y la nuca, porque estaba en la primera fila, frente al juez, y estaba tan quieto que parecía dormido.

Hubo un silencio y luego un murmullo y se levantó Cueto, siempre sonriendo, con una mueca de superioridad y de desgano. Era alto y daba la impresión de tener la piel manchada y un aspecto extraño, quizá por su postura a la vez arrogante y obsecuente. Inmediatamente centró la cuestión en el asesinato de Durán. Para que el dinero fuera reintegrado había que cerrar la causa. Estaba probado que el asesino había sido Yoshio Dazai, un clásico crimen sexual. No había confesado porque nunca se confiesan esos crímenes tan evidentes, no se había encontrado el arma asesina porque el cuchillo que usó para matar a Durán se encuentra en cualquier lado y son los clásicos cuchillos de cocina del hotel, todos los testigos coincidían en que vieron entrar y salir a Yoshio del cuarto a la hora del crimen. Desde luego Yoshio sabía de la existencia del dinero y había llevado el bolso al depósito con la esperanza de poder retirarlo cuando las cosas se calmaran. Cueto se detuvo y miró a todos. Había logrado cambiar el eje de la sesión y había logrado cautivar a los presentes con el recuerdo oscuro del crimen. La versión de los hechos que había dado el ex comisario Croce era delirante y sospechosa de demencia: que un jockey se disfrazara para parecer japonés y matara a un desconocido para comprar un caballo era ridículo y era de antemano imposible. Más ridículo era que un hombre que iba a matar a un hombre al que no conocía se llevara sólo el dinero que supuestamente necesitaba para comprar un caballo y se tomara el trabajo de dejar el resto en el depósito del hotel y no en la misma pieza donde había realizado su crimen.

–La carta y el suicidio pueden ser ciertos –concluyó–, pero cartas como ésas son las que Croce nos tiene acostumbrados a escribir en sus delirios nocturnos.

Cueto desplazó el centro de la cuestión y planteó el dilema con extrema claridad jurídica. Si Luca –en su condición de principal demandante– aceptaba que Yoshio Dazai había matado a Durán, la acusación seguía su curso, el caso quedaba resuelto y el dinero iba a su legítimo dueño, el señor Belladona. Si, en cambio, Belladona no firmaba ese acuerdo y mantenía su demanda, el caso seguía abierto y el dinero permanecía incautado durante años porque nadie iba a poder cerrar ese caso y las pruebas no pueden ser retiradas de los tribunales mientras la causa está abierta. Perfecto. La decisión de Luca cerraba el caso ya que se suponía que Durán había venido a traerle ese dinero.

Luca tardó un momento en entender, pero cuando entendió, pareció mareado y bajó la cabeza. Estuvo quieto un minuto y el silencio se extendió por la sala como una sombra. Había pensado que todo iba a ser un simple trámite y entendió inmediatamente que había caído en una trampa. Parecía sofocado. Cualquier decisión que tomara, estaba perdido. Tenía que aceptar que un inocente fuera a la cárcel si quería recibir el dinero, o tenía que decir la verdad y perder la fábrica. Se dio vuelta y miró a sus hermanas, como si ellas fueran las únicas que podían ayudarlo en esa situación. Y luego, como perdido, miró a Renzi, que desvió la mirada porque pensó que no le hubiera gustado estar en su lugar y que si hubiera estado en su lugar no habría aceptado la propuesta, no habría aceptado mentir y mandar a la cárcel por toda la vida a un inocente. Pero Renzi no era él. Nunca había visto a nadie tan pálido, nunca había visto a nadie tardar tanto en hablar para decir luego dos palabras: *De acuerdo*. Hubo otra vez un murmullo en la sala pero esta vez era distinto, como una comprobación o una venganza. Luca tenía un leve temblor en el ojo izquierdo y se tocaba la corbata como si fuera la soga en la que iba a ser ahorcado. Pero era Yoshio el que iba a ser condenado por un crimen que no había cometido.

Hubo un tumulto mientras la sesión se levantaba, una explosión de alegría, los amigos de Cueto se saludaban y se vio que también Ada se acercaba a ese grupo y que Cueto la tomaba del brazo y le hablaba al oído. La única que se acercó a Luca fue Sofía, que se paró frente a él y trató de animarlo. La fábrica estaba salvada. El Gringo la abrazó y ella lo sostuvo entre sus brazos y le habló en voz baja, como si buscara calmarlo, y después lo acompañó a un cuarto contiguo donde el juez lo esperaba para firmar los papeles.

Renzi siguió sentado mientras todos se iban y vio salir a Luca y caminar por el pasillo como un boxeador que acepta ganar el título en una pelea arreglada, no el boxeador que por necesidad acepta tirarse a la lona porque necesita el dinero; no era –como siempre había sido– el humillado y ofendido que sabe que no ha perdido aunque le hayan ganado; era el que ha mantenido su título de campeón a costa de un fraude que él sólo –y su rival– sabe que es un fraude y que sólo conserva la ilusión de que por fin ha podido hacer realidad sus sueños, pero a un costo imposible de soportar. Salía como si estuviera extremadamente cansado y le costara moverse. Sólo Sofía caminaba con él, sin tocarlo, a su lado y cuando cruzaron el pasillo central ella se despidió y salió por una puerta lateral. De modo que Luca siguió solo hasta la entrada.

Había sido sometido a una prueba como un personaje trágico que no tiene opción, cualquier cosa que decidiera sería su ruina, no para él sino para su idea de la justicia, y fue la justicia la que al final lo puso a prueba, fue una entidad abstracta, con sus aparatos retóricos y sus construcciones imaginarias, la que había tenido que enfrentar una y otra vez, esa tarde de abril, hasta capitular. Es decir hasta aceptar una de las dos opciones que le habían planteado, él, que siempre se había jactado de tener claras todas las decisiones, sin dudar, sostenido siempre por su certidumbre y su idea fija. Había preferido su obra, digamos así, a su propia vida y había pagado un precio altísimo, pero su ilusión había seguido intacta hasta el final. Había sido fiel a ese precepto y se había hundido pero no había defeccionado. Era tan orgulloso y obstinado que tardó en comprender que había caído en una trampa sin salida, y cuando lo entendió ya era tarde.

Los vecinos lo miraban cruzar, en silencio, el pasillo, eran sus viejos conocidos, y estaban tranquilos y parecían magnánimos porque al hacer lo que Luca había hecho –luego de años y años de lucha imposible, sostenido en un orgullo demoníaco– el pueblo había logrado que tuviera que capitular y ahora se podía decir que era igual a todos o que todos eran igual a él: que ahora podían mostrar esas debilidades que Luca no había podido mostrar nunca en su vida. Renzi se apuró a salir para saludarlo pero no lo alcanzó, sólo pudo ir atrás de él mientras bajaba la escalinata hacia la calle. Y entonces lo más extraordinario fue que cuando llegó a la vereda apareció el cuzco, el perro de Croce, medio ladeado como siempre, que al verlo salir a la luz del sol se le fue encima y le ladró, y le mostró los dientes como si fuera a morderlo, casi sin fuerza pero con odio, el pelaje amarillo tenso como su cuerpo, y esos ladridos fueron lo único que Luca recibió ese día.

20

Al día siguiente, cuando Renzi volvió al almacén de los Madariaga el clima era lúgubre. Croce estaba en la mesa de siempre, frente a la ventana, de traje oscuro y corbata. Esa mañana había ido a la cárcel de Dolores a visitar a Yoshio para darle la noticia antes de que le llegara la información oficial de que su caso había sido cerrado con la conformidad de Luca Belladona. «La cárcel es un mal lugar para vivir», dijo, «pero es el peor lugar para un hombre como Yoshio.»

Parecía abatido. Luca iba a levantar la hipoteca y salvar la fábrica pero el costo era demasiado alto; estaba seguro de que iba a terminar mal. Croce tenía una capacidad extraordinaria para captar el sentido de los acontecimientos y también para anticipar sus consecuencias, pero no podía hacer nada para evitarlos y cuando lo intentaba lo acechaba la locura. La realidad era su campo de prueba y muchas veces era capaz de imaginar una serie de hechos antes de que ocurrieran y anticipar su desenlace, pero sólo podía dejar que los acontecimientos sucedieran para probar su experimento y demostrar que tenía razón.

–Por eso no sirvo para comisario –dijo al rato–, trabajo a partir de los hechos consumados y luego imagino sus consecuencias, pero no puedo evitarlas. Lo que sigue a los crímenes son nuevos crímenes. Luca ahora piensa no sólo que condenó a Yoshio sino también a mí. Si no hubiera aceptado la propuesta de Cueto y se hubiera negado a cerrar el caso, yo habría tenido chance contra Cueto. –Hizo una pausa y miró la llanura por la ventana enrejada contra la que se sentaba siempre. El mismo paisaje inmóvil que era, para él, la imagen de su propia vida–. Pero la pifié –dijo después–, a nadie en el pueblo le convenía mi versión del crimen.

–Pero, en definitiva, ¿cuál es la verdad?

Croce lo miró, resignado, y sonrió con la misma chispa de ironía cansada que ardía siempre en sus ojos.

–Vos leés demasiadas novelas policiales, pibe, si supieras cómo son verdaderamente las cosas... No es cierto que se pueda restablecer el orden, no es cierto que el crimen siempre se resuelve... No hay ninguna lógica. Luchamos para restablecer las causas y deducir los efectos, pero nunca podemos conocer la red completa de las intrigas... Aislamos datos, nos detenemos en algunas escenas, interrogamos a varios testigos y avanzamos a ciegas. Cuanto más cerca estás del centro, más te enredas en una telaraña que no tiene fin. Las novelas policiales resuelven con elegancia o con brutalidad los crímenes para que los lectores se queden tranquilos. Cueto tiene una mente tortuosa, hace cosas extrañas, asesina por procuración. Deja a propósito cabos sueltos. ¿Por qué hizo dejar la bolsa con la plata en el depósito del hotel? ¿El viejo Belladona tuvo algo que ver? Hay más incógnitas sin resolver que pistas claras...

Se quedó quieto, los ojos fijos en la ventana, hundido en sus pensamientos.

–Entonces te vas –dijo al rato.

–Me voy.

–Hacés bien...

–Mejor no despedirse –dijo Renzi.

–Quién sabe –dijo Croce, y la frase podía referirse a sus conclusiones sobre la muerte de Tony o al eventual regreso de Renzi al pueblo del que parecía irse definitivamente.

Croce se levantó con aire ceremonioso y le dio un abrazo; después volvió a sentarse, pesadamente, y se inclinó sobre sus notas y sus diagramas, abstraído, como ausente.

Mientras Croce siga en pie, Cueto nunca va a estar tranquilo, pensó Renzi mientras bajaba a la calle. La historia sigue, puede seguir, hay varias conjeturas posibles, queda abierta, sólo se interrumpe. La investigación no tiene fin, no puede terminar. Habría que inventar un nuevo género policial, *la ficción paranoica.* Todos son sospechosos, todos se sienten perseguidos. El criminal ya no es un individuo aislado, sino una gavilla que tiene el poder absoluto. Nadie comprende lo que está pasando; las pistas y los testimonios son contradictorios y mantienen las sospechas en el aire, como si cambiaran con cada interpretación. La víctima es el protagonista y el centro de la intriga; no ya el detective a sueldo o el asesino por contrato. Anduvo pensando en esos desvíos mientras caminaba –quizá por última vez– por las calles polvorientas del pueblo.

Volvió al hotel y preparó la valija. Los días que había pasado en el campo le habían enseñado a ser menos ingenuo. No era cierto que la ciudad fuera el lugar de la experiencia. La llanura tenía capas geológicas de acontecimientos extraordinarios que volvían a la superficie cuando soplaba el viento del sur. La luz mala de los huesos de los muertos sin sepultura titila en el aire como una niebla envenenada. Prendió un cigarrillo y fumó frente a la ventana que daba a la plaza, luego revisó la pieza para comprobar que no olvidaba nada y bajó a pagar las cuentas.

La estación de ferrocarril estaba tranquila y el tren iba a llegar en un rato. Renzi se sentó en un banco, a la sombra de las casuarinas, y de pronto vio detenerse un coche en la calle y bajar a Sofía.

–Me gustaría irme con vos a Buenos Aires...

–Y venite...

–No puedo dejar a mi hermana –dijo ella.

–¿No podés o no querés?

–Ni puedo ni quiero –dijo ella, y le acarició la cara–. Dale, pichón, no me des consejos.

Nunca se iba a ir. Sofía era como toda la gente del pueblo que Renzi había conocido. Siempre estaban a punto de abandonar el campo y escapar a la ciudad, porque se ahogaban ahí, pero en el fondo todos sabían que nunca se iban a ir.

Estaba preocupada por Luca, había estado con él y parecía tranquilo, concentrado en sus inventos y sus proyectos, pero le daba vuelta una y otra vez a su decisión de pactar con Cueto. «No podía hacer otra cosa», le había dicho, pero parecía ausente. Había pasado la noche entera deambulando por la fábrica, con la extraña certidumbre de que ahora que había logrado lo que siempre había deseado, su decisión se había apagado. «No puedo dormir», le había dicho, «y estoy cansado.»

Llegó el tren y en el tumulto nervioso de los pasajeros que subían entre saludos y risas, ellos se besaron y Emilio le puso en la mano un dije de oro con la figura de una rosa tallada. Era un regalo. Ella la sostuvo en la frente, sólo esas rosas no se marchitaban...

Cuando el tren arrancó, Sofía caminó junto a la ventanilla, hasta que al fin se detuvo, hermosísima en medio del andén, con el pelo colorado sobre los hombros y una sonrisa tranquila en el rostro iluminado por el sol de la tarde. Bella, joven, inolvidable, y, en esencia, la mujer de otra mujer.

Renzi viajaba mirando el campo, la quietud de la llanura, las últimas casas, los paisanos a caballo, al tranco al costado del tren; unos chicos descalzos que corrían por el terraplén y saludaban con gestos obscenos. Estaba cansado y el traqueteo monótono del tren lo adormecía. Recordó el comienzo de una novela (no era el comienzo, pero podía ser el comienzo): «Who loved not his sister's body but some concept of Compson honor.» Y empezó a traducirla: *Quien no amaba el cuerpo de su hermana sino cierto concepto de honor...*, pero se detuvo y rehízo la frase. *Quien no amaba el cuerpo de su hermana sino cierta imagen de sí misma.* Se había dormido y escuchaba palabras confusas. Vio la figura de un gran pájaro de madera en el campo con una oruga en el pico. ¿Existe el incesto entre hermanas?... Vio la vidriera de una armería... Su madre vestida con un anorak en una calle helada de Ontario. Y si hubiera sido una de ellas... Croce le preguntó: «¿Usted cuánto mide?», sentado en su catre en el hospicio. «Hay una solución aparente, luego una solución falsa y por fin una tercera solución», dijo Croce. Renzi se despertó sobresaltado. La llanura seguía igual, interminable y gris. Había soñado con Croce y también con ¿su madre? Había nieve en el sueño. Mientras caía la tarde la cara de Emilio se reflejaba, cada vez más nítida, en el cristal de la ventanilla.

El pueblo siguió igual que siempre, pero en mayo, con los primeros fríos del otoño, las calles parecían más inhóspitas, el polvo se arremolinaba en las esquinas y el cielo brillaba, lívido, como si fuera de vidrio. Nada se movía. No se oía a los niños jugar, las mujeres no salían de sus casas, los hombres fumaban en el umbral, sólo se escuchaba el zumbido monótono del tanque de agua de la estación. Los campos estaban secos y empezaron a incendiar los pastos, las cuadrillas avanzaban en línea quemando el rastrojo y altas olas de fuego y de humo se alzaban en la llanura vacía. Todos parecían esperar un anuncio, la confirmación de uno de esos pronósticos oscuros que a veces lanzaba la vieja curandera que vivía aislada, en la tapera del monte; el jardinero pasaba al alba, con la chata cargada de bosta de caballo que traía de la remonta del ejército; las chicas daban la vuelta del perro, rondando la plaza, enfermas de aburrimiento; los muchachos jugaban al billar en el salón del Náutico o corrían picadas en el camino de la laguna. Las noticias de la fábrica eran contradictorias, muchos decían que en esas semanas parecía haber comenzado otra vez la actividad y que las luces de la galería estaban prendidas toda la noche. Luca había comenzado a dictarle a Schultz una serie de medidas y de reglas destinadas a un informe que pensaba enviar al Banco Mundial y a la Unión Industrial Argentina. Pasaba la noche sin dormir paseando por los pasadizos altos de la fábrica, seguido por el secretario Schultz.

«Viví, pretendí, y logré, *tanto*, que se ha hecho necesaria cierta violencia para alejarme y separarme de mis triunfos. No fue la duda sino la certidumbre la que nos ha acorralado con sus tretas y artimañas» (dictado a Schultz).

«Imputar a los medios de producción industrial una acción perniciosa sobre los *afectos* es reconocerles una *potencia moral*. ¿Acaso las acciones económicas no forman una estructura de sentimientos constituida por las reacciones y las emociones? Hay una sexualidad en la economía que excede la normalidad conyugal destinada a la reproducción natural» (dictado a Schultz).

«Los hombres fueron siempre usados como instrumentos mecánicos. En los viejos tiempos, durante las cosechas, los peones cosían con agujas de enfardar las bolsas de arpillera a un ritmo uniforme. Era increíble la velocidad que tenían para coser, cuando el rinde pasaba las treinta o treinta y cinco bolsas por hectárea. Cada dos por tres salía algún paisano de la batea porque, en el apurón, se cosía la punta de la blusa y quedaba en el suelo abrazado a la bolsa como hermano en desgracia» (dictado a Schultz).

«Estuve pensando en los tejidos criollos. Hilo, nudo, hilo, cruz y nudo, rojo, verde, hilo y nudo, hilo y nudo. Mi abuela Clara había aprendido a coser las mantas pampas, con los dedos deformados por la artritis, como si fueran ganchos o troncos de sarmiento, ¡pero con las uñas pintadas!, muy coqueta. Recordamos la sentencia de Fierro: *es un telar de desdichas / cada gaucho que usté ve*. ¡La filatura y la tejeduría mecánica del destino! Ese tejido es escalofriante hasta el tuétano. Se teje en alguna parte, y nosotros vivimos tejidos, floreados en la trama. Ah, si pudiera volver a penetrar aunque fuera un instante en el taller donde funcionan todos los telares. La visión no dura un segundo, porque después ya caigo en el sueño bruto de la realidad. Tengo tantas cosas pavorosas que contar» (dictado a Schultz).

«Varias veces he comprobado que mi inteligencia es como un diamante que atraviesa los cristales más puros. Las determinaciones económicas, geográficas, climáticas, históricas, sociales, familiares pueden, en ocasiones muy extraordinarias, concentrarse y actuar en un solo individuo. Ése es mi caso» (dictado a Schultz).

Se perdía a veces Schultz, no podía seguirle el ritmo, pero anotaba[42] igual lo que creía haber escuchado, porque Luca marchaba por las instalaciones, a grandes pasos, sin dejar de hablar, trataba de no quedarse solo con sus pensamientos solitarios y le pedía a Schultz que escribiera todas sus ideas mientras iba, nervioso, de un lado a otro cruzando las instalaciones y las grandes máquinas, seguido a veces también por Rocha, que sustituía a Schultz mientras éste dormía en un catre y podían turnarse para tomar el dictado.

«Ya no tendré nada que decir sobre el pasado, podré hablar de lo que haremos. Llegaré a la cima y dejaré de vivir en estos llanos, también nosotros llegaremos a las altas cumbres. Viviré en tiempo futuro. Lo que vendrá, lo que todavía no es ¿nos alcanzará para existir?», dijo Luca mientras se paseaba por la galería que daba al patio interior.

Había pasado varias noches sin dormir, pero igual anotaba sus sueños.

Dos ciclistas extraviados de la Doble Bragado se desviaron de la ruta y siguieron, solos los dos, lejos de todo, en medio del desierto, pedaleando parejo hacia el sur, inclinados sobre los manubrios, con sus Legnano y sus Bianchi livianas, contra el viento.

Un tiempo después Renzi recibió una carta de Rosa Echeverry con noticias tristes. Cumplía «el penoso

42. «El relámpago que había iluminado, con un nítido zigzag, mi vida, se ha eclipsado» (dictado a Schultz).

deber» de anunciarle que Luca «había sufrido un accidente». Lo habían encontrado muerto en el piso de la fábrica y parecía un suicidio tan bien planeado que todos podían creer –si querían– que había muerto al caer desde lo alto del mirador mientras estaba realizando una de sus habituales mediciones, como le había aclarado Rosa, para quien ese último gesto de Luca era otra prueba de su bondad y de su extrema cortesía.

Tenía un extraordinario concepto de sí mismo y de su propia integridad y la vida lo puso a prueba y al final –cuando logró lo que quería– *falló*. Tal vez el fallo –la grieta– ya estaba ahí y se actualizó porque él era incapaz de vivir con el recuerdo de su debilidad. La sombra de Yoshio, el frágil nikkei, que estaba preso volvía, como un espectro, cada vez que intentaba dormir. Basta un brillo fugaz en la noche y un hombre se quiebra como si estuviera hecho de vidrio.

Lo habían enterrado en el cementerio del pueblo luego de que el cura aceptara la versión del accidente –porque los suicidas eran sepultados, con los linyeras y las prostitutas, fuera del campo santo–, y el pueblo entero asistió a la ceremonia.

Lloviznaba esa tarde, una de esas suaves garúas heladas que no cesan durante días y días. El cortejo recorrió la calle central y subió por la llamada Cuesta del Norte, los caballos enlutados del carro fúnebre trotando acompasadamente, y una larga fila de autos que los seguían a paso de hombre hasta llegar al gran portón del cementerio viejo.

La bóveda de la familia Belladona era una construcción sobria que copiaba un mausoleo italiano en el que descansaban en Turín los restos de los oficiales que habían peleado con el coronel Belladona en la Gran Guerra. La puerta de bronce labrada, una liviana telaraña sobre los cristales y los goznes habían sido construidos por Luca en el taller de la familia cuando murió su abuelo. La puerta se abría con un sonido suave y estaba hecha de una material transparente y eterno. Las lápidas de Bruno Belladona, de Lucio y ahora de Luca parecían reproducir la historia de la familia y los tres iban a reposar juntos. Sólo los varones morían y el viejo Belladona –que había enterrado a su padre y a sus dos hijos– avanzó, altivo, la cara mojada por la lluvia, y se detuvo ante el cajón. Sus dos hijas, enlutadas como viudas y tomadas del brazo, se ubicaron junto a él. Su mujer, que sólo había salido tres veces de «su guarida», en cada una de las muertes de la familia, llevaba anteojos negros y una capelina y fumaba en un costado, con los zapatos sucios de barro y las manos enguantadas. Al fondo, bajo un árbol, vestido con un largo impermeable blanco, Cueto miraba la escena.

El ex seminarista se acercó a las hermanas y con un gesto pidió autorización para decir unas palabras. Vestido de negro, pálido y frágil, parecía el más indicado para despedir los restos del que había sido su mentor y su confidente.

–La muerte es una experiencia aterradora –dijo el ex seminarista– y amenaza con su poder corrosivo la posibilidad de vivir humanamente. Frente a ese peligro existen dos formas de experiencia que protegen del terror a quienes puedan entregarse a ellas. Una es la certidumbre de la verdad, el continuo despertar hacia la comprensión de la «necesidad ineluctable de la verdad», sin la cual no es posible una vida buena. La otra es la ilusión decidida y profunda de que la vida tiene sentido y que el sentido se cifra en el obrar bien.

Abrió la Biblia y anunció que iba a leer el Evangelio según Juan, XVIII, 37.

–«Y dijo Jesús: *Para esto vine al mundo, para dar testimonio de la verdad, todo aquel que pertenece a la verdad, escuchará mi voz.* Y le contestó Poncio Pilatos: *¿Qué es la verdad? ¿De qué verdad hablas?* Y luego se dirigió a los jueces y a los sacerdotes: *Yo no veo en este hombre ningún delito.*» –Schultz alzó la cara del libro–. Luca vivió en la verdad y en la busca de la verdad, no era un hombre religioso pero fue un hombre que supo vivir religiosamente. La pregunta de nuestro tiempo tiene su origen en la réplica de Pilatos. Esa pregunta sostiene, implícita, el triste relativismo de una cultura que desconoce la presencia de lo que es cierto. La vida de Luca fue una buena vida y debemos despedirlo con la certeza de que lo iluminó la esperanza de alcanzar el sentido en sus obras. Estuvo a la altura de esa esperanza y le entregó la vida. Todos debemos estar agradecidos a su persistencia en la realización de su ilusión y a su desdén ante los falsos brillos del mundo. Su obra estaba hecha con la materia de sus sueños.

Croce asistió a la ceremonia desde el auto, sin bajar ni hacerse ver, aunque nadie ignoraba que estaba ahí. Fumaba, nervioso, el pelo encanecido, los rastros de «la sospecha de demencia» ardían en sus ojos claros. Todos fueron abandonando el cementerio y al final

Croce se quedó solo, con el rumor de la llovizna en el techo del auto, y el agua cayendo monótona sobre el camino y sobre las tumbas. Y cuando la noche ya había cubierto la llanura y la oscuridad era igual a la lluvia, un haz de luz cruzó frente a él y la claridad circular del faro, como un fantasma blanco, volvió a cruzar una y otra vez entre las sombras. Y de pronto se apagó y no hubo más que oscuridad.

Epílogo

Muchas veces, en lugares distintos, a lo largo de los años, Emilio Renzi se había dejado llevar por el recuerdo de Luca Belladona, y siempre lo recordaba como alguien que había tenido el coraje de estar a la altura de sus ilusiones. Podían pasar meses sin que pensara en él hasta que de pronto algún hecho fortuito le hacía volver a tenerlo presente y entonces retomaba el relato donde lo había dejado con nuevas precisiones y detalles frente a sus amigos en un bar de la ciudad, o a veces con alguna mujer, tomando unas copas en su casa en la noche, y siempre volvían vívidas las imágenes de Luca, su cara franca y enrojecida, sus ojos claros. Recordaba la fábrica cerrada, la construcción perdida y a Luca paseándose entre sus instrumentos y sus máquinas, siempre optimista, siempre dispuesto a tener esperanzas, sin imaginar que la realidad iba a golpearlo definitivamente a él, como a tantos otros, por un pequeño desvío de su conducta, como si lo castigara por un error, no por un defecto de carácter sino por una falta de previsión, por una falla que no podría olvidar y que volvería como un remordimiento.

Esa noche Renzi estaba conversando con unos amigos, después de cenar, en una galería abierta que daba al río, en una casa de fin de semana, en el Tigre, como si esa noche –siempre a pesar suyo, ironizando sobre ese estado natural– sintiera que había vuelto atrás y que el delta era una parte todavía no comprendida de la realidad, como lo había sido ese pueblo de campo en el que había pasado algunas semanas, una suerte de momento arcaico en su vida de hombre de la ciudad, que no podía comprender esa vuelta a la naturaleza aunque nunca dejara de imaginar un retiro drástico que lo llevaría a un lugar apartado y tranquilo donde pudiera dedicarse a lo que Emilio también –como Luca– imaginaba que era su destino o su vocación.

–Luca no podía concebir un defecto en su carácter porque había llegado a la convicción de que su modo de ser era algo ajeno a sus decisiones, una suerte de instinto que lo guiaba en medio de los conflictos y las dificultades. Pero había sido derrotado, en todo caso había tenido que tomar una decisión imperdonable, debió pensar que había defeccionado y no se pudo perdonar, aunque cualquier otra decisión hubiera sido también imposible.

Los alumbraba la luz de una lámpara de querosén, y el olor de los espirales que los defendían de los mosquitos le hacía recordar a Renzi las noches de su infancia. Sus amigos lo escuchaban en silencio, tomaban vino blanco y fumaban, sentados de cara al río. El brillo fijo de los cigarrillos en la oscuridad, la luz vacilante de los botes que cruzaban de vez en cuando frente a ellos, el croar de las ranas, el rumor del viento en las hojas de los árboles, la noche clara de verano, parecían el paisaje de un sueño.

–Era tan orgulloso y obstinado que tardó en comprender que había caído en una trampa sin salida, y cuando lo entendió ya era tarde. Pienso en eso cuando recuerdo la última vez que lo vi, unos días antes de irme del pueblo.

Había contratado un taxi y le había pedido al chofer que lo esperara en el borde del camino y había subido andando hasta la fábrica. Se veía luz en las ventanas y Renzi golpeó varias veces la reja de hierro. Estaba anocheciendo y caía una llovizna helada.

–Al rato Luca abrió apenas el portón de la entrada y, al verme, empezó a retroceder agitando la mano. *No, no*, parecía decir, mientras retrocedía. *No. Imposible.*

Luca cerró la puerta y se oyó un ruido de cadenas. Renzi se quedó un rato detenido ante el alto muro de la fábrica y luego, al volver a la calle, le pareció ver a Luca por las ventanas iluminadas de los pisos superiores, caminando, gesticulando y hablando solo.

–Y eso fue todo... –dijo Renzi.

ÍNDICE